新潮文庫

私たちが好きだったこと

宮本　輝著

私たちが好きだったこと

一

　夜明けの雨の音を、夢うつつで耳にすると、私は心地よく覚醒《かくせい》したあと、きまってあの二年間の生活を思いだす。思いだすと言っても、淡い映像のかけらが心のなかで回転するだけなのだが、そしてその覚醒は、次第に心地よい眠りによって溶けていくのだが、悔恨も郷愁も、夜明けの雨の音に包まれて、不気味なほどの安寧を私に与えてくる。

　あの二年間を思いだすことが、なぜ私にとって深いやすらぎとなるのか、私にはわからない。私たち四人の共同生活が不純なものだったとは思えないが、決して道徳的とも言えなかったことを、私はときおり、たとえようもなく純粋な一瞬のつみかさねとして甦《よみがえ》らせてみたりする。

　そうすることが、私に何か新しいものを与えるわけでもないし、異質の希望や活力をもたらしたりもしない。にもかかわらず、私は、あの一九八〇年の初夏から一九八二年の春までの二年間のことを思い浮かべるのが好きだ。あの二年間の追憶のなかに心を忍びこませるのが好きなのか、あるいは、夜明けの雨の音が好きなのか、それともその両方なのか、しばしば区別がつかなくなることはあるにしても……。

一九八〇年の三月に、私は、ひやかし半分に応募した公団住宅の抽選に当たった。新宿にも、青山にも赤坂にも車で十五分ほどのところに新しく建つ高層マンションで、どの部屋も三ＤＫのうえに、家賃も安かったので、倍率は七十六倍とのことだった。まさか、抽選に当たるなどとは考えもしなかったので、応募規程の重要なひとつである〈二人以上の同居者があること〉というところで嘘《うそ》をついたのだった。私は三十一歳だったが、妻もなく、一緒に暮らせる兄妹もいなかった。父は私が大学を卒業する一年前に死に、母は、父が亡くなる五年前に建てた静岡の家で一人暮らしをつづけ、弟も妹もそれぞれ所帯を持っていた。

入居手続きの日が近づいてきて、私は自分の名を名乗らずに公団事務所に電話をかけ、〈同居者〉は友人でもいいのかと訊《き》いてみた。公団の係員は、ふざけるなといった口調で、規程をちゃんと読んでいないのかと言い、〈同居者〉とは、妻、あるいは子供、あるいは実父母か実の兄妹でなければならないと説明し、私の名を何度も訊いた。私は電話を切り、せっかく当たった公団住宅だが、あきらめるしかないなと思った。

しかし、どうにもあきらめきれず、何かうまい手はないものかと、友人の佐竹専一に相談したのだった。学生時代から〈ロバ〉とか〈ロバちゃん〉とかのあだ名で呼ばれている佐竹は、昆虫ばかり撮っている写真家で、そのころやっと自分の事務所を持ったばかりだった。

「俺の事務所に歩いて十分だぜ。俺が住みたいよなァ。だって、七十六倍なんて、すごい倍率で当たったんだから、このまま、おめおめとあきらめるなんて悔しいじゃないか。何かいい手があるはずだよ」

とロバは言った。とにかく逢《あ》って相談しようということになり、翌日の夜、ロバの行きつけのバーで待ち合わせた。

ロバも新潟から上京し、大学時代は六畳一間のアパート暮らしで、大学を卒業してからも、そのまま同じアパートに住みつづけていたし、私も似たような生活だったので、三部屋あって、そのうえダイニングキッチンがあり、風呂《ふろ》もトイレも付いている公団住宅を、何かとてつもなく広々とした贅沢《ぜいたく》な家のように思い込んでしまっていた。

問題は至極簡単に解決するのだと、ロバは言った。静岡の母親に頼んで、一緒に暮らしているふりをしてもらえばいい。住民票を東京に移し、入居手続きを済ませて、しばらくたったら、また母親の住民票を静岡に移す。公団の連中も役人で一度入居した者たちの状況を再度調査するなんてことはない。自分の知り合いにも、何人かそうやって、ゆったりした公団住宅に安い家賃で住んでいるやつがいる――。

そのロバの言葉で、私は早速、静岡の母に電話をかけて、事情を説明した。そんなことをして大丈夫だろうかと母は不安がったが、それでもなんとか承知してくれて、私は所定の入居手続きに必要な書類をすべて揃《そろ》えることができた。

入居の日、ロバは引っ越しを手伝ってくれた。独身の男の引っ越し作業は二時間もあれば充分だった。ほとんど片づいてしまった新しい部屋のベランダからは甲州街道の車の渋滞をはるか眼下に見おろすことができた。私の部屋は、十六階建ての公団住宅の最上階だったのだ。

「スモッグが目の下を流れてるってことは、ここの空気はきれいだってことだな」

とロバは言い、この自分をどう思うかと訊いた。私はロバの質問の意味がすぐにはわからなかった。

「つまり、共同生活者として、わずらわしい存在かどうかってことなんだけど」

この部屋の半分を使用させてくれたら、家賃の六割を払うと、ロバは言った。昆虫の写真を撮るために一年のうちの半分以上は旅行しているし、大酒飲みでもなければ、大きないびきもかかない。わずらわしくなったら、いつでもそう言ってくれ。文句を言わずに、さっさと出て行くから——。

私は、広くて新しい部屋に引っ越してきて浮き立っていたのであろう。面倒見がよくて口数の少ないロバという友人となら、一緒に暮らして結構楽しいかもしれないと考えたのだった。さらにもうひとつは、私もそろそろ工業デザイナーとして独立したいと考えていて、そのためには、これまでのいいかげんな生活をあらため、独立準備の費用を蓄えなければならなかった。ロバが家賃の六割を払ってくれることは、私にとっては、じつにありがたい話だったのだ。

話はほとんど決まったという雰囲気になり、私とロバは六本木へ出ると食事をしてから、カーテンとブラインドを買うために、インテリア・ショップをのぞいて歩いた。カーテンもブラインドもオリーブ色に統一しようと意見が合った。

「カーペットもオリーブ色でな」

と私は言った。

「オリーブっていうバーを知ってるか？　この近くなんだけど」

ロバは、そう言ったくせに、タクシーを停め、運転手に、

「その一方通行の道を突き当たって」

とか、

「その坂を昇って右へ」

とか指示し、結局、道がわからなくて元の場所に戻ってしまいながらも二十分もかかって〈オリーブ〉というバーをやっと捜し当てた。私とロバとは、その店で、初めて、曜子と愛子の二人の女と出会ったのだ。

壁はコンクリートの肌をわざと剝《む》きだしにしたままの、古いブルーノートの曲だけを流している〈オリーブ〉には、最初は私とロバしか客はいなかったが、そのうち混んできて、二人の、二十七、八歳の女がドアをあけたときには、坐《すわ》る場所がなくなっていた。私とロバとは、カウンターに坐らずに、その店の奥の四人掛けのテーブルにいたのだった。

私もロバも、女に慣れているといった型の男ではなかったが、その夜は二人とも妙にはしゃいだ気分だったし、いつもよりもバーボンを多く飲み、酔いも手伝って、ごく自然に女に声をかけていた。

「ぼくたち、もう二、三十分で出ますから、こちらの席にいかがですか？」

と私が言うと、ロバも、人なつっこい笑顔で、

「ぼくたち、怪しい者じゃありませんから」

とつづけた。二人の女は、ふたこと、みことと相談しあっていたが、カウンターの席があいたら教えてくれと店主に言って、私たちの席に坐った。ロバは慌《あわ》てて、それまでテーブルの上にひろげていた何枚かのパンフレットを片づけた。それは、インテリア・ショップでもらってきた家具やカーペットのパンフレットだった。

私とロバは、互いに二人の女を多少は気にしながらも、それまでの話題に戻って、共同生活を始めるにあたってのルールを定《き》めだした。

玄関を入ってすぐ右側にある六畳をロバの寝室とし、台所横の六畳を私の寝室とすること。リビングとして使うもう一部屋も風呂もトイレも台所も共同使用だが、各部屋の掃除は、一日置きに交代すること。それぞれが共通としない友人を招くときは、事前に承諾を得ること……。

私とロバは、決めたルールを手帳にひかえ、そのたびに、

「お前、決めたことは守れよ」

と言い合って、握手をした。そうしているうちに、二人の女が、私たちのやりとりを耳にして、そっと笑っているのに気づいた。私は、ひょっとしたら二人は姉妹かもしれないと思いながら、自分たちがこんなルールを取り決めるに至った事情を話して

聞かせた。

「でも、いまは、がらんどう。こいつの……、こいつは北尾与志《よし》っていうんですけど、北尾の安物のタンスと本棚があるだけなんですよ。ああ、テレビと洗濯機、冷蔵庫にでっかいカセットデッキもありますけどね」

とロバが言った。

私たちと二人の女とは次第に打ち解けてきて、そのうち四人で飲み始めたのだった。小粒なルビーの指輪をはめているのが曜子で、彼女は学生時代、水泳の選手だったと言い、

「肩幅の広さが自慢なの」

と笑った。愛子は、はにかみ屋らしく、あまり冗談を言ったりはしなかったが、私やロバや曜子が何かおもしろいことを言うたびに、少し奇異に感じるほど長く笑いつづけた。その愛子が、ロバに訊いた。

「ねェ、佐竹さんは、どうしてロバってあだ名なの?」

「柔順だから。人に対しても、人以外の物に対しても」

「人以外の物って?」

「たとえば、酒。たとえば、仕事。たとえば、天候や環境や感情」

「感情って、他人の？　それとも自分の？」

「両方の」

「それって両立しないわ」

酔うと理屈っぽくなるのが愛子の癖なのだと曜子は言った。私は、愛子に魅《ひ》かれた。

やがて、閉店の時間が近づいたころ、曜子が、新築の公団住宅の十六階にある私の部屋へ行ってみたいと言いだした。

「何にもないよ。お茶も出せない」

そう言いながらも、私とロバは、二人の女の気が変わらないうちにと立ちあがった。

タクシーをみつけてくると言って外に出て行ったロバを追いかけ、私はロバの肩をつかんだ。

「俺は、愛子のほう。お前は？」

と訊いた。

「よかったよなァ。共同生活の最初の日に、おんなじ女に惚《ほ》れなくて」

ロバはそう言うと、タクシーを停めやすい大通りへの夜道を走って行った。

その夜、ほとんどからっぽの部屋に、曜子と愛子がいつまでいたのか、私は覚えていない。どんな会話を交わしたのかも忘れてしまうほどに泥酔《でいすい》して寝てしまったのだった。ロバのほうが、私よりも四十分ほど長く起きていたが、トイレに入っているあいだに、曜子と愛子は帰ってしまっていた。

次の日、ひどい二日酔いで死んだようになったまま、私は勤め先の会社からロバに電話をかけた。

「気持のいい子だったよな。さっぱりしてて、明るいけど、下品じゃない。だから、手を出せなかったよな」

とロバは言った。

「電話番号、訊いといたか？」

ロバも私も、どっちかがどっちかの電話番号を訊くだろうと思っていたのだった。

「また〈オリーブ〉に行ったら逢えるんじゃないか？　あそこの常連みたいだったぜ」

ロバはそう言ったが、それから五日後の、ロバが私の部屋に引っ越して来る時間に、曜子と愛子はやって来た。自分たちの家具や寝具や生活道具を積んだトラックと一緒にやって来たのである。

茫然《ぼうぜん》として、トラックを見つめている私とロバに、曜子は不安そうに訊いた。

「ねェ、いまさら、あれは冗談だったなんて言わないでね。私たち、マンションを出て来ちゃったのよ。帰るとこ、ないのよ」

ロバは眉根《まゆね》を寄せ、私はまばたきを繰り返した。

「一緒に暮らすって、宣誓式までやったでしょう？」

曜子がそう言うと、愛子は曜子の背をそっと撫《な》で、

「だから、きっと冗談に決まってるって、私、言ったのに」

とささやいた。

「覚えてるよ。ちゃんと覚えてるよ、なァ、与志くん。俺たちはこれから一緒に暮らすことにするって、宣誓式までやったんだ、なァ、与志くん」

ロバは、何をどんなふうに考えたのか、私の背を強く叩《たた》くと、歪《ゆが》んだ作り笑いを満面に浮かべて言った。

私は、いったい何がどうなっているのか、気味悪く思いながらも、二人の女の心の内をさぐろうとして、曜子と愛子の表情を見つめた。

曜子も愛子もジーンズをはき、荷を降ろすのか降ろさないのか、さっさと決めてくれといった不機嫌な顔つきの運送屋に、ときおり視線を送っていた。

「あの話、ほんとに本気だったの？」

私は、かまをかけて、二人にそう訊いた。けれども、私のその言葉で、曜子は、溜《た》め息《いき》をついて首を振り、

「これが冗談なの？ 私たちのほうこそ、本気だったのって訊きたいわよ。本気だから、いままで住んでたマンションを引き払って、こうやって引っ越して来たんじゃない。いいわ、だまされちゃった私たちのほうが馬鹿《ばか》なんだから……。じゃあ、さよなら」

と言って、トラックに戻って行った。愛子は、私とロバを交互に見やり、当惑顔で、

「最低……。私たち、帰るところ、ないのよ。どうしてくれるの？」

と言って、前歯で下唇を嚙《か》んだ。

「いや、俺たちは本気も本気。絶対的に本気だったんだけど、あんな約束をしたところで、向こうは冗談に決まってるって思ってたんだ。だから、ちょっと、びっくりしただけだよ」

ロバはそう言うと、運送屋の三人の男に、荷物を十六階まで運ぶよう促した。

曜子と愛子の荷物を私の部屋に運び、私とロバの本棚やタンスなどを動かして、とりあえず引っ越し作業を終えたのは、夕刻近かった。

私とロバとは、エレベーターを昇ったり降りたりしながら、

「どんな約束をしたんだよ」

「宣誓式って、そんなの、いつやった？」

「何がどうなってんだ？　俺たち、とんでもないワルにはめられたんじゃないだろうな」

「俺たち、あの晩、そんなに酔ってたか？　与志くん、お前はたしかにベロベロだったよ。でも、俺は、トイレに入って、出て来たら、二人が帰っちまってたのを、ちゃんと覚えてるんだぞ。宣誓式なんて、やった記憶はないよ」

「何の宣誓式なんだ？」

と、曜子と愛子に気づかれないようにして、気ぜわしく言葉を投げ合った。

「俺たち、あの二人のこと、何にも知らないんだぞ？」

私は、ロバと落ち着いて話し合うために、エレベーターを六階で停め、各階に設けてある自転車置場へ行くと、そう言った。ロバは額や鼻の頭から汗を噴き出させて、ただ首をかしげるばかりだった。

「何か言えよ。荷物を運ぶようにって運送屋に言ったのは、お前なんだぞ」

私がロバの肩を突くと、ロバは力なく頷《うなず》きながら、

「俺は、曜子だぞ。与志くん、お前は愛子のほうだからな」

と言った。

「そんなことを問題にしてるんじゃないんだ」

私は両腕を高くあげ、その腕を上下左右に烈《はげ》しく振った。

「三DKに四人か……。これだったら、六畳一間のままでいたほうが、広かったんだよね」

そのロバの言葉で、私は、また両腕を振り廻して怒鳴った。

「そんなことを問題にしてるんじゃないんだ」

「でも、俺たちが、どんな約束をして、どんな宣誓式をやったのかって訊《き》いたりしたら、あの二人、さっさと出て行くぜ」

とロバは言い、うなだれて、足元に落ちている新聞紙に長いこと目をやっていた。

角張った顔から汗を噴き出して、目をしょぼつかせながらうなだれている格好を見て、私は、なぜ佐竹がロバと呼ばれてきたのかを、そのときやっと知ったのだった。

「お前、いつから、ロバってあだ名をつけられたんだ？」

と私は他人の自転車のサドルにまたがって訊いた。

「そんなこと、どうでもいいだろう？　いま大事な問題は、俺がロバだろうがサルだろうがマウンテンゴリラだろうが、そんなこととは違うんだ」

ロバは、うなだれたまま言ったあと、四、五日、様子を見て、それから二人に出て行ってくれと頼んでも遅くはないだろうと提案した。

「あいつらの正体も魂胆も、四、五日もしたらわかると思うよ」

それぞれの家具の配置は、あした考えよう。とにかく、きょうは疲れた。とりあえず、誰が、どの部屋をどのように使うかだけ決めよう。

私は、部屋に戻ると、曜子と愛子にそう言って、ほとんど空間のなくなった部屋を見廻した。けれども、曜子は、最も合理的で効率的な家具の配置を、頭を絞って考えてきたのだと言い、ジーンズのポケットから四つに折った紙を出した。そこには、私の部屋の見取り図が黒いインクで描かれ、そのなかに、赤と緑と紫と茶の色鉛筆で、四人の家具の置き場所が示されてあった。

私とロバが、その見取り図をのぞき込んでいると、

「どうでもいいようなガラクタは捨てちゃいましょう。北尾さんのタンスは、捨てても惜しくないでしょう？　ロバちゃんのタンスと共有したらいいわ。私と愛子は、作りつけのクロゼットを使うから」

と言って、このテーブルはあそこ、この椅子《いす》はここ、と指示を出した。曜子の言うとおりに、それぞれの家具を並べると、たしかにそれらは効率良く納まって、妙に居

心地のよさそうな部屋ができあがってしまった。

「あのう……。寝る場所なんだけど、リビングのソファには、誰が寝るんだ。まさか、俺じゃないだろうな」

とロバは言った。私も、同じことを考えていたのだった。なぜなら、本来、私が寝室として使うはずだった部屋には愛子のセミダブルのベッドが置かれ、ロバの部屋には曜子のそれが置かれたからだ。

すると、それまであまり喋《しゃべ》らなかった愛子が、曜子の肘《ひじ》のあたりを引っ張り、何か耳打ちした。曜子は、表情を変えず、

「だって、北尾さんもロバちゃんも、リビングで寝るって約束だったでしょう？」

と言った。愛子は、そんな曜子の肘を再び引っ張ってから、私に微笑《ほほえ》みかけ、

「曜子、もうやめたら？　これって、曜子の悪い癖よ」

と言った。曜子は愛子の口を掌《てのひら》でふさぐ真似《まね》をしてから、

「愛子って駄目ねェ。このまま夜まで黙ってたら、すごく面白かったのに……」

と言い、ひとりで忍び笑いをつづけた。

私たちは、からかわれたのだった。曜子の説明を訊いているうちに、私は、怒りを抑えられなくなり、ロバは数学の難問に取り組んでいる受験生みたいに顔をこわばら

せた。

　曜子と愛子が一緒に暮らしていたマンションは五階建てで、二人の部屋は三階にあったのだが、十日前に四階で火事があり、消防車のホースによる夥《おびただ》しい水が、三階の部屋の天井や壁を濡《ぬ》らした。堅牢《けんろう》な造りのマンションだったので、家具のほとんどは濡れなかったが、トイレや台所はしばらく使い物にならなくなり、修復工事の期間中、三階の住人はどこか別のところでの仮住まいを余儀なくされた。

　曜子も愛子も、もう少し広いマンションに移りたいと思っていた矢先だったので、これを機会に別のマンションを捜そうということになり、友人の家に転がり込んだのだが、その友人は自分に同棲《どうせい》している男がいるのを隠していたのだった。

　二日もいると気まずくなって、さてどうしようかと思案していたとき、三ＤＫの公団住宅に当たった男と酒場で同席し、飲んだ勢いで、その新しい部屋へ遊びに行った。帰り道、曜子はいたずら心を起し、二人の男をからかってやろうと考えたのである。

「マンションがみつかるまで、私たちの家具を預ってやるって、ロバちゃんが言ったのよ。それは、ほんとよ」

　と愛子が申し訳なさそうに言うと、曜子は、

「だって、まさかこんなにうまくだませるなんて思ってなかったんだもの」

と笑った。

「からかったの？　俺たちをからかうために、こんなに時間をかけて重労働をして、この部屋に家具を運んで、そのうえ、ご丁寧にも部屋の見取り図に家具の配置図まで描いて……。これが、からかいだったってのか？　ふざけるなよ。こんな手の込んだことをして、何が面白いんだ。時間と労力の無駄だろ？　きみは頭がおかしいよ」

私は相手が女でなかったら殴りかかりたいほど腹が立ち、両腕をやみくもに振り廻しながら立ちあがると、曜子に怒鳴り散らした。

けれども、曜子はさらに笑いながら、

「だって、私たちがこの部屋に引っ越してきたら、普通だったら、それは何かの間違いだ、とか、そんな約束をした覚えはない、とか言うはずよ。だけど、北尾さんもロバちゃんも、目を白黒させて、宣誓式をやったよ、とかって言うんだもの。どうせ、私たちの荷物を預ってもらうんだから、このまま、からかっちゃえって思って……」

「曜子の癖なの。すぐに人をからかうの。度が過ぎたら、相手はほんとに怒るわよって、私、いつも曜子に言ってるのに……」

と愛子は言い、曜子に代わって、私たちに謝まった。

「二人の荷物を預るなんて、ロバ、お前、いつ約束したんだよ」

と私は、うなだれたままのロバに言った。

「さあ……、そんな約束、したような気もしないでもないし……」

私は、リビングのソファにあお向けに寝て、もし、そんな約束はしていないと私たちが言ったら、どうするつもりだったのかを曜子に訊いた。仕事仲間が借りている倉庫に預ってもらう手筈《てはず》になっていたのだと曜子は答えた。

「マンションがみつかるあいだ、どこに寝泊まりするつもりだったの？」

「友だちの家。鎌倉だから、ちょっと遠いけど」

「俺たちのこと、馬鹿にしてるだろう」

「どうして？」

曜子は笑うのをやめて、年長の姉が弟を見るような目で訊き返してきた。私は、それには答えず、荷物を何日間預ればいいのかを訊いた。

「十日ほどお願いしたいんだけど」

その曜子の言葉で、私はソファから起きあがり、二つのベッドを片づけてくれと、怒りのおさまらない口調で言った。

「他人の、それも女性のベッドで寝るわけにはいかないからね」

からかった罪ほろぼしに、今夜は自分たちが何か料理を作ってあげると言い、曜子と愛子は部屋から出て行った。

「俺、昆虫が好きだよ」

ロバはうなだれたまま言った。

「昆虫は、からかわない。人間をからかわない。本能のままにしか行動しないのに、ドジな俺は、その行動をつかまえられない……」

「お前、どうして、昆虫ばっかり撮ってるんだ？」

私が訊くと、

「きれいだからね。とんでもなくきれいだ。昆虫がどんなにきれいか、言葉になんかできないな」

とロバは小声でつぶやき、それから、やっと顔をあげて、

「あの曜子って女、どんな仕事をしてるのかな」

そう言って、自分の部屋に置かれた曜子のベッドを見た。

「俺たち、涎《よだれ》を垂らしてたんだろうな。あいつらには、それが見えてたんだぜ」

私は、そう言ったとたん、二人の女に仕返しをしたくなったのだった。しかし、どんな手口で仕返しをしたらいいのか、名案は浮かんでこなかった。からかうということと、騙《だま》すということとは同じではない。だが、ひとつ間違うと、ちょっとしたから

かいも、相手を手ひどく騙すことになる。

「騙すのは、いやだな」

と私は自分に言い、

「でも、このままじゃあ、腹の虫がおさまらないぜ」

とつづけた。

「そんなに怒ることでもないよ」

ロバは私の側に来ると、なだめるみたいに言った。

「あの二人と一緒に暮らせたらいいよね」

私は頰杖《ほおづえ》をつき、ロバの長い角張った顔と、意外に逞《たくま》しい鼻梁《びりょう》を見つめ、

「何？　何て言った？」

と訊き返した。ロバは、あの二人となら、男と女の関係抜きでも、一緒に暮らせそうな気がすると言うのである。

私が計略家だったことは、それまで一度もなかった。計略を必要とするあらゆる事柄に無関係でいたかった。だが、私はそのとき、計略を練り始めた。曜子のからかいが、私のなかの何を烈しくさせたのかわからない。自分の心の内部の理解できない動きの根源を自意識と片づけるなら、たしかに私は、自意識にあやつられて、自意識を

敵にまわしたと言えるだろう。

「昆虫に、自意識はあるかな？」

私は、計略を練りながら、そのための自分の思考を整えるために、ロバを話し相手にしていた。

「あるよ。意識があるんだから」

「昆虫は、自意識によって苦しむかな」

「さあ……。ファーブルに訊いてみたらいいな」

「俺も、あの二人と一緒に暮らしたいよ。楽しいだろうな」

「そう思うだろう？」

「わずらわしいことが、いっぱい出てくるぞ」

私は、ロバと愚にもつかない会話を交わしながら、つまり、からかわれたことに対する仇《あだ》を討とうと考えていたにすぎない。——そんなに怒ることでもないよ——というロバの言葉は正しかったが、私は、どうして、こんなにも腹が立つのかを考える穏やかさを失なってしまっていたのだった。私は、あの二人の女を、どうやって、私たちと一緒に暮らしてみる気にさせようかと計略を練りつづけた。

きっと、駅の近くのスーパーマーケットにいるだろうと思い、私はロバを残して、急ぎ足で部屋から出た。名案を思いついたからではなく、一緒に暮らすということそれ自体が計略だと気づいたのだ。

二

「お米を買うのを忘れたわ」

私がエレベーターから降りた途端、道路とエレベーターの間の、吹き抜けになった広いピロティで曜子の声がした。曜子と愛子は、マーケットの買い物袋を一つずつかかえて戻ってきたところだった。

愛子は私を見ると、

「お米、きっとないわよね？」

と訊《き》いた。

「うん、ないと思うな。あっても、どこにしまい込んだのか、わからないなァ」

私は、二人から買い物袋を受け取り、

「さっきは、ちょっと腹を立てたけど、きみたちの新しいマンションがみつかるまで、俺の部屋にいたっていいよ。そのあいだ、俺とロバは、友だちの家にでも転がり込んでるから」

　と言った。

「そんなの申し訳ないわよ。ごめんね、からかったりして。すき焼きを食べて、あとかたづけをしたら、私たち、鎌倉の友だちのとこへ行くわ」

　曜子は、米を買いに行くつもりらしく、自分だけ、もと来た道を引き返しながら言った。

「じゃあ、このまま、俺たちと一緒に暮らしたら？　家賃の半分は払ってもらうぜ」

　私は、極力、何気ないふうを装って、そう言った。曜子は立ち停まり、愛子を見やってから、微笑を浮かべ、

「仕返しに、こんどは私たちをからかってやろうって思ってるんでしょう」

「俺は、人をからかったりするのは嫌いなんだ。嘘《うそ》をついて、おちょくったりなんて、するのもされるのも大嫌いでね。ああ、それから、変に誤解しないでくれよな。俺たちに下心なんてないからね」

「下心、ないの？　つまんないわね」

　あいかわらず微笑を浮かべたまま、曜子は言ったが、目は、私の魂胆をさぐろうとして、せわしなくまばたきを繰り返した。

「そんなの、すごく変じゃない？　男二人と女二人が、おんなじ部屋で暮らすなんて、変よ」

愛子は、困惑したようにつぶやいてから、

「いろいろ、不便なことばっかりよ。それに、そんなの不謹慎よ」

と言った。私は、愛子の口調と、不謹慎という言葉がおかしくて笑った。

「じゃあ、とりあえず、新しいマンションがみつかるまで実験してみたら？　十日程、実験的に暮らしてみて、いやだったら出ていったらいいよ」

私は言って、いったん二人から受け取った買い物袋を、それぞれ一個ずつ愛子と曜子に返した。

「米を買ってくるよ。すき焼きだろう？　とにかく、俺もロバも腹が減って、ぺこぺこ」

マーケットへの道に曲がりかけて、私は二人のほうを振り返った。

「俺もロバも、礼節は守るよ。でも、まったく人畜無害で無味無臭ってわけにはいかないぜ。それは、きみたちもそうだろう？　まあ、ロバとも相談してみてくれよ」

私は、ロバが、二人の女とすき焼きの準備をしながら、昆虫の写真を撮るために、あちこちの野や林や山奥で右往左往したり、何日もひとところで石のようになってカメラをかまえている話をしてくれればいいのにと思った。それはきっと、都会で暮らす二人の女の心に、春の風や、樹林の香りや、朝霧の清らかさをもたらすだろうから……。

私は、マーケットで五キロ入りの袋に入った米を買い、駅前の喫茶店で三十分ほど時間をすごした。彼女たちが、どうしても私の提案を受け入れなかったら、次にどんな手を使おうかと考えたが、考えているうちに、だんだん馬鹿《ばか》らしくなってきたのだった。一緒に暮らすことによって生じる不便さが次々と頭に浮かんで、私の仕返しをしたいという気持を萎《な》えさせたのだ。

「どうかしてるよ。お互い、気持よく屁《へ》もできねェんだ。風呂《ふろ》あがりに、パンツ一枚でビールを飲むこともできないんだぜ。そんな疲れることなんかご免こうむりたいよ」

私は胸のなかでそうつぶやき、米袋を肩にかつぐと、部屋へ戻った。すき焼きの準備は、まったくできていなかった。天井のあちこちに紐《ひも》が張られ、何枚かのシーツが、リビングや台所やトイレや浴室への狭い通路を作っていた。まるで、葬儀屋が、家のなかに葬儀の部屋を作りあげるために幕を張るみたいに……。

「何だよ、これ」

と私は言った。

「昼間や、みんなでくつろぐときは、このカーテンを上にあげとくんだ。だけど、ひとりになりたいときとか、夜中にトイレに行くときとか、風呂に入るときには、このカーテンを降ろして、誰にも見られない通路を作る。たとえば、このカーテンを降ろすと、愛子さんは、夜中に真っ裸で自分の部屋から出て、シャワーを浴びに行っても、リビングでテレビを観《み》てる俺や与志くんの目に触れないってわけさ」

ロバは、そう説明して、シーツを降ろした。たしかに、巧みに張りめぐらされた紐によって、そこに掛けてあるシーツを降ろすと、リビングの横の洋間から浴室への、誰からも見られない通路ができるのだった。

「あした、カーテン地を買ってくるわ。ねェ、どんな色にしようか。あんまりぶあついと、なんだか暑苦しいし、息が詰まっちゃうみたいだし」

愛子が、いやに、はしゃいだように言った。私は自分の部屋が、葬式用の幕を張りめぐらされて蹂躙《じゅうりん》されたような気がした。さらには、自分の、仕返しをしてやろうという心を見抜かれて、二人の女にまんまと返り討ちにあったような気さえしたのだった。

「こんなことしたら、テントのなかで暮らしてるみたいじゃないか」

私は、シーツの壁をくぐって台所へ行きながら、不機嫌に言った。

「これも実験よ。しばらくやってみて、こんな物、ないほうがいいってことになったら、外しちゃえばいいのよ」

すべてのシーツを下からたたみ、それを紐に載せていきながら曜子は言った。それから、愛子と手分けして、すき焼きの用意を始めた。

台所にテーブルを置いて四人が坐《すわ》ると窮屈だったが、リビングは私とロバの部屋ということに決まったので、その部屋でいつも食事をとるわけにはいかなかったのだ。

すき焼きを食べ、ビールを飲みながら、曜子は、詳しく自己紹介をした。

「荻野曜子。二十七歳。職業は美容師。六本木の〈コード〉っていう美容室に勤めてるの。弟が二人いるけど、両方とも結婚してる。両親は高崎に住んでて、父は消防署員。母は、パートで近くのお漬け物屋さんで働いてる。以上」

すると、愛子も、持っていた箸《はし》を置き、

「私は、柴田愛子。二十七歳。父は、淡路島の洲本《すもと》で高校の先生をしてるの。お母さんは、いない……。兄も高校の先生。妹は、神戸の銀行に勤めてるの。堅い一家でしょう？　それで、私も堅いところに勤めてるの」

「堅いところって？」

とロバが訊いた。

「セメント会社の総務部」

愛子は、ある大手のセメント会社の名を言った。

「セメントかァ……。そりゃあ堅いよねェ」

ロバが、いやに感心したように真顔で言ったので、曜子は笑いながら私を見たが、私の機嫌の悪さを察知したのか、

「ねェ、シーツだから味気ないのよ。たとえば、明るい色のブラインドにしたら、ぜんぜん雰囲気が変わるわ。そうよ、ブラインドにしたらいいのよ」

と言って、愛子とロバに同意を求めるみたいに、二人のグラスにビールをついだ。

「すだれだったら、風通しがいいし、そこから二人の女を見るってのは、セクシーだよな」

ロバの言葉で、曜子は笑い、愛子は、すだれ越しに見られている自分を想像するかのように、顔をうつむきかげんにして目だけ天井に向けたり、せわしなく左右に動かしたりした。

私はその瞬間、二人の女が、私をからかっているのではないことに気づいた。それ

は、曜子と愛子が、この高層マンションの部屋の実際の借主である私を気遣っているのを悟ったからだった。

「ブラインドを張りめぐらせるなんて、すごく高くつくぜ。カーテンでいいんじゃないか？」

私はそう言って、豆腐やネギをかき込んだ。ロバが自己紹介をした。

「ぼくは、佐竹専一。写真家で三十一歳。新潟出身で、高校を卒業してからずっと東京で暮らしてる。妹が二人いて、下の妹は結婚して、もう二人の子持ち。上の妹は、ことし二十七歳だけど、浮いた話なんて聞いたこともないよ。新潟の酒造会社に勤めてる。親父《おやじ》は薬局を経営してる。お袋は、寝たきりのおばあちゃんの世話に追われて、へとへとになってる……って、こないだ電話で言ってた。以上」

最後は私の番だった。

「俺は北尾与志。三十一歳。照明器具のメーカーの意匠部ってとこで、照明器具のデザインをやってる。早く独立しようと思ってんだけど、まだ資金が足りない。ロバとは大学時代からの友だち。弟と妹がいて、どっちも結婚してる。弟は静岡の地方公務員で、妹は、大阪に住んでる。親父は、俺が大学生のときに死んだ。夜中に、自転車で親戚《しんせき》の家に行って、その帰り道に運送会社のトラックに、うしろからはねられたんだ。だから、お袋はいま静岡で一人暮らしだよ。俳句の会だとか、交通遺児に奨学金を贈る会なんかに参加して、毎日忙しくしてる。まあ、そんなところかな」

私たちは食事が済むと、あとかたづけをして、それぞれの部屋にいったん引っ込んだ。私とロバとの寝室になるリビングのテーブルを台所に運び、私たちは、それぞれの蒲団《ふとん》を敷いた。

「お互い、ベッドでなくてよかったよな。この部屋に二つのベッドは置けないよ」

と私は言い、狭いベランダに面した窓をあけて、部屋にこもっているすき焼きの匂《にお》いを外に出した。おもしろがって試みたものの、三日もすれば、気がねをしたり、不自由さを痛感したりすることだろうと私は思った。

「俺、あさってから九州だよ」

ベランダに出て、外気を深呼吸しながら、ロバが言った。教科書専門の出版社の依頼で、養蜂《ようほう》業を営む一家の写真を撮りに行くという。

「菜の花の蜜《みつ》を採る仕事が始まってるんだ。九州の北のほうは、もう菜の花のときだから」

「いつ帰ってくるんだ？」

「いちおう五日間の予定なんだけど」

私は、ロバが、曜子と愛子にどんな話をしたのか気になっていたので、そのことを声をひそめて訊いた。ドアは閉まっていたが、私とロバのいる場所から壁ひとつ隔てた部屋に愛子がいたからである。

「べつに何も話してないよ。彼女たち、買い物を済ませて戻ってくるなり、俺に、ほんとに一緒に暮らしてもいいのかって訊くんだよ。与志くんときみたちがそれでいいのなら、俺は大歓迎だって言ったら、二人で何か相談してから、あのカーテンのアイデアを思いついて、それで俺も手伝ってたら、お前が帰って来たんだ」

ロバののんびりした喋《しゃべ》り方が、逆に私に猜疑《さいぎ》心を生じさせた。

「変だと思わないか？」

と私はいっそう声を低くさせて言った。

「あいつら、よっぽど変わってるのか、それとも、凄腕《すごうで》のイカサマ女なのかのどっちかだよ。だって、俺たち、こないだバーで知り合っただけなんだぜ。それが、もう今夜から、一緒の部屋で暮らしだしたんだ。こっちもひとり、あっちもひとりだったら、そんなのはよくある話だよ。でも、俺たちの場合は、男二人、女二人なんだぞ」

「そりゃあ、変だよ。変だけど、俺、こういうことに憧《あこが》れてたんだ。うまく同居できたら、楽しいじゃないか」

「おい、ロバ。お前みたいなやつを楽天家って言ったらいいのか？　それとも、能天気って言ったらいいのか？」

「窓ガラスに突進するミツバチじゃないよね。障害物を避けようとしないフンコロガシかな」

私はパジャマに着換えながら、やはりカーテンは必要だなと思った。

「あした、目を醒《さ》ましたら、何もかも失《な》くなってたってことにならねェだろうな」

と私は言った。

「何もかもって？」

「テレビ、冷蔵庫、その他いっさいがっさい」

「あの二人の持ち物のほうが、俺たちのよりも、はるかに上等だぜ。電気製品も家具も食器も」

「預金通帳は、枕の下に隠して寝るぞ」

私は本気でそう言った。

「与志くん、きみの預金通帳の残高は？」

とロバは訊いた。

「七十二万とちょっとだ」

「それでよく独立しようなんて思ってるよな。まあ、俺も、似たようなもんだけど、俺の場合は自分の事務所を持つのに金を使っちまったんだ。だから、いまは五十六万円しかない」

「お互い、三十を過ぎて、預金が百万円にも満たないなんて、いったいどんな生活をおくってきたんだろうな」

私は、自分がなさけなくなってきて、そう言った。すると、愛子の部屋からドアをノックする音が聞こえた。

私とロバは同時に「はい」と返事をした。愛子はドアをあけ、曜子のいる部屋へ急ぎ足で行き、小声で、

「私、駄目になっちゃった」

とドア越しに言って、私たちから顔をそむけた。愛子の顔は青ざめて、ドアのノブをつかむ手が震えていた。

「大丈夫よ」

曜子は、そう言いながらドアをあけ、私たちに仄《ほの》かな笑みを向けてから、愛子を部屋に入れてドアを閉めた。

「見たか？　もうこういうおかしなことが起こるわけだよ。ドアってのは、部屋の外

からノックするもんなんだ。部屋のなかにいるやつが、ドアをノックして外へ出てくる……。外にいるやつが『はい、どうぞ』って答える。なっ？　異常だよ」

私は、両腕を大きく上下左右に動かしながら言った。言ってから、曜子の部屋を見た。

「愛子、どうしたんだ？」

と私はロバに訊《き》いた。

「手が震えてたぞ。私、駄目になっちゃったって、何が駄目になったんだ？」

その私の言葉に、ロバは何も答え返さず、蒲団の上にあぐらをかいて坐り、ＦＭ放送のスウィッチを入れた。そして、

「人には、いろんなことがあるよ」

と言った。

やがて、曜子が自分の部屋から出て、愛子の部屋へ入ると、小さな革の袋を持って出て来た。

「どうしたの？」

とロバが訊いたが、曜子はそっと微笑《ほほえ》み返しただけで、また自分の部屋へ戻っていった。

私には、曜子と愛子がおない歳とは思えなかった。いかにも、姉さん肌の曜子は、勝気そうな、よく光る目で、どこからでもかかってこいといった雰囲気を絶えず漂わせていたし、愛子は、甘えん坊で繊細そうで、いますぐにもこわれてしまいそうなものを、その小さい端正な顔にあらわしていたのだった。

「急に生理になったんだよ」

　とロバが言った。

「そんなとき、女は、私、駄目になっちゃった、なんて言って手を震わせるのか？　あいつ、二十七だぜ。中学生でも、そんなこと言うもんか」

「じゃあ、高所恐怖症なんだ。この十六階の部屋から外の景色を見てるうちに、駄目になっちゃったんだ。きっと、そうだよ」

　ロバはそう言って立ちあがり、自分でカーテン代わりのシーツを降ろした。

　私が、ロバに揺り起こされたのは、夜中の二時ごろだった。ロバは、トイレに起き、台所の椅子《いす》にひとりで坐っている愛子のうしろ姿を目にしたが、何か事情があるのだろうと思って、そのまま寝ようとした。しかし、どうにも気になって、三十分ほどたってから、もう一度、足音を忍ばせて台所へ行ったところ、愛子は、さっきと同じ姿で坐りつづけていたのだった。

「泣いてるみたいなんだ」

とロバは私に言った。

「共同生活ってのは、そういうことを干渉するから破綻《はたん》するんだ。人には、それぞれ事情がある。ひとりで物思いにふけりたいときもある。ほっといてやったほうがいいよ」

私はそうささやき返したが、ロバよりも先に立って、台所へ行った。

「喉《のど》が渇いて……」

私は愛子に言って、飲みたくもないのに水を飲み、

「寝ないの？」

と訊いた。

「うん、もう寝る……」

「高いところが、苦手なんだったら、ベッドの置き場所を変えたら？」

あとからやって来たロバがそう言った。

「うん、ありがとう。最初の夜に、心配させてごめんね」

うなだれたまま、愛子は言った。そして、自分の部屋のドアをあけたまま寝てもい

いかと私たちに訊いた。

「そりゃあ、かまわないけど、ロバのいびき、うるさいよ」

「与志くんのいびきも相当なもんだぜ」

「いびきなんか、二人とも、かいてなかったわ」

するると、曜子が、パジャマの上にガウンを着ながら台所へ来て、愛子の横に坐り、

「そんなに気落ちすることないわよ。がっかりすると、余計に発作が出やすくなるんじゃない？」

と愛子の肩に手をそえて言った。

発作という言葉で、私とロバとは顔を見合わせた。

「発作って、喘息《ぜんそく》か何かなの？」

とロバは遠慮ぎみに訊いた。

曜子の説明によると、愛子は二年前に、会社へ行く地下鉄のなかで、最初の不安発作に襲われ、それは次第に嵩《こう》じて、エレベーターに乗ることも、ひとりで風呂《ふろ》に入ることもできなくなり、会社を半年ほど休んだが、神経科の医者にかかって、かなり良くなり、ことしの一月からまた働けるようになったのだとのことだった。

「不安神経症っていうらしいわ」

と曜子は言って、煙草《たばこ》を吸ってもいいかと私たちに訊いた。

私も煙草に火をつけて、愛子と向かい合って坐り、

「不安神経症？　どんな病気なの？」

「理由もなく、凄い不安に襲われて、息が苦しくなったり、心臓がドキドキして、死ぬんじゃないかとか、発狂するんじゃないかって思うらしいの。でも、神経科のお医者さんは、そんなことで死にはしないし、発狂したりもしないって、精神安定剤を出してくれてるの。べつに、体のどこが悪いってわけでもないし……」

肩を落として、しょげきっている愛子に代わって、曜子はそう言った。

「私、また会社に行けなくなっちゃう。こんど休んだら、きっと、やめさせられるわ」

と愛子は言った。

「地下鉄の階段を降りるだけで、心臓がつぶれるくらいドキドキして、体が震えて、死にそうになっちゃうの……。どうしてだか、自分でも、ぜんぜんわかんない……。地下鉄くらい、子供でもひとりで乗ってるよって、自分に言い聞かせるんだけど、梅干しを見たら唾《つば》が出るみたいに、地下鉄に乗ったら、心臓がドキドキして、息ができなくなるの。精神安定剤なんて効かないわ……」

「じゃあ、地下鉄に乗らないで、会社へ行く方法を考えようよ」

とロバは言ったが、愛子は首を横に振った。

「地下鉄だけじゃないの。エレベーターも駄目だし、オフィスも駄目だし、自分の家でひとりっきりになることもできないんだもの」

それで、さっき、自分の部屋のドアをあけたままにしといてもいいかと訊いたのだな。私はそう思ったが、不安神経症という病気が、具体的にいかなる病気なのか、二人の説明だけでは理解できなかった。

「ねェ、シーツで部屋を囲っちまったのが良くなかったんじゃないかな」

とロバが言った。

「うん、そうかもしれないわね。愛子、それで気持が悪くなったのよ。きっとそうよ」

曜子は笑顔で愛子の頭を軽く叩《たた》くと、敏捷《びんしょう》な動作でシーツを外していった。ロバも手伝った。その間、愛子は、ごめんね、ごめんねと謝まりつづけたので、私は、愛子の頭を撫《な》で、

「会社は、どこにあるの？」

と訊いた。

「有楽町」

「俺の会社は新富町にあるんだ。毎日、俺が会社まで送ってってやるよ。帰りは、俺かロバに電話をしろよ。どっちかが迎えに行ってやる。俺もロバも時間がとれないときは、別の方法を考えたらいいんだ」

「そうだよ。俺は、いつも自分の車で事務所へ行くから、与志くんの都合が悪いときは、俺が車で送ってやるよ」

　ロバはそう言ってから、

「不安神経症か……。知り合いのカメラマンのアシスタントをやってたやつが、不安神経症だったなァ。そいつも、ひとりで電車に乗れなくて、あの息苦しいスタジオに入れなくて、当然、暗室になんか絶対に入れなくて、高速道路のトンネルが駄目で……。でも、二週間ほど前に逢《あ》ったときは、元気そうに仕事をしてたぜ。俺、そいつに、どうやって元気になったのか訊いてみるよ」

　愛子の顔に笑みが甦《よみがえ》り、血色も良くなってきた。

「その不安神経症の発作が一番、起こりやすいのは、地下鉄？」

　と私は訊いた。

「うん、地下鉄が一番駄目」

「その次は？」

「乗り物全部。でも、誰か親しい人と一緒だったら何ともないの。変でしょう？」

「乗り物の次は？」

「ひとりっきりになること」

「その次は？」

「会社のオフィスにいること」

するとロバが、何枚かのシーツを持ったまま、

「つまり、それって、なまけ病なんじゃないか？」

とひやかすように言って笑った。私も笑い、

「甘えん坊病なんだ」

「うん、きっと、そうなんだと思う」

愛子も笑い、また、ごめんね、ごめんねとみんなに謝まった。私は、そのとき、愛子を好きになったのだった。そして、自己紹介の際、愛子が、

「お母さんは、いない……」

とためらいつつ言ったときの、かすかに羞恥《しゅうち》を孕《はら》んだ表情を思いだした。愛子の母は、〈死んだ〉のではなく、〈いない〉のだ。それがどういう意味なのか、いつか愛子

が自分から口にする以外は、私たちのほうから質問してはならない。私はそう自分に言い聞かせた。

「雨ね」

と曜子が耳をそばだてるようにしてつぶやいた。確かに、ベランダのあたりから雨の音が聞こえた。

「私は、月曜日がお休みだから、かまわないけど、みんな仕事があるのよ。もう寝たほうがいいわ」

その曜子の言葉に、愛子は、

「私、あした、休むわ。病院に行ってこようかな」

と言った。

「俺も、朝寝坊するよ。昼から、出張の準備をするだけだからね。愛子さん、昼からでよかったら、俺が車で病院まで乗せてってあげるよ」

とロバが言った。愛子は、さんづけでなく、愛子と呼んでくれたらいいとロバに言った。

「北尾さんは、与志くんて言うほうが呼びやすいわね。与志くんとロバちゃんて呼ぶわ。私は曜子じゃなくて、ナースって呼んで」

「ナース？　看護婦のナース？」

「そう。柴田愛子専属のナースなの。だって、愛子が不安神経症にかかって、ひとりで暮らせなくなったから、私、愛子と一緒に暮らしだしたんだもの。ナースって言うより、付き添いさんてとこかな」

「ナースって呼ぶの？　ほんとにそう呼ばれたいのならこれからナースって呼ぶことにしようか」

　とロバは言った。

「冗談よ。ナースなんて呼ばれたら、他の人は、私のことをほんとに看護婦さんなんだなって思うわよ」

　そして、曜子は、私とロバに、

「与志くんもロバちゃんも、信じられないくらい、いい人ね。涙が出ちゃう」

　と言い、本当に目に涙を滲《にじ》ませた。

「でも、人畜無害じゃないんだぜ。生身《なまみ》の男なんだから、いちおうは気をつけといたほうがいいよ。ロバなんて、おとなしそうに見えるけど、いい女には目がないんだ。好き者なんだから」

　私は笑って言った。

「いいわよ。私の処女をロバちゃんに捧《ささ》げるわ。そしたら、与志くんは、リビングを自分ひとりの部屋に使えるわ」

私もロバも、曜子が冗談を言っているのだと思った。けれども、曜子は、自分の部屋のドアをあけると、

「ロバちゃん、さあ、私のお部屋にお引っ越しよ」

と言って、顎《あご》をしゃくって、早く来るよう促したのだった。

「ほんとに処女かい？　もしほんとだったら、凄《すご》い処女だよね。でも、また、からかってるんだろう？」

ロバがそう言いながら、不安そうな面持で曜子の部屋へ消えていくのを、私と愛子は、呆《ぼ》けたような顔で見ていた。

三

ふいに静まった部屋は、全体が気味悪いほどに落ち着きを持ち、それは、愛子の病んだ心が、平穏になったことをも示しているように思われた。

「彼女、本気よ」

愛子は、声を潜めて言った。そのとき、愛子の目が澄んでいくさまを、私は、なんだか潮が満ちるのを眺めているみたいに感じたのだった。愛子のなかで、潮が満ちていく、と。

「いいなア、ロバのやつ」

私は、微笑《ほほえ》みながらささやき、私ひとりの寝室になったリビングへ行こうとしたが、愛子が腰をあげないので、まだひとりにさせておいてはいけないと思い、

「眠れそう？」

と訊《き》いた。すると、愛子は、

「私をあげる。与志くんが貰《もら》ってくれればだけど……」

　と言った。

「でも、私、あんまりセックスが好きじゃないの。嫌いかもしれない……」

「嫌いなことは、しないほうがいいよ」

「好きになれるかな」

「これまで、何人の人とつき合ったの？」

「二人」

「長く？」

　愛子は首を横に振り、

「最初の人は、四ヵ月。二人目は、三週間」

　と答えた。

「だって、好きになれなかったから」

「セックスが？」

「相手の人も、セックスも」

「それだったら、つき合ったって言葉は不適当だな。袖《そで》すり合ったただけみたいなもんさ」

愛子は、ドアをあけたままの自分の部屋に入り、私を見つめた。そこは、この公団マンションの抽選に当たったとき、私が自分の寝室にしようと決めていた部屋だった。

「俺が一緒に寝たら、ドアを閉めても平気なんだろう?」

私は、抑えようもなく愛子を抱きたくなっていたが、愛子の表情にためらいがあるのを見て、そう言った。それから、掛け蒲団《ぶとん》の乱れを直している愛子を、うしろから抱き寄せた。愛子は、私の腕のなかで、体の向きを変え、私と向かい合った。

「二人目の人とは、いつ終わったの?」

と私は訊いた。

「二年前。この変な病気にかかってすぐのころだったと思うわ」

私は、愛子のパジャマのボタンを外し、大きくはないが、よく張りつめた乳房を、両の掌《てのひら》で撫《な》でた。

「こんな可愛《かわい》い体が、セックスが嫌いだなんて、嘘《うそ》だよ」

「好きになれるかな……」

「そんなことを言われると、プレッシャーがかかって、緊張するなァ。男は緊張すると、何もかもしぼんじゃうんだぜ」

慎重に、優しく、と自分に言い聞かせつづけたのに、私は愛子を全裸にしてベッドに横たえると、性急に、乱暴に、愛子のなかに入っていった。すべてが入ってから、私は、片方の手で、愛子の髪をまさぐり、乳首を吸った。愛子の肌は、いささか異常なくらいに熱くなっていった。私は、愛子に、自分で自分の足首をつかんで、思いきり拡《ひろ》げるようにとささやいた。愛子は、うっすら目をあけて、私の言うとおりにした。「最高。すごい。名器。世界にひとつしかないAという突起物が、世界にひとつしかないAという凹《くぼ》みに、見事におさまったって感じだ」

私は本当にそう思ったのだった。私は動きながら、自分の手で足首をつかんで体を開いている愛子を眺め、自分の知るかぎりの、賞讃《しょうさん》の言葉をささやきつづけた。愛子は、自分も、とても気持がいいと言った。

「じゃあ、気持がいいって言葉以外、使わなくていいよ。俺が動くたびに、気持がいい、気持がいいって言ってごらん。ほんとに気持よさそうに言わなきゃだめだぜ」

愛子が、浅く達したのは、二度目のときだった。私は二度目の終わりを迎えていなかった。たいてい、相手よりも一分ほど早く終わってしまう私にしては珍しいことだった。

私は終わっていなかったが、動きを停め、凹みから突起物を外し、凹みを、軽く噛《か》んだり舐《な》めたりした。そうしていると、愛子が、泣き声に似た声をあげ、上半身をよじって、枕《まくら》を抱きしめてから、それを三回叩《たた》いた。

「それは、プロレスのギブアップかい？」

私が訊くと、愛子は泣き声に似た声を洩《も》らしながら、烈《はげ》しく頷《うなず》き返した。私は、愛子の腋《わき》の下に自分の額をすりつけ、乳首を指先でつまみながら、目を閉じて、雨の音を聴いた。愛子は、私の髪を撫でつづけた。

「お金で遊べる相手以外では、私は何人目？」

と愛子が訊いた。

「四人目。お金で遊んだことは、一度もない」

「最後の人とは、いつ終わったの？」

「八ヵ月前。結婚するつもりだったんだけど、ふられた」

「どうして？」

「俺が、相手の過去に嫉妬《しっと》したから」

「その人、世界にひとつしかないAっていう凹みだった？」

「なんだか、角度が合わなかったな。でも、人柄のいい子だったよ」

「私、人柄だったら負けないと思う。私、優しいよ」

「凹みも勝ってる。だって、そう言っただろう？　世界にひとつしかないAという突起物が、世界にひとつしかないAという凹みに、見事におさまったって。あれ、本気で言ったんだぜ。こんなの、滅多に巡り合えるもんじゃないよ」

「私も、気持よかった。ほんとよ」

「また、したい？」

「うん。でも、きょうはギブアップ」

私は、愛子に蒲団をかけてやり、枕元の小さな明かりを消した。愛子が寝てしまうまで起きていてやろうと思い、次第に烈しくなる雨の音を聴きつづけ、うとうとしかけたとき、ロバか曜子かのどちらかがシャワーを浴びている音がした。愛子は、とうに眠っていたのに、その寝息は、雨の音で聞こえなかったのだった。


朝、出社しなければいけない私だけが先に起き、寝不足の頭で、昨夜のすき焼きの残りを温めた。いつもは、何も食べずに会社へ行き、それから近くの喫茶店でコーヒーとホットドッグを食べるのが日課だったのだが、珍しく腹がすいて、何か食べずにはいられなかったのだった。

「すき焼きの残りをあったためて、それを飯にぶっかけて食うなんて、久しぶりだよ」

私は、そうひとりごとを言い、台所で立ったまま、ご飯とすき焼きの残りをかき込みながら、曜子の部屋のドアを見た。ノブのところに紙がテープでとめてあった。

――十時まで起こさないで下さい。ロバちゃんが愛子を昼から病院につれて行ってくれるそうです――

私は、箸《はし》の先を前歯で噛みながら、まったく、世の中って、どこでどうなるか、わかったもんじゃないなと思った。

出かけようと、靴をはきかけると、愛子が、パジャマの上に薄手のキルティングのガウンを着て、部屋から出て来て、

「すごくよく寝ちゃって……。ごめんね」

と言った。

「ごめんて、何が？」

「与志くんの朝ごはんを作ってあげようって思ってたの」

「いいよ、ゆっくり寝てたら」

「もし、時間があったら、買ってきてもらいたい本があるんだけど」

「会社のビルの地下に本屋があるんだ。どんな本？」

愛子は、メモ用紙に、著者名と本の題を書いた。舌を噛みそうな外国人の名と〈宇

宙と生命への序論〉という本の題が書かれてあった。

財布を捜している愛子に、

「お金は、あとでいいよ」

と言って、私は出かけた。

昼休みに、本屋へ行くと、愛子に頼まれた本を捜した。百科事典ほどのぶあつい本で、五千六百円だった。

――私たちが人間であることのためには、まず、なぜ人間であるのかを思索しなければならない。そのためには、厖大《ぼうだい》な謎《なぞ》を、ひとつひとつ解いて、論理的、かつ哲学的に思弁する道と、飛躍的な推論の峰から、生命を見おろすやり方のどちらかを基本的に選択する必要に迫られるのである――。

著者の序文を、私は、ラーメンを食べながら読んだ。その本は、千三百ページもあったが、私は、愛子がそれをたった十日間で読破するなどとは、考えてもいなかったのだった。

その日は、夕刻に急な仕事が入って、十時近くまで残業し、マンションに帰ったのは、十一時過ぎだった。雨は、いったんやんだのに、駅に着くと、どしゃ降りになっていた。

ロバと曜子と愛子は、リビングでテレビを観《み》ていた。部屋を仕切るカーテンは、すべて外され、リビングには、真新しい五人掛けのテーブルと椅子《いす》、それに、長くて大きいソファがあった。

ロバは、撮影のための機材を点検しながら、

「出張、あさってになりそうだよ」

と私に言った。

「九州も大雨で、晴れるのは、あさってになりそうなんだ」

愛子は、食事はどうしたのかと私に訊いた。私は、夕刻、女子社員が買って来てくれた豚マンを一個食べたきりだった。

「カレーを作ったの。曜子のカレーは、おいしいのよ」

「へえ、ありがたいなァ。すき焼きの残りを、ロバがみんな食っちまってたら、尻《しり》を蹴《け》っとばしてやろうって思いながら帰って来たんだ」

「三百三十二円よ」

と曜子は言った。家で食事をしたら、食べた者が、その材料費の四分の一を払うことにするのだとのことだった。

「三人が食べたら、三分の一。二人が食べたら、二分の一なの」

と曜子は言い、

「でも、この新しいテーブルと椅子とソファは、私が勝手に買ったんだから、ただで使わせてあげる。電話代も、光熱費も、全部、四分の一を各自支払うこと」

私は、愛子に、病院に行ったのかと訊いた。

「お医者さまは、いつもとおんなじことしか言わないの。いつもとおんなじ薬をくれて……」

愛子は、そう言いながら、私の食事の用意をしてくれた。

「きのう、俺が言ってたカメラマンのアシスタントは、不安神経症ってのは、簡単な病気じゃありませんよ、だって。この病気の苦しみは、かかったもんじゃないと、到底わからないって……」

とロバは言い、

「でも大丈夫だよ。みんながついてんだからね。発作が起こったら、三人の誰かにSOSを送ったら、すぐに駆けつけるよ。誰も駆けつけられないときは、ひとりで頑張ってもらうしかないけど」

「精神的な病気ってのは、頑張っちゃいけないんだって説もあるわよ。ウツ病の人に、しっかりしろ、頑張れなんて励ましたら逆効果だって、何かで読んだわ。病気の嵐《あらし》がおさまるまで、死んだふりしてるのが一番いいって。愛子の病気も、おんなじことかもしれないわよ」

と曜子は言った。

「だけど、死んだふりをしてたら、会社に行けないわ。働かなきゃあ、生活できないもん」

カレーライスと水を私の前に置いてから、愛子は、元気のない口調で言った。

「そのカメラマンのアシスタントは、まだ治ってないのかい？」

私は、ロバに訊いた。ロバは、ためらいぎみに、

「札幌の実家に帰ることに決めたらしいよ。いまの状態じゃあ、とても仕事なんかできないからって。この半年ほどで、いろんな治療法を試してみたんだって。自律訓練法だとか漢方薬だとか、へんてこりんな宗教とか……。でも、駄目だったって。もう、死んだほうがいいって、何度も思ったって。周りのやつらは、そんなものは気の持ちようだとか、甘えてんだとか言うけど、なんか、とんでもなく深い業病《ごうびょう》みたいな気がするって」

と言った。

「お前、愛子が打ちひしがれるような話をするなよ。もっと、希望が持てるようなこ

とを言えよ」

私は、スプーンを持った手を振り廻した。

「与志くんは、腹が立つと、両手を振り廻すって癖があるんだ」

ロバは、私を指差して、笑いながら言った。私は、無言で、曜子の作ったカレーライスを食べた。曜子は、洗濯した自分のポロシャツにアイロンをかけ始め、愛子は、私が買ってきてやった〈宇宙と生命への序論〉を読みだした。すると、ロバが、私の隣に坐《すわ》り、小声で、

「与志くん、いつごろ、自分の事務所を持つつもりなんだ？」

と訊いた。

「二年ぐらい先かな。だって、頼りになる得意先を三つくらいは確保しとかないといけないし、資金も作らなきゃいけないし。俺の預金の額、きのう教えただろう？ 会社を辞めるとき、退職金が入るけど、勤めて十年ほどだと、たかが知れてるよ。お袋に、静岡の家を売ってくれなんて言えないしな」

「俺、ことしの暮れに絶対に返すから、与志くんの預金、貸してくれないかなァ」

「金が要るのか？ 仕事の金か？」

「仕事じゃないんだけど……」

ロバは、金が要る理由を説明した。それは、まわりくどくて、要領を得ず、私が理解するのに時間がかかったが、ロバの話は、次のようなものだった。

一年ほど前、仕事で八王子まで行った際、無茶な運転をする車に、ロバの車がぶつけられた。その車には、四人の、どう見ても十四、五歳くらいとしか思えない少年と少女が二人ずつ乗っていた。車は、ロバの車に当たってから、ガードレールにぶつかり、さらに電柱に衝突して停まった。乗っていた四人の子供たちは、近くの住宅街に逃げ込み、そのまま行方がわからなくなった。

ロバは警察に行き、被害届を出し、事情を説明し、四人のおおざっぱな特徴を話して帰った。

三日後、警察から電話があり、犯人と思われる四人を留置してあるので、面通しをしてくれという。ロバは、八王子の警察署へ行き、四人を見たが、あのときの四人とは、どうも違うような気がした。しかし、警官は、この四人に間違いないはずだと言明し、なんだか巧妙な誘導尋問で、ロバを、「この四人に間違いありません」と言わざるを得ない状況へと追い込んでいった。

けれども、ロバは、自分がいいかげんな証言をすれば、罪もない四人の子供たちの一生に傷をつけると思い、着ている物は似ているが、この四人ではないと言い切った。しかし、ロバとても、一瞬のことだったので、犯人の顔を完全に記憶していたわけではなかった。

警官は、この四人は、以前にも車を盗んで事故を起こしたことのある札つきで、この四人以外に、不審な者たちは、捜査線上にひとりも浮かびあがってこないのだと言った。だが、四人の子供たちは、否認している。

「何をやらかすにも、こいつら四人は、いつも仲が良くてね」

と警官は言った。それでもなお、ロバは、犯人は、この四人ではないような気がすると言った。

「ような気がする？　あんたには目があるのか！」

警官も刑事も、被害者であるロバを怒鳴った。

「こいつらに決まってんだよ。一晩、絞りあげたら泥を吐くことはわかってんだけど、こっちも忙しくて、こんなガキのために余計な時間を使いたくねェから、あんたに来てもらったんだ」

そのうち、二人の女の子が泣きだした。ロバは、何か、たまらなく腹が立って、

「絶対に、この子たちじゃありません。目撃者のぼくが否定し、この子たちも否定し

てるのに、どうして、あなたがたは、この子たちだと断定するんです？　車に指紋は残ってないんですか？　それが、この子たちの指紋とおんなじだったら、なにも、ぼくの証言なんて必要ないじゃないですか」

と言った。あとで知ったのだが、盗まれた車に、犯人たちの指紋は残っていなかった。本当の犯人たちは、子供のくせに用意周到で、全員、軍手をはめていたのだった。真犯人は、それから三ヵ月ほどあとに、横浜で逮《つか》まった。にもかかわらず、ぬれぎぬを着せられた四人は、高校を退学させられた。学校側も、この機会に厄介払いをと考え、小さな校則違反を理由に退学させたのだった。

四人は、ロバの住所をどうやって調べたのか、ある日の夕刻、ロバのアパートに訪ねてきた。

つっぱって、音をたててガムを嚙みながらも、ロバに礼を述べた。それを機に、ロバと四人とのつき合いが始まった。聞いてみると、四人とも、どうにもこうにもひどい家庭に育っていた。

父を早くに亡《な》くし、母は、次から次へと男を家に引っ張り込んでくる家庭。商売に失敗して、父が行方をくらまし、母が夜の仕事に入って、帰宅するのは、たいてい朝方だという家庭……。つまり、多少の違いはあっても、四人とも似たような境遇だった。

　その四人が、きょうの夕刻、ロバの事務所に揃《そろ》ってやって来て、全員、昼間に勤める長期のアルバイトをみつけて、もう一度、高校へ行きたいと言う。定時制の高校なら、まだ入学手続きに間に合うので、そのためのお金を貸してくれないかとロバに頼んだ。

「話をしてると、四人のうちで、本気で夜間の高校へ行きたいと思ってるのは、二人だけなんだよ。あとの二人は、勉強は死ぬくらい嫌いで、本当は、専門学校へ行って、手に職をつけたいらしいんだ。でも、専門学校も、入学金や授業料が高くて……。話し合った結果、タコって子が、俺のアシスタントをすることになったんだ」

「タコ？」

「あだ名だよ。タコとポーが男。マキとペパーが女。ポーとマキは、石にかじりついても定時制の高校を卒業してみせるって約束したんだ。ペパーは、まだ気持がふらふらしてるけどね。タコも、ちゃんとやれるようだったら、そのうち、先輩のカメラマンに紹介しようと思ってんだ。俺みたいな、まだ修業中のカメラマンと昆虫を撮ってても、明るい未来はなさそうだしね」

「その四人、つれてこいよ」

　と私は言った。

「お人好しのロバは、そいつらに騙《だま》されてるんじゃないのか？　お前から金を借りて、その金で遊んで、それっきりってことになりかねないぞ」

「そんなことないよ。あいつら、すごく、いい子だよ。それに、俺、まかせとけって、胸を叩《たた》いて約束しちまったんだ」

「親がいるだろう。ロバがそこまで介入することはないよ」

「あんな親だったら、いないほうがいいよ。自分の子供がどうなろうと知ったことじゃない、いま惚《ほ》れてる男に、若い女ができたんじゃないかって半狂乱になってる母親を見たくなくて、マキって子は、もうちょっとで、苦界《くがい》に身を沈めるところだったんだぜ」

　苦界に身を沈めるという言い方がおかしくて、私は、口のなかのカレーライスを吹き出しそうになったが、

「いいよ。金を貸すよ。悪いことに使うわけじゃないんだ。その四人のうちのひとりでも、ちゃんとしたおとなになれれば、俺も、ロバっていうお人好《よ》しの片棒をかついだ甲斐《かい》があるってもんだ」

と言った。ロバは、にわかに元気になり、カレーライスを食べ終わって、水を飲んでいる私の肩を揉《も》み、

「借用書を書くよ。十二月に、百五十万の仕事が決まってんだ」

と言った。

「借用書なんて、ただの紙切れは必要ない。俺も、親父《おやじ》が死んだとき、学校を辞めなきゃいけないと思ったけど、親父の昔の友だちが金を貸してくれて、ほんとにありがたかったもんなァ」

あした、開店の前に、月例の会議があるので、先に寝ると言って、曜子は洗面所で歯を磨いたあと、

「私、来月から、店長になるの。アシスタントの女の子がひとり辞めるんだけど、ロバちゃん、そのペパーって子、大丈夫？」

と言った。

「大丈夫って、何が？」

ロバは、テレビの天気予報を観ながら訊《き》いた。

「つまり、ちゃんと、真面目《まじめ》に働けるかなってこと。最初は、店の掃除と、道具の手入ればっかりよ。三日で辞めたり、無断で休んだり、お客さんに無愛想だったりだと

困るもん」

「えっ、ペパーを曜子の店で雇ってくれるの？」

「決めるのは、本人と逢《あ》ってからだけど」

「あした、曜子の店に行かせるよ。何時くらいがいいかなァ」

ロバは、そう言いながら、曜子と一緒に部屋に入った。

「みんな、与志くんよりも先に、お風呂《ふろ》に入っちゃったの」

と愛子は言い、私の横に坐って、頬杖《ほおづえ》をついた。

「そんなこと、かまわないよ。俺も、ロバも、時間どおりに帰れる日なんて、滅多にないんだから、みんな、自分のペースでやらないと、気ばっかり遣って、疲れちゃうよ」

私は、新しいソファに寝そべって、テレビを観た。愛子は、私が使った食器を洗い、歯を磨いた。

私が風呂からあがると、愛子はパジャマに着換えて、本を読んでいた。

「作者の序文を読んだけど、愛子、難しい本を読むんだなァ」

「私、京都の大学に受かったんだけど、そのころ、家のなかがごたごたしてて、結局、大学に入るのをあきらめたの」

「へえ、学部は何だったの？」

「理学部」

「優秀なんだ。俺、言いたくないけど、その大学の工学部を落ちたんだ。あっ、なんだか急に、負い目を感じてきたなァ」

「どうして？　試験なんて水ものよ。私、与志くんにギブアップだもん」

「そのうち、俺のほうがギブアップするよ」

「私、なんでも、言うとおりにするもん」

そう言ったくせに、私がベッドに誘うと、愛子は、本のページをくり、ここまで読むまで待ってくれと頼んだ。

「そんなに読むの？　一時間くらいかかるぜ」

だが、愛子は、十五分ほどで、二十数ページを読み、戸閉まりや火の元を点検して寝室に入ってきた。

「ちゃんと読んでるのか？　流し読みするような本じゃないよ」

と私は言った。愛子は、同時に五、六行読めるのだと言った。

「つまり、それは、速読法ってやつ？」

「わからないわ。中学生のときから、自然にできるようになったの。でも、ちゃんと読んでるわよ」

「頭のできが、とんでもなくいいのかもしれないな。あの大学の理学部なんて、おいそれと入れるもんじゃないんだぜ」

「でも、入れなかった……。お金がなかったから。お父さん、株に凝って、それで儲《もう》けたの。そしたら、次に商品取引きに手を出して、家も土地も、みんな失《な》くしちゃって。それまでは大阪に住んでたんだけど、夜逃げみたいに、知り合いを頼って淡路島へ引っ越したの。そこの高校で、数学の教師の口があったから」

「じゃあ、愛子は、浪速《なにわ》っ子なの？」

「そうよ。大阪の住吉区で生まれて、十八歳のとき、一ヵ月だけ淡路島で暮らして、そのあとは、ずっと東京……」

「でも、ぜんぜん関西訛《なま》りがないよ」

　私がそう言うと、

「うちは浪速生まれの浪速育ちや」

　と愛子は大阪弁で言って笑った。

「色っぽいなァ。これから、ベッドにいるときは、大阪弁で喋《しゃべ》ってくれよ」

「うん、かめへんよ」

私は、パジャマを脱ぎ、風呂あがりの体から力を抜き、のびやかさにひたりながら、愛子を裸にした。

「気持がいいっていうのを、大阪弁で言ってくれよ」

「気持がようなれへんかったら言われへん」

私は、同じ言葉を大阪弁の抑揚を真似《まね》て言った。愛子は声をあげて笑い、関西人でない人の使う関西弁は、聞いた瞬間に鳥肌が立つと言った。そして、ふいに笑顔を消し、

「曜子、何か悩みがあるみたい。私にはわかるの。来月、店長になるって言ったけど、そのことかな」

「店長になることが悩みなの？」

「だって、六本木の〈コード〉って、超一流よ。支店は、東京と横浜と京都に八軒あるけど、六本木店の店長ってのは、その全部の頂点に立つことなんだもの。オーナーは、もうお歳で、子供ができなかったから、跡継ぎはいないの。六本木店の店長になることは、〈コード〉って美容室の跡を継ぐのとおんなじなんだもの」

「じゃあ、大出世じゃないか」

「それなのに、曜子は、ロバちゃんが、四人の高校生の話をするまで、自分が店長に

なるってことをひとことも言わなかったわ。私にも黙ってた。きょうは、お店は休みだから、店長になることは、もっと前に決まってたのよ。それなのに、私に黙ってた。きっと、そのことで、何か悩みがあるからよ」

「どんな仕事にだって、悩みは付きものだよ。責任が大きくなれば、それと一緒に、悩みも大きくなるのは当たり前だからね」

だが、愛子は、裸の体を掛け蒲団《ぶとん》で覆《おお》い、しばらく物思いにひたってから、パジャマを着ると、寝室から出て、曜子とロバの部屋をノックした。

私もパジャマを着、寝室のなかで様子をうかがった。ロバの、くしゃみの音がリビングで聞こえた。私が寝室のドアをあけると、ロバは服を着たまま、電話をかけていた。相手は、ペパーという女の子らしかった。あした、六本木の〈コード〉って店に、朝の十時に行くようにと、ロバは言った。

「仕事はきついよ。学校へ行って、勉強してたほうが、よっぽど、らくだったなァって思うぞ。でも、頑張れよ。たぶん、俺の出張は一日遅れそうだけど、俺は、ついて行ってやらないからな。面接、自分で受けてくるんだぞ。ちゃんとした、一番いい服を着ていけよ。店に行ったら、荻野曜子さんに逢いに来たって言うんだぞ。ペパーのことは、俺から話してあるから。ちゃんと、お辞儀をして、初めまして、どうぞよろしくって、礼儀正しくするんだぞ」

愛子は、十分ほどして、寝室に戻って来た。

「どうだった?」

と私は訊いた。

「あしたの夜、話をするって」

雨は、いっこうに、やみそうになかった。その夜の愛子は、きのうよりも十倍も気持がいいと大阪弁で何度も言い、私を〈殿下さま〉と呼んで、私よりも早く寝息をたてた。

四

翌日から、私はいつもよりも三十分早く出勤するようになった。愛子を有楽町のオフィス街に送ったあと、自分の会社へ行くためである。

愛子は、会社で発作が起きると、私に電話をかけてきた。そのたびに、私は、

「大丈夫だよ。死にゃあしないよ。精神安定剤を服《の》めよ。そのうち、おさまるよ」

と励ました。

愛子は、たいてい、定時に退社できたが、私はそうはいかず、一緒に帰ってやれるのは、週に三日ほどだった。そんなときは、ロバが自分の車で迎えに行ってやるのだが、ロバとても、仕事で、自由にならないときがあり、愛子は必死で地下鉄に乗り、自分ひとりで帰らねばならなかった。

四人の共同生活が始まって、半月後の夕刻、会議中の私に病院から電話がかかり、柴田愛子さんが救急車で運ばれたと連絡を受けた。

私が慌《あわ》てて、タクシーで病院へ行くと、愛子は、待合所に坐《すわ》っていた。

「もう駄目、もう死ぬと思って、地下鉄の駅で、近くにいた人に救急車を呼んでもらったの。救急車に乗った途端に治っちゃった……」

と言って、うなだれた。

私は、随分、待たされてから、神経科の医者に呼ばれた。

「典型的な不安神経症です。ウツ病でもないし、分裂気質もない。強迫観念もありません。念のために、心電図もとりましたが、何の問題もありません」

中年の温厚そうな医者は、この病気で実際に死んだ人や、気が狂った人はひとりもいないとつけくわえ、

「でも、厄介な病気なんですよ」

と言った。

「病気としては、非常に根の深い病気なんです。まあ、心の病気は、どれもみんな根が深いんですがね」

「どうしたら、治るんでしょう」

と私は訊《き》いた。

「いろんな心理療法はありますが、梅干しを見たら唾《つば》が出るっていう条件反射を抑え

ることはできんでしょう。それと同じことなんです。乗り物、彼女の場合は、地下鉄が一番の条件ですが、つまり、乗り物に乗る前から、発作が起こりはしないかっていう予期不安があって、それが引き金になります。私は、発作が起こったら起こったでいいじゃないかって思うことが、一番いい方法だと思いますよ。もう駄目だと思ったら、救急車を呼べばいい。百人が百人、救急車が着いた途端に、嘘《うそ》みたいに発作はおさまるんです」

絶対に死なないし、気も狂わない。そう確信して、病気と仲良くしていくことだ。医者はそう言った。

私は、タクシーで、愛子をマンションまで送り、繰り返し、医者の言葉を伝えた。

「ロバちゃんには、きょうのこと、黙っててね」

と愛子は言った。

「どうして？」

「だって、ロバちゃん、すごく申し訳なさそうに、急に仕事ができて、迎えに行けなくなったって、電話をくれたんだもの。ロバちゃんて、自分のせいだって思っちゃう人だから」

ロバが、愛子を迎えに行ってやれなかった本当の理由を知っていたが、私は黙っていた。

私と愛子が、一緒にスーパーマーケットで買い物をして帰ってきたとき、ロバから電話がかかった。

「愛子、ちゃんと帰ってるか？」

とロバは訊いた。

「うん、歯をくいしばって、帰って来たらしいよ」

「俺、いま、近くにいるんだよ。でも、八時に打ち合わせがあるんだ。金を渡すから、取りに来てくれよ」

「できたのか？」

「うん。でも、友だちが結婚のために貯《た》めた金だから、九月までには絶対に返さなきゃ」

私は、適当な理由をつけて、すぐに戻ってくると愛子に言うと、ロバが待っている場所へ行った。

ロバは、私に金の入った封筒を渡し、

「俺の三十万と、お前の三十万を足したら、ちょうど二百万だ。俺の三十万も、封筒に入れてあるよ。与志くんのは？」

「きょう、銀行でおろしてきたよ。でも、この金を曜子に渡すのは、俺じゃなくて、お前のほうがいいと思うよ」

「だって、俺、今晩、たぶん徹夜になると思うんだ」

「愛子の百万を足して、三百万。ぎりぎりセーフだな」

「さっき、曜子に、金ができたから安心しろって電話をかけといたよ。だから、与志くんから渡しといてくれよ」

　ロバはそう言って、事務所へ戻って行った。

　私は、マンションのエレベーターに乗り、曜子のような、どこか冷めたところのある、幾分姐御《あねご》肌の、頭のいい女が、どうして、こんな失敗をしでかしたのだろうと考えた。

　曜子は、五年間にわたって、総額三百二十万円の使い込みをしたのだった。曜子は、店のオーナーに全幅の信頼を得ていたので、領収書や伝票を細工して、なんとか誤魔化しつづけてきたが、オーナーが引退を決意し、曜子に〈コード〉という有名な美容院の本店をまかせるにあたって、これまでの経理を整理しようとしたのだった。

　それは、なにも、曜子に疑いをかけたのではなく、跡を託された曜子が自分のやり方で本店の経営に邁進《まいしん》できるようにという配慮によるものだった。

いったい、何のために、曜子が店の金を使い込んだのか、私たちは訊かなかったし、曜子も喋《しゃべ》らなかった。

私は、部屋に戻ると、自分の三十万円と愛子の百万円を足して、封筒に入れた。たったいま、ロバから金を受け取ったことを愛子に言わなかったのは、曜子のために金を借りに行き、それゆえに、きょう、ロバが愛子を迎えに行ってやれなかったことを、愛子に知らせたくなかったのである。そんな日に、烈《はげ》しい発作に襲われて、救急車で病院に運ばれてしまったと考えて、愛子がまた落ち込んではいけないと思ったのだ。

「ああ、そうだ。救急車騒ぎで言い忘れてたけど、きっかり三百万円、きょう揃《そろ》ったよ」

と私は、台所で晩飯の用意をしている愛子に言った。

「えっ！　ほんと？」

「うん。愛子の百万円を足して、ちょうど三百万」

「じゃあ、曜子に電話するわ」

「ロバが電話をしたんだって」

「よかった」

愛子は、持っていた包丁を置き、手を洗うと、ソファに坐っている私の膝《ひざ》に坐った。

「私、曜子は嘘をついてると思うの」

「俺もそう思うな」

「曜子は、人のお金に手をつけるような人間じゃないわ」

「俺も、そう思う」

「だって、なんだか辻褄《つじつま》が合わないんだもの。五年間にわたって使い込んだお金を、どうやって、わからないようにお店に返せるの？　急に三百二十万のお金が、お店の口座に振り込まれるほうがおかしいわ」

「俺も、そう思う」

「曜子、競馬で負けたのかしら」

「えっ、彼女、競馬をやるの？」

「知らない。だって、他に考えられないんだもん」

「たとえば、人の生血を吸うような悪い男に脅されてるとか」

「どんな理由で？」

「うーん、わからないな」

愛子は、私の膝をまたぐと、私と向かい合った。私は、開かれた愛子の股間《こかん》をいたずらした。愛子は、自分の両腕を私の首に巻きつけ、顔を私の胸に押しつけた。

「いくときは、殿下さまって言うんだぞ」

何回もうなずいて、愛子は背を弓なりにそらせて声をあげた。

「殿下さまって言わなかったじゃないか」

「忘れてた……」

「俺は、どうなるの？」

「したい？」

「あたりまえだろう？」

愛子が、自分で服を脱ぎだしたとき、チャイムが鳴った。曜子が帰って来たのだった。愛子は、慌てて寝室に行き、私はテレビをつけてから、ドアをあけた。

「どうしたの？」

「早退《び》けさせてもらったの」

曜子は、そう言って、台所をのぞいた。

「愛子は？」

私は、愛子が救急車で運ばれたことを話して聞かせ、

「寝室で休んでるよ」

と言った。

曜子は、何もかもお見とおしみたいに微笑《ほほえ》み、

「タマネギを刻んで、ロールキャベツの下ごしらえをして、サラダの盛りつけまでしてから、休んだのね。律義な愛子ちゃんに、与志くんは、ぞっこんなのね」

「お金、そこにあるよ」

私は、そう言って、ベランダの窓をあけた。

「ありがとう。私、助かっちゃった。与志くんもロバちゃんも愛子も、みんな、私の命の恩人ね。なんだか、奇跡みたい」

奇跡という言葉が、私を幸福にした。金ができたことを奇跡だと言ったのではないことに気づいたからである。

曜子は、金の入った封筒を胸に抱き、何度も礼を述べた。

「ロバが、頑張ったんだ。あいつ、きょうは徹夜になるかもしれないって」

それから、私は、医者の言葉を曜子に伝えた。

「愛子は、きょう、診てくれたお医者さんにかかったほうがいいんじゃないかな。すごくいいお医者だって気がしたよ」

「そうね。どんなお医者さんに診てもらうかってことも、運だもんね。駄目な医者に

かかったら、治る病気も治らないわ」

「内科の医者は、愛子をすぐに神経科に廻したらしいよ」

愛子が寝室から出てきた。服を着換えていた。とりすました顔で、

「おかえり。早退けしたの？」

と曜子に言ったが、そのとりすましかたが、あまりにもぎごちなくて、私と曜子は笑った。

「私、何か、おかしなことを言った？」

愛子は、曜子の目を見ないようにして台所へ行き、

「お金ができてよかったわね」

と言った。

曜子は、愛子にも礼を述べ、自分の部屋で着換えをすませてリビングのソファに坐り、ぶあつい本を私に見せた。

「愛子が、面白かったから読んでみろって貸してくれたんだけど、この何日か、それどころじゃなくて……。でも、この本も、難しすぎて、私には、わかんないわ。だけど、頑張って、三〇二ページまで読んだのよ」

「全部読んだら、わかってくるわ」

と愛子が台所で言った。

それは、ルネ・ユイグの〈かたちと力〉という本だった。私は、ルネ・ユイグという名も知らなかった。私は、曜子がひらいているページの文章を読んだ。

――もっとわれわれの身近なところでは、水や火や風となって動く自然のなかに具体化された力が、あらゆるところに現れては、攻撃しに殺到してくる。それらの標的になるのは組織を形成して、ひとつのかたちをまとい、それを維持しようと努めているものすべてだ。こうした力の背後には、虚無の控えの間である混沌《こんとん》へ返れという威《おど》しがいつでもとどろいているかのように見える。

……………………「時は満ちた。地球よ、永遠に死ぬのだ……」

これが、自分の眼で見て確かめられるものの水準で、人間が間違いなく抱き得た想《おも》い、本能的に知の姿を規制することになった想いである。――

私にも、わかるようでわからなかった。けれども、この本を、いまロバが熱心に読んでいるのだと曜子は言った。

「ときどき、頭をかかえて唸《うな》り声をあげて読んでるわ。私には、ロバちゃんが、感動してるのか閉口してるのか、わからないの。ねェ、どっちなのって訊いても、唸り声をあげるだけなの」

「ロバちゃんは、目から鱗《うろこ》が落ちるみたいだって言ってたわ。とくに、五五〇ページのところなんて感動したって……」

と愛子が、また台所で言った。曜子は、首をかしげ、五五〇ページをひらいた。

――ところで、生命が、物質的様相に覆《おお》われていながら、液体がもたらすかたちを利用する一方で、時間の影響下でその命令にもすでに順応するようになっている時、それらのかたちを凌駕《りょうが》する射程をつけ加えていた生命は、異なる次元に入っていたのだ。そのために生命は新しい組織原理を根底からうち立てる。――

私と曜子とは、顔を見合わせた。

「与志くんは、わかる？」

「わかるような気がするけど、やっぱり、わかってないだろうな……」

すると、愛子は、夕飯の支度をすべて終えて、リビングに来ると、

「最後の何行かを読んだら、わかるわ」

と嬉《うれ》しそうに言って、私に、優しい目を注いだ。

「最後って、どこよ」

と言いながら、曜子はその部分を捜した。

――生粋の物質から天才まで、原子からレンブラントまで、どれもが同じ根本的な

実在を自らのために保ち続け、またそれを明かしてくれている。こうして、かたちという表面的には限られた分野で試みてきた分析は、われわれの抱いている、知りたいという、価値ある生き方をしたいという欲求に差し出されてくるすべての問題に、光を投げかけることができるし、光を投げかけてくれるにちがいない。――

私は、読み終えて、愛子の目を見つめた。仄《ほの》かな微笑は、いっそう優しくなっていた。

「なによ、二人で目と目で、うっとりと話をして……。寝室に消えたいんだったら消えなさいよ。すべての問題に光を投げかけてきたらいいでしょう。私は、お風呂《ふろ》を沸かして、洗濯をするわ」

曜子はそう言って、ソファから立ちあがり、シャツの袖《そで》をまくりあげ、浴室へ行った。私は、愛子と寝室へ行き、ドアを閉めると、

「俺に、目で何を言ってたの？」

と訊いた。

「お気に召すまま って……。殿下さまに一所懸命信号を送ってるのに、ぜんぜん気がついてくれなくて、曜子のほうが先にわかっちゃうんだもの。曜子に恥かしいわ」

私も愛子も着ているものを脱いだ。

「どうして、かたちと力を分析することで、価値ある生き方をするための光が得られるんだい？」

「あの本を全部読んだらわかるわ」

「じゃあ、俺のかたちと力をあげるよ。欲しい？」

「うん、欲しい」

「欲しくてたまらない？」

「うん、欲しくてたまらない。与志くんは？」

「俺も、欲しくてたまらない」

「私に、かたちはあるの？」

「あるよ。見事なかたちが。液体のもたらすかたちかな……」

「一度読んで覚えちゃうなんて、与志くん、頭がいいのね」

「愛子の足元にも及ばないけどね」

浴室のほうから、洗濯機の回る音がしていた。

徹夜になるかもしれないと言ったのに、ロバは十時過ぎに帰って来た。現像所のミスで、肝心のポジフィルムの現像があしたに延びたために、打ち合わせもあしたに延ばすしかなくなったのだとロバは説明し、こんなにうまいロールキャベツは初めてだと何度も言いながら、ご飯を四杯もおかわりした。

「欠食児童みたいな食べ方ね」

曜子は、あきれ顔でロバを見やった。

「ペパーのやつ、ちゃんと働いてる？」

とロバは曜子に訊《き》いた。

「いまのところ、無遅刻無欠勤。いささか無愛想だけど、だんだん変わってくると思うわ」

私は、ロバが世話を焼いている四人組とまだ逢《あ》ったことがなかった。

「えーと、ロバがアシスタントとして雇ったのは、タコだっけ？」

と私は訊いた。

「そう。タコは、よく頑張ってるよ。とにかく、写真家てのは、肉体労働者だからね。機材が重くて、ふうふう言ってるけど、弱音を吐かないで、朝の八時半に事務所に来て、まず事務所の掃除をして……」

「定時制の高校に入ったのは、ポーっていう男の子と、マキっていう女の子だよな？」

「うん、昼間の働き口もみつかって、あいつらも、いまのところ無遅刻無欠勤なんだ」

　すると、曜子が、

「その子たちのことと、こんどの私のことで、ロバちゃんも与志くんも、お金がなくなっちゃったんじゃない？」

　と申し訳なさそうに言った。

　実際、私の預金通帳の残高は、八万円とちょっとに減っていたし、ロバも、事務所の家賃どころか、フィルム代や現像代にも四苦八苦する状態になっていたのだった。

「金は天下の廻り物。まあ、いまのところ、俺たちには廻ってこないだけで、そのうち、廻ってくるよ」

　と私は言った。ロバも笑顔でうなずき返し、

「金なんて、必要なときに、必要なぶんだけあればいいんだ。それ以上のもんなんて、必要ないよ。それに、なまじ金持ちになると、ケチになるっていうからね。俺は、ケチな人間になりたくないんだ」

　それから、ロバは、七月の初旬にネパールへ行くことが決まったと言った。

「二種類の蝶《ちょう》を捜し求めて、それを写真に撮るんだ。自費でも行きたいって、前か

ら思ってたら、出版社から依頼があって、旅費の半分は出版社が出してくれることになったよ。その蝶を撮るまで帰ってくるなって、編集長に言われたよ」

「ネパール……。何日くらい行くの？」

と愛子が、何やら、しちむつかしそうな本を読みながら訊いた。

「予定は二週間なんだけど、絶滅しかかってる蝶で、ネパールの奥地に足を伸ばしても、せいぜい二、三十四しかいないだろうって専門家が言ってるくらいだから、三日でみつかるかもしれないし、二ヵ月かかってもみつからないかもしれない。でも、俺は、自分のカメラにおさめるまでは帰ってこないつもりなんだ」

そのロバの珍しく強い決意をむきだしにした顔を見て、

「いいなァ。ひとりで、どこへでも行けて。私なんか、地下鉄にも乗れない……」

と愛子は言って、本を閉じた。それから、ふいに、静かに泣きだしたのだった。

「私なんか、もう駄目ね。廃人みたいなもんね。ひとりで乗り物にも乗れない。ひとりきりではいられないくせに、人がたくさんいるところも駄目。ひとりで、お風呂に入るのも怖い。エレベーターもいや。きょうは残業してくれって言われたら、もう不安で体が冷たくなってくるの。私は、もう何にもできない。生きていくことなんか無理よ」

横坐《すわ》りした愛子の膝《ひざ》に、涙が落ちていった。私は、きっと、ロバが旅に出てしまうと、その分、ひとりで帰らなければならない日が多くなると考えて、不安を感じたのだろうと思った。医者の言った〈予期不安〉であろう、と。

「いつか、きっと治るよ。治ったら、ひとりでネパールでも北極でもアフリカへでも行けるさ。北極へなんか行ったら、あんまりにも孤独で、不安神経症にかかってる余裕もないかもしれないぜ」

私は、ロバの言うとおりかもしれないと思った。私たちの生きている世界は、刺激に満ち、騒音だらけで、不快な色や形が氾濫《はんらん》し、人々は他人に優しくなく、心を機械的に操ろうとし、弱い者を捨てようとする……。

繊細であればあるほど、人は、群集と機械と情報のなかで、ひとりぼっちになっていくことだろう。

「愛子も、ロバと一緒に、ネパールへ行ってこいよ」

私は本気でそう思ったのだった。ネパールの奥地で、絶滅寸前の蝶を追いかけることは、愛子の病気にとてもいいのではないかと考えたのだ。病気を治すための糸口、もしくは啓示がもたらされるのではないか、と。

愛子も曜子もロバも、私が冗談を言っているものと思ったみたいだった。

「だって、いま、何かで悩んでるとするだろう？」

　と私は言った。

「そこへ、もっと大きな悩みが生じたら、それまでの小さな悩みはすっとんじまうって、誰かの言葉にあるよ。愛子、ネパールの奥地で、ロバとはぐれたら、不安神経症どころじゃなくなるぜ。ネパールがどんなところなのか、俺には想像もつかないけど、地下鉄や群集や、ひとりぼっちの不安よりも、もっとケタちがいの不安に放り込まれて、不安神経症なんか治っちまうんじゃないかな」

「私、そんなとこへ行く自信なんてないわ」

　愛子は、また泣いた。

「ロバちゃんの足手まといになるだけよ」

「俺は、かまわないよ」

　とロバは言った。

「そんなに長く会社を休んだら、こんどこそ辞めさせられるわ」

　愛子は、ティッシュペーパーで涙を拭《ふ》き、

「お母さんは、私のお金をあてにしてるし」

　と言った。

それは、愛子の口から初めて出た言葉だった。曜子も、愛子の母親のことは初耳らしかった。

「お母さん、いるの？」

と曜子は、ためらいつつ訊いた。

「お父さんと離婚してから、ずっとひとりで暮らしてるの。お兄さんも妹も、お母さんのことは自分とはもう関係ないって言って、逢おうともしないの。でも、お母さん、働けないから、私が毎月送るお金がなきゃあ、生活できないの」

「愛子のお母さんは、いつごろ、お父さんと離婚したんだい？」

とロバも遠慮ぎみに訊いた。

「妹が九歳で、私が十二のとき」

「働けないって、病気なのか？」

と私は訊いた。

愛子は、うなだれて、首を横に振った。

「あっちが痛い、こっちが痛いって言ってるけど、働けないわけじゃないの。働くことが嫌いなの」

「お歳《とし》、お幾つ？」

こんどは、曜子が訊いた。

「五十七」

「その歳で、働くことが嫌いで、ひとり暮らしをしながら、愛子の送金だけをあてにしてるなんて、そんなの、ただのなまけ者じゃない。愛子のお給料、そんなに多くないのよ」

「だって、私のお母さんなんだもの」

私たちは、それきり、口をつぐんだ。私は、自分の思いつきの提案を後悔した。私が、そんなことを言わなければ、愛子は、曜子にさえ黙っていた母のことを、みんなに喋《しゃべ》らずにすんだはずだった。

それからしばらくして、ロバは、思いも寄らないことを、真顔で、熱っぽく喋りだしたのだった。

「ねェ、愛子は、すごく頭がいいし、勉強が好きなんだから、もう一度、受験勉強をして、大学へ行ったらどうかなァ。愛子は、まだ二十七歳だぜ。記憶力は抜群だし、応用力もあるし、とにかく俺たちとは、頭のできが違うんだよ。受験向きで、勉強に適した頭なんだよ。医学部に入って、精神科の名医になるってのはどうかな」

するといつもは冷めている曜子の目に光が灯《とも》った。

「そうよ、愛子、人生は長いんだから、頑張ってみたら？ 愛子みたいな頭のいい子を、セメント会社の総務部で伝票整理をさせとくなんて勿体《もったい》ないわよ。会社を辞めて、予備校へ行くのよ」

曜子は、あたかも、にじり寄るみたいにして、愛子の傍に行き、肩を揺すった。

私は、なんという素晴らしいアイデアだろうと、ロバの、ロバみたいな顔がマウンテンゴリラのボスのそれにと変化していくのを見やって言った。

「それ、絶対に賛成。ネパールに行って、もし、愛子とロバが、仲良くなりすぎたら困るもんな。二年計画で、みんなで、愛子の奨学金を作ろう」

「よし、俺はその奨学金作りにのった」

「私ものる。きょう、みんなにお金を用立ててもらったばっかりだから、大きな口は叩《たた》けないんだけど……」

と曜子も言った。

「私、天文学をやりたかったんだけど……」

愛子は、正座して、何か考え込みながら、そうつぶやいた。

「天文学で飯は食えないぜ。気象庁にでも就職するのか？」

とロバは言い、私は、ルネ・ユイグの〈かたちと力〉を手に持ち、

「天文学も医学もおんなじだよ。人間も宇宙だぜ。原子からレンブラントへ、だよ」

と言った。

「試験に落ちつづけたら、みんなに悪いもん」

ロバは、突然、猛烈な勢いで立ちあがり、部屋から出て行った。ロバは、車で十分ほどのところにある、最近できたばかりの予備校へ車を走らせ、入学願書を貰《もら》って帰って来た。

「どうせ、もうしまってるだろうって思ったけど、なんと、夜の部の浪人生が、まだ勉強してたよ」

入学手続きの締切りは、三日後だった。

「あの予備校だったら、歩いても通える。電車に乗らなくて済むよ」

とロバは言った。

私たちは、愛子に決心させるために、それから二時間近く説得しつづけた。だが、愛子の決心をにぶらせているものは、母の存在だったのだ。母に、毎月、お金を送らなければならない。そのためには、働かなければならない……。

「まだ五十七で、体が元気で、ひとり暮らしで、働くのが嫌いで、娘の金をあてにしてるなんて、最低よ。そんな人間は、野垂れ死んだらいいのよ」

と曜子は、いやにゆっくりとした穏やかな口調で言い、愛子の背を押した。そして、私に言った言葉を、愛子にも言った。

「まるで、奇跡みたいね」

それでも、ふんぎりのつかない愛子を、私は手を引っ張って寝室につれ込むと、

「医学部めざして頑張れ。落ちても、誰も文句は言わないさ。勉強しなきゃあ、このへんてこりんな脳味噌《みそ》が勿体ないよ。これは、殿下さまの命令である」

私は、そう言ったあと、愛子を抱きしめた。

「この頭のなかに、何が入ってんだ？」

「医学部なんて、考えもしなかった……。天文学じゃ駄目？」

「駄目。優しい、慈悲にあふれた医者になって、俺たちが病気になったら治してくれよ。そうでなきゃあ、愛子のために奨学金を作る張り合いがないよ」

愛子は、私をベッドに坐らせ、私の膝をまたぐ格好で、向かい合って坐り、

「私が奇跡を起こすのかな？　与志くんとロバちゃんと曜子とで、奇跡を起こしてくれるのかな？」

とささやいた。そうではない。俺たちみたいな四人がめぐり逢ったってことが奇跡なんだ。私は、そう思ったが、黙っていた。

五

予備校の入学金も授業料も、思いのほか高くて、私たちはまた苦心をして金を借りた。愛子は、九年間勤めた会社を辞め、予備校に通って受験勉強を始めた。

愛子の勉強部屋は、私たちの寝室だった。ベッドの横に、机とスタンドを置いたのだが、愛子が勉強中は、私はリビングのソファで寝るつもりだった。けれども、愛子は、電気スタンドの光を極力暗くするから、ベッドで寝てほしいと頼んだ。

夜中の二時に勉強を終え、それから風呂《ふろ》に入って、愛子は私のベッドにもぐり込んでくる。そして、朝の七時に目を醒《さ》まし、みんなの朝食を作ると、歩いて予備校へ行き、昼の三時まで授業を受け、夕食の買い物をして帰宅し、二時間ほど昼寝をする。目を醒ますと、すぐに夕食の準備にとりかかり、それを済ませて夜の九時まで参考書や試験問題に取り組み、一時間ほど休憩してから、再び受験勉強に没頭するのだった。

愛子が、予備校に通い始めた日から、その一日の時間割りは狂うことがなかった。

私は、ベッドの横のスタンドの明かりにも慣れ、愛子が鉛筆を走らせる音も、参考書やノートをめくる音も気にならなくなり、それどころか、そんな愛子が寝室にいないと、いやに落ち着かなくて寝つきが悪いようになっていった。

私もロバも曜子も、愛子の睡眠時間の少なさを案じ、七時に起きて、みんなのための朝食を作る必要はないと愛子に提案したが、愛子はそれだけは頑固に拒んだ。みんなのお陰で、予備校に通えて、そのうえ生活の面倒をみてもらっているのだから、朝と夜の食事を作ることだけはさせてもらいたいというのだった。

七月に入って、ロバのネパール行きを二日後にひかえた日の夜、曜子が、私たちに借りた金の半分を持って帰って来た。美容院のオーナーに借りたらしかった。店長になって、少し瘦《や》せたように見える曜子は、リュックサックに荷物を詰め込んでいるロバに、こんな時期にどこでみつけたのか、新品のぶあついセーターを渡した。

「お客さんで、三年前にネパールへ行った人がいて、夜や朝は、想像以上に冷えるから、セーターを持って行かなきゃいけないって教えてもらったの」

「セーター？　いま七月だぜ。ネパールの高地に行くけど、セーターなんか要るかなア」

とロバは言った。

「高地でしょう？　夏の軽井沢でも、夜はセーターが要るわ。それとおんなじよ」

「もしものときのために、多めに金を持って行けよ」

と私は言った。出版社の編集者も一緒に行く予定になっていたが、予算の関係で、急遽《きゅうきょ》、ロバだけが行くことになったのだった。

「現地の案内人とは連絡がとれてるの？」

ちょうど休憩をしていた愛子が、写真機材用の大きなジュラルミンケースの中味を珍しそうに見ながら訊《き》いた。

「うん。五日前に連絡はとれたんだ。十五歳の男の子なんだよ。十五歳っていうだけで、名前はわからないんだ。でも、優秀な案内人なんだ。彼に世話になったフランス人のカメラマンがそう言ってた。そいつも、俺の狙《ねら》ってる蝶《ちょう》を撮りたかったんだけど、とうとう出逢《であ》えなかった」

「どうして、その子の名前がわからないの？」

と曜子は訊いた。

「すごく長い名前で、つまり、覚えられないんだ。ある人は、彼をイルギーって呼ぶし、ある人はチャキって呼ぶ。別の人はシェルパ・タックって呼ぶ。無口で、嘘《うそ》をつかない、働き者だって評価だけは一致してるよ」

ロバは、ネパールの地図をひろげ、東北部の一点を指さして、

「ここがポイントなんだ。ポイントだけど、一番厳しい地形で、俺の泊まる村から次の村まで十六時間歩かなきゃいけないらしい。車の通れる道じゃないんだ」

と言った。

「お前、十六時間も歩けるのか？　途中で足が動かなくなったら、どうするんだ？」

私はロバに訊いた。

「三年前、ニュージーランドで八時間歩いたし、この二ヵ月間、足を鍛えてきたからね」

そんなロバに、曜子は、どこかの病院の袋に入った薬を渡した。

「これが下痢止め。これが解熱《げねつ》剤と抗生物質。これが鎮痛剤。消化薬も入ってるわ」

薬の袋には、曜子の名が書かれていた。曜子は、自分がネパールへ行くのだと言って、病院で薬を貰《もら》ってきたのだった。

「山を歩くのは、俺の仕事の大半を占めてるから、みんな、あんまり心配しないでくれよ。戦場へ行くわけじゃないんだから」

ロバがそう言うと、愛子も紙袋を持ってきた。

「荷物が増えるけど、夜、テントのなかで読んだらいいなと思って」

「また、難しい本じゃないんだろうね」

ロバは苦笑しながら、数冊の本をテーブルに並べた。〈赤毛のアン〉、〈次郎物語〉、それにシャーロック・ホームズのシリーズが二冊だった。ロバは礼を言って、それらをリュックサックに入れながら、何度も、

「夢が叶《かな》って嬉《うれ》しいよ」

と繰り返した。

「俺、あの蝶と出逢えるって気がするんだ。数の少ない昆虫を狙って旅行に出るときは、いつも不安ばっかりなんだけど、こんどのは、いやに自信があるんだ」

八年前に、イギリス人の写真家が撮影に成功して以来、誰も写していないという蝶の話をロバが始めたとき、チャイムが鳴った。不思議なことに、私たちが一緒に暮らしだしてから、夜、客が訪れたことはなかった。

私がチェーンロックをかけたまま、ドアをあけると、いやにわざとらしく首をかしげた、どことなく自堕落な風情《ふぜい》の女が、

「夜分、すんませんなァ」

と言った。その関西訛《なま》りを耳にした瞬間、愛子が小走りでやって来た。女は、愛子の母親だった。

「会社を辞めたんやて？　なんで、お母ちゃんにしらせへんねや？」

愛子は、きまりわるそうに、私たちを見てから、

「きのう、手紙を出したんや」

と母親に言った。私は、愛子の母親に、どうか入ってくれと勧めた。

愛子の母親は、一度、部屋にあがり、ロバと曜子に挨拶《あいさつ》してから、

「人さまの前でできる話やおまへんねん。頼りにしてる娘が、ぷっつりと電話もかけてけぇへんようになって、私は心配で心配で、とうとう思い余って、この子の会社へ行きましてん。そしたら、引っ越しはしてるわ、会社は二ヵ月前に辞めてるわ……。訪ねてきたら、男はんと暮らしてるわ……」

と言った。

「お話があるんでしょう？　ぼくたち、席を外しますよ」

私がそう言うと、ロバも曜子も部屋から出ようとして玄関で靴をはいた。それなのに、愛子の母親は、自分は若いころから病気がちで、それが理由で夫と別れ、いまはひとりで暮らしているが、愛子だけは自分にずっと優しくしてくれて、お陰でなんとか暮らしていられるのだと、作り笑いを愛子に注いだまま、まくしたてた。口調は穏やかだったが、私には、愛子をなじる言葉をまくしたてているように感じられた。

「愛子さんには、いま、生活能力はないんです。彼女も、病気で働けなくなって」

曜子が、さげすみの目で言った。

「病気？　あの、おかしな持病か？　愛子、あんな病気なんか、気持の持ちようやて、お母ちゃん、いっつも言うてるやろ？」

事情はともあれ、私たちが口を挟むことではなかった。私たちが、愛子と母親とを二人きりにさせようと思って、部屋から出て行きかけると、

「なんで、愛子は、あんたさんと暮らしてますねや？」

母親は私に訊いた。私が、どう答えようかと考えていると、それまで動揺して、うなだれていた愛子が、ふいに静かな、落ち着いた表情で、

「お母ちゃん、帰って」

と言った。

「帰れ……？　愛子、それ、どういう意味やねん？　ようそんな冷たいこと言えるなァ。お母ちゃんは、あんたのことが心配で、わざわざ大阪から訪ねて来たんやで。居所もわからへんよってに、恥をしのんで、会社にまで行ったんや」

「お母ちゃん、ここは、私の家やあらへんねん。みんな、仕事で疲れて帰って来て、くつろいでるんや。そんなとこで、恥かしいことを喋《しゃべ》らんといて。私、もう二度と、

お母ちゃんとは逢えへんし、お金も送れへん。いま、ここで、永遠にお別れしたいから、どうか、帰って」

「永遠にお別れて、何を言いだすねんな。お母ちゃん、お前にそんなに嫌われるようなことをしたんやったら、土下座してでもあやまるさかい」

「親が子供に、土下座なんかせんといて」

「ほれ見てみィな。あんた、いま、私のことを親やと言うたがな」

私は、これ以上、愛子に恥かしい思いをさせたくなかった。ロバも曜子も同じ思いだったらしく、私が愛子に、どこか近くの喫茶店で、ゆっくり話し合ったらどうかと勧めると、ロバは愛子を見て無言でうなずき、曜子も、

「どっちにしても、お母さんと二人きりで話をしたほうがいいんじゃない？」

と言った。

母親は、私たちの言葉を、自分への助け舟と錯覚し、人に頼ってばかりの生き方をしてきた女特有の、ずるがしこそうな、媚《こび》を含んだ表情で、

「お母ちゃんも、あんたを頼りにばっかしして申し訳なかったと思て、勤め先をみつけたんや。つもる話もあるし、どこかでお茶でも飲もうな」

と愛子の手をつかんだ。

私たちは、愛子と母親が出て行くと、しばらく無言で、ソファに坐《すわ》った。

やがて、ロバが口をひらいた。

「いくら女ひとりでも、愛子の仕送りだけじゃあ、いまのこの世のなかを生きていけないだろう？　あの人、どうやって生きてきたんだろうな」

「まだまだ、女であることを捨て切れないって匂《にお》いがぷんぷんしてたわね。あれが、ほんとに愛子のお母さんだなんて、信じられないわ」

曜子はそう言うと、私とロバにお茶をいれてから、愛子が作ってくれた夕食を、台所で立ったまま食べ始めた。

「どうして、そんなとこで立ったまま食べるんだ？」

と私は訊いた。

「腹が立って、じっとしてられないんだもの」

「あの人、愛子のお父さんと離婚したのは、愛子が十二歳のときだったよな。愛子の精神的な病気は、そういうことが根になってるのかもしれないね」

ロバは、愛子から貰った文庫本をリュックサックから出し、表紙に見入ったまま、そう言った。

愛子が戻って来たのは、十時前だった。

「私、心を鬼にしちゃった」

と愛子は言って、照れ臭そうに微笑《ほほえ》んだ。

「私、これまで、自分がお母さんにできることは精一杯やったわ。でも、もうやめる。あの人の人間性は変わらない。私も、もうおとななんだから、あの人に、お母さんらしいことを求めるのはやめる。私には私の人生があるわ」

「そうだよ。すごく素敵な大きな目的があるんだ」

私は、まったく化粧気のない愛子の、肌理《きめ》細かいうなじに目をやって、そう言った。

愛子は、寝室へ行き、私たちが新しく作った銀行口座の貯金通帳を持って来た。口座名は〈ミネルバの会〉だった。それは、ロバがつけたのである。愛子が大学の医学部に合格した際の費用を積みたてる貯金は、いまのところ、私たちが借金だらけだったので、まだ六万円しかなかった。

——ミネルバの梟《ふくろう》は、時代の黄昏《たそがれ》とともに飛び立つ——。ロバは、自分の好きな、そのギリシャの諺《ことわざ》から取って、〈ミネルバの会〉と命名した。ミネルバは、古代ギリシャにおける学問や哲学の象徴だった。ミネルバという言葉は、私もどこかで耳にしたことはあったが、その諺は、ロバに教えてもらうまで知らなかった。難しくて、変てこりんなことをたくさん知っている愛子も知らなかった。
けれども、愛子は、その諺をひどく気に入り、紙に書いて、机の前の壁に貼《は》ってい
た。
「あと二十年で、二十世紀が終わる。いま、ひとつの時代の黄昏にいるんだ。ミネル
バの梟が飛び立つんだぜ」
ロバは、もう何度口にしたかしれない言葉を嬉しそうに言って、撮影機材の点検を
つづけた。
「どんな学問や哲学が飛び立つんだろう」
と私は言った。
「人間のための学問や哲学だよ。権力者や為政者や特権階級のための、詐欺《さぎ》みたいな
イデオロギーに鉄鎚《てっつい》をくだす学問や哲学なんだ」
ロバの顔は、賢こそうなサラブレッドみたいになった。
「俺たちのミネルバちゃん、頼りにしてまっせ」
私は愛子に言った。私が、愛子をミネルバちゃんと呼ぶときは、セックスをしませ
んかと誘う二人だけの暗号だった。
「与志くんも、ミネルバちゃんよね」

と愛子は言い、今夜は気持が乱れたし、少し疲れもたまってるみたいだから、受験勉強は休憩して、ゆっくりお風呂に入りたいと言った。

「予備校の模擬試験、どうだったの？」

と曜子が訊いた。

「八十三人中の四十一番だった」

「すごい。前より二十番も上がったじゃない」

「家で、高校一年生からの基礎をやり直してきたのがよかったんだと思う。でも、うちの予備校の医学部コースは、合格ラインが、二十五番以内なの。周りの予備校生は、みんな十九歳か二十歳で、私、予備校で、おばさんて呼ばれてんの」

「そりゃあ、十九や二十歳の子から見たら、愛子は、おばさんだよ」

ロバは笑って言った。

「でも、きのう、私、二浪してる男の子に、映画に誘われちゃった」

「あれ！　聞き捨てならないなァ。七つも歳下《としした》の男と浮気させるために、〈ミネルバの会〉を発足させたんじゃないんだぜ。だいいち、その小僧、予備校でナンパしようなんて魂胆だから、二浪もするんだよ。ふざけた野郎だ」

と私は言った。

「与志くん、本気で心配してる」

曜子は笑って、私をひやかした。

「殿下さまなんて呼ばれて、いい気になってるから、ちょっと心配させたほうがいいんだよ」

ロバも、愛子にそう言った。

「私、映画館も発作の起こりやすい場所なの」

「そうだよ。映画館へ入ったら、また救急車を呼ぶはめになるよ。映画なんて、俺がつれてってやるから、ミネルバちゃんは、ひたすら、勉強、勉強」

風呂からあがって、ベッドに横たわった愛子の体を、私は三十分近く、マッサージしてやった。リビングでは、旅行の準備をしているロバと曜子の話し声が、ときおり聞こえた。愛子はうつぶせたまま、

「雨ね」

と言った。

「梅雨だからね。九州は、あと十日ほどで梅雨あけだろうって天気予報で言ってたな」

「曜子とロバちゃん、仲がいいわね。曜子は、気が強くて、せっかちで、姉さん肌で、

言いたいことをずけずけ言うけど、ロバちゃんは、聞いてるのか聞いてないのかわからない顔して、気にしないんだって」

「曜子がそう言ったの？」

「うん。ロバちゃんの写真、とても好きだって。ロバちゃんの撮った昆虫の写真を見てると、しあわせな気分になるって言ってたわ」

「俺も、ロバが写した昆虫たちを見てると、なんだか幸福ってやつの正体を遠くからのぞいてるみたいな気分になるんだ」

「ロバちゃんは、いつか、写真家としてミネルバの梟になるわ」

「自分の道を、黙々と歩いて、ロバは、いつか、とんでもないサラブレッドになる。俺が一番つまんない人生をおくりそうな気がするよ。工業デザイナーなんて、どんどん、若くて新しいやつが出てくる」

「与志くんがデザインする照明器具って、ほんわかしてて、あったかいわ」

「俺、愛子が医学部に合格したら、独立の準備に邁進《まいしん》するんだ」

愛子は、自分の母親が、これであきらめたとは思えないと言った。

「電話がかかってきても、ここに訪ねて来ても、いないって言ってね。どこへ行くとも言わずに、突然出て行ったって」

「でも、マンションの玄関口で待ち伏せされたら、そんなこと、すぐにばれちゃうぜ。愛子は、毎日、予備校にかよってんだからな」

「エレベーターで三階まで降りたら、そこから、マンションの裏口への階段があるの。私、あしたから、その階段を使うわ」

「部屋の前で待ってたら、どうするんだ？」

「当分は来ないわ。私が、本気で、もう親でも子でもないって言ったのは初めてだから、お母さん、きっと、びっくりしたはずよ」

そして愛子は、母親はいま五つ歳下の男と暮らしているのだと言った。

「前の人とは、去年の暮れに別れたんだって。ろくでもない男を、とっかえひっかえして生きてきたの。私にも、お母さんの血が流れてるのかな……」

「血って、どんな血？」

「なまけ者で淫乱《いんらん》な血」

高校生のとき、学校をずる休みして、図書館で本を読んでいたら、同じようにずる休みして図書館に来ていた別のクラスの男子生徒と顔を合わした。ドーナツをご馳走《ちそう》してやると誘われて図書館から出たところを、近所の人に見られ、その人が父に喋った。父は、愛子の顔が腫《は》れるほど殴り、やっぱり血は争えない、母親に似て、なまけ者の淫乱だと言われた。その言葉は、自分にとって、とても恐ろしい観念と化して、心の底に刻まれた……。

愛子はそう言った。

「だから、男の人と親しくなることが怖かったの」

「じゃあ、俺は運がいいんだ」

愛子は首を横に振り、虚《うつ》ろな目で言った。

「やっぱり、私、お母さんに似てる」

「どうしてそう思うんだ？　どこが似てるんだ？」

「不安神経症で、与志くんとのことが、すごく気持がいいから。怖いくらい、気持がいいから」

「なまけ者で淫乱てのは、そんなことじゃないよ。そんなふうに思うんだったら、しばらく、やめとこうか？」

私は、冗談めかして言ったのだが、愛子は、虚ろな目で小さくうなずいた。受験勉強の疲れと、さっきの母親との出来事が、愛子を憂鬱《ゆううつ》にさせているのだろうと私は思った。

ロバがネパールに行って三週間目に、カトマンズから葉書が届いた。

――みんなお元気ですか。ぼくは七月九日に無事にカトマンズに着きました。準備のために二日間を費やし、あした、スン・コシ川に沿って、いよいよ出発進行です。十五歳の少年シェルパの名は、ジャヤスでした。ほんとにそれが本名かと訊《き》いたら、父も母も自分をそう呼んでいると言って笑いました。若いカモシカのような少年です。ヒマラヤ山脈は、とてつもないものです。冬物のセーターを持って来て正解です。曜子に感謝。愛子の医学部合格を、行くさきざきの、天や雲や風や水や地に祈ります。

――

東京は梅雨もあけ、猛烈な暑さが始まっていた。私は、母が転んで腰を打ち、腰骨《こしぼね》にひびがはいったという電話を受け、八月一日に、静岡の実家に帰った。三日後、妹が、嫁ぎ先から子供をつれて、家で寝ている母の面倒をみに来てくれたので東京へ戻った。

戻ると、部屋のなかの様子がおかしかった。愛子は予備校に、曜子は仕事に行っているので、マンションに誰もいないことはわかっていたが、おそらく二、三日前に作ったのであろうと思えるサンドイッチが、食べかけのまま、リビングのテーブルに置かれ、いやな匂いを発していたし、トイレの明かりもつけたままになっていた。

私は、曜子の勤める六本木の美容院に電話をかけた。曜子の声が聞こえたときは、少しほっとしたが、

「電話では話をしにくいから、お店まで来てくれない？」

と言われて、ふいに烈《はげ》しい不安にかられた。

「愛子は？」

と私は訊いた。

「怪我《けが》をしたの」

「どんな怪我？」

「それも、逢《あ》ってから話すわ」

私は、タクシーで曜子の店の近くまで行き、また電話をかけた。一時間ほどで手がすくから待っていてくれと言って、曜子は、近くの喫茶店を指定した。

「愛子のお母さんが来たのよ。私が、愛子はこの家から出て行きましたって言ったら、それから三十分ほどして、また来たの。こんどは、男の人と一緒に。なんだか、しみったれた、気の弱そうな、いなか臭いおっさんみたいなのに、靴でドアを何度も蹴《け》るの。私が、警察を呼ぼうとしたら、愛子がドアをあけて出て行ったの。止めようとしたんだけど」

「それで、どうなったんだ?」

「男に肩をつかまれて、ひきずりまわされたひょうしに倒れて頭を打ったの。四針、縫ったわ」

「いま、どこにいるんだ?」

「軽井沢よ」

「軽井沢? どうして?」

「うちのオーナーが、店の子たちのために山の家みたいなのを建てたの。とりあえず、そこに行かせたわ。私の友だちが車で送ったの」

男は警察に連行されたが、愛子の母親は、警官が来る前に姿を消してしまったのだと曜子は説明した。

「私も、なんだか怖くて、マンションに帰ってないの。きのうは、警察で事情を訊かれて、ほとんど一日つぶれちゃった。その男、これまでにも、傷害事件を二回やってるんだって」

私は、喫茶店の電話で曜子に軽井沢へ電話をかけてもらった。

愛子は、私が何を言っても、ただ、ごめんねと繰り返すばかりだった。

「私、もう与志くんのマンションには戻れない」

「どうしてだよ。その男、警察に捕まったんだぜ」

「でも、お母さんは、きっとまた来るわ。お母さんは捕まったわけじゃないんだもの。ただ、男と一緒に来ただけで、私に何かしたわけじゃないし」

気持が落ち着くまで、軽井沢にいたほうがいいかもしれないと思い、

「じゃあ、俺たちのマンションに帰りたくなったら、電話をしてこいよ。俺が、ロバの車で迎えに行くから」

と私は言った。

その夜、私と曜子がマンションで一緒に晩ご飯を食べていると、電話が鳴った。ひょっとしたら、愛子の母親かもしれないと思ったが、電話口からは愛子の声が聞こえた。

「いまからでも、友ちゃんが送ってくれるっていうから、帰ってもいい？」

「ああ、待ってるよ。安心して帰って来たらいいよ」

「私、頭のうしろ、はげになっちゃった」

「傷を縫うとき、周りを剃《そ》ったからさ」

「早く帰って、勉強しなきゃあ」

「そうだよ。ミネルバの会が待ってるよ」

「ミネルバの梟は、時代の黄昏とともに飛び立つって言葉は、ギリシャの諺じゃなかったわ」

と愛子は言った。

「えっ？　ギリシャの諺じゃないの？」

「誰かの本の冒頭の言葉なの。外国の哲学者の」

いま十時だから、遅くとも三時までには帰れると思うと、愛子は言った。

「土曜日だから、東京からの道は混んでるけど、東京への道はすいてるんですって」

私は電話を切ると、愛子が帰ってくることを曜子に言った。

「あーあ、私はひとりね。ロバの野郎、ネパールで蝶々《ちょうちょう》なんか追いかけてたら、そのあいだに、この曜子ちゃんは、どこかのライオンに食べられちゃうぞ」

「ねェ、曜子は、いつか自分の店を持ちたいの？　それとも、いまの店の跡を継ぐのかな」

と私は訊いた。

「いまのオーナーが生きてるあいだは、私はお店をやめないと思う。私、オーナーには、とってもお世話になったの」

「余計なことを訊いてもいいかな？」

「何を？」

「俺たちが用立てた金のことだよ。どうして、急に、あんな大金が必要になったんだ？　曜子が店の金を使い込んだなんて、俺たちには信じられないよ。曜子は、他人の金に手をつけるような人間じゃないよ」

「私にだって、出来心ってのがあるわ」

「正直に言えよ」

曜子は微笑《ほほえ》み、しばらく迷ってから、

「ロバちゃんには内緒よ」

と言った。

「私、十九歳のときから五年間もつき合った男性がいるの。奥さんがいたの。お父さんの跡を継いで建築会社の社長になったばかりのときに知り合ったの」

その男と、渋谷でばったり再会した。男は、自分の会社が風前の灯であることを曜子に話した。

「やっぱり、俺は、お坊っちゃまだったよって、私に言うの。手形が落ちなくて困ってたわ。頼れるところを全部頭を下げてきたけど、どうしても六百万ほど足りないって。俺は、これで終わりだよって笑ったわ。私、じゃあ、もう少し頑張ったらって言ったの。私、貯金が三百万ほどあるから、あと三百万、どこかで工面してあげるって。でも、そんなこと、ロバちゃんには言えないでしょう？」

「彼のこと、ほんとに好きだったんだな」

「そうね。私、ほんとに好きだったと思う。逢えば、ケンカばっかりしてたけど」

「その人、急場をしのいで、いま、どうしてるの？」

「なんとか立て直しかけてるみたい。こないだ、半分だけ返しに来たとき、とても元気そうだった。儲《もう》かってるときに、資金をたくわえとかなきゃあ駄目よって、私、えらそうに説教したら、夜遊びは、ほどほどにしますって、殊勝な顔をして頭を下げてたわ」

私は、ほとんど十分ごとに時計を見た。そんな私を、曜子は笑った。

「ロバちゃんに手紙を書きたいけど、どうやったら届くのかしら」

と曜子は言った。

「出版社に問い合わせたら、連絡先はわかるんじゃないかな」

「カトマンズからの葉書が日本に届くのに二週間だから、あした投函《とうかん》したら、二週間後にカトマンズに届くって計算よね」

そう言って、曜子はリビングで手紙を書き始めた。

「私は、どこにでもいる普通の蝶々です。どうかしら、この書き出し」

私は笑いながら、また時計を見た。

六

ロバは、九月になっても帰ってこなかった。八月の半ばに、曜子宛《あて》に葉書が届いたが、それには、蝶《ちょう》はまだみつからない、熱い風呂《ふろ》に入りたい、おととい足を怪我《けが》して一日動けなかったが大丈夫だと書かれてあった。切手のスタンプはかすれていたし、どこにいるとも記されていなかった。

曜子は、出版社の担当編集者と逢《あ》い、ネパール大使館に何度も足を運んだ。

「そのうち、ひょっこり帰って来ますよ」

四十二、三歳の、誰とでもすぐに馴《な》れ馴れしく喋《しゃべ》る編集者が、面倒臭そうにそう言ったとき、曜子は、その男につかみかかろうとして、私はうしろからはがいじめにした。

しかし、編集者の言葉どおり、その夜、ロバから国際電話がかかってきた。ロバは、バンコクにいたのだった。

「日本へ帰る金がないんだ。バンコクで有り金を使っちゃって……」

「一銭もないのか？」

と私は訊《き》いた。

「この電話代を払ったら、あした、食う金はなくなるよ」

「コレクトコールにすりゃあいいだろう」

「とにかく、金を送ってくれ」

曜子は、受話器をひったくって取ると、

「あした持って行くから、バンコクの空港にいてよ」

と言い、

「何時の飛行機に乗れるかわからないけど」

そう言いかけたとき、電話は切れてしまった。

夜中の三時だったが、曜子は、大きめのバッグに着換えや洗面具を入れ始めた。

「生きてたね」

愛子が、そう言って、曜子の肩をさすった。

「蝶々はみつかったのかなァ」

私は、朝になったら、とりあえずネパール大使館に行き、本人から連絡があったことを伝えなければならないと思いながら、冷たい麦茶を飲んだ。

「どこかの谷底で骸骨《がいこつ》になってるかもしれないって心配したのよ。蝶々なんて、どうでもいいわ」

曜子は、放心したようにリビングに坐《すわ》り込んで言った。

「どうして、文無しになっちゃうの？　私、ロバちゃんを見送ったとき、三十万円渡したのよ。予定よりも一ヵ月長びいても、三十万円もあれば充分でしょう？　ネパールの奥地が、東京よりも物価高のはずはないでしょう？　あいつ、きっと、私たちに言えないようなことをして、有り金をすっちまったんだわ」

曜子は、次第に本気で怒りだしたので、愛子が笑った。

「ネパールで、恋人でもできたのかしら」

私も、曜子の怒り方がおかしくて、

「未開の奥地に、とんでもない性悪女がいたりして、貢《みつ》いだあげくに捨てられたんだ」

「私、過去は許すわ。生きて帰ってくるんだから。あのロバの野郎のお陰で、ためてもためても、お金がたまんない。あした、どう言ってお店を休もうかしら。あしたは忙しいのよ……なんて、私は言える立場じゃないわよね」

「それよりも、お金はあるの？」

と愛子は訊いた。

「なんとかするわ」

手早く化粧をすると、曜子は、いまから成田へ行くと言って、バッグを手にした。

「こんなに早く？」

愛子は、パジャマの上から私のTシャツを着て、曜子を送ろうとしたが、曜子はそれを制した。あの事件以来、私も曜子も、愛子の母親が何等かの方法で愛子に接触をもとうとしている気がして、用心していたのである。

私は、曜子が、おそらくどこかで金の工面をしてから成田へ行くつもりなのだろうと思い、

「出版社にも、大使館にも、午前中に俺が連絡しとくよ」

と言って、マンションの一階までついて行き、空のタクシーを捜した。

「いま、幾ら持ってるんだ？」

私は、昼間の蒸し暑さが去らないままの駅前の道で訊いた。

「五万円くらい。成田空港のなかに、銀行があるから、そこでお金をおろすわ」

「なんだか、俺やロバと知り合ってから、金のいることばっかりだな」

と私は言った。

「お互いさまでしょう。私も、みんなにお金を工面してもらったし、愛子もお世話になってる。損ばかりしてるのは、ロバちゃんや与志くんのほうよ。与志くんなんか、私たちと関わり合ってたら、いつまでたっても、自分の事務所を持てないわね」

「愛子、このごろ、ときどきひどい頭痛がするらしいんだ。怪我の後遺症じゃないかって心配してるんだよ」

空のタクシーがやっと停まった。曜子は、

「あさって、帰るわ」

と言って手を振った。

「店には、俺から電話しとこうか？　風邪《かぜ》をひいて、ひどい熱があるとか……」

「うん。じゃあ、そういうことにしといて」

バンコクでロバに逢ったら、電話をかける。そう言って、曜子はタクシーを発車させた。

私たちのマンションに帰って来たロバは、息たえだえの、平家の落ち武者みたいだった。

足の怪我は、思いのほかひどくて、右の膝《ひざ》の皿のところに深い傷があり、木を削って作った添え木が、包帯できつく巻いてあった。

「病院へ行ったほうがいいわ」

愛子は何度も言ったが、ロバは、とにかく、うまい鰻丼《うなどん》を食べて眠りたいと、ロバらしくない頑固さで言い張った。

私は愛子と一緒に鰻丼を買いに行き、曜子は、垢《あか》だらけの服や下着を洗濯機に放り込むと、膝の傷の応急処置を始めた。

ロバの様子がおかしくなったのは、明け方だった。

怪我をしたほうの足全体が赤黒く腫《は》れてきて、ロバの体は小刻みに震え、奇妙な悲鳴をあげだしたのだった。

「ちくしょう、何しやがる。俺は、絶対に帰らねェぞ」

ロバは、その言葉を繰り返し叫んだ。そのたびに、自分の叫び声で目を醒《さ》まし、しばらく虚《うつ》ろに目をあけているのだが、三十秒もたたないうちに目を閉じる。そして、また叫ぶ。

曜子は、氷水にひたしたバスタオルをしぼり、それをロバの右足に巻きつけた。愛子は、ロバの口に体温計を突っ込んだ。

「四十度三分よ」

私は、救急車を呼んだ。近くに外科の医院があったが、ロバの様子は尋常ではなかったので、大きな病院のほうがいいと思ったのだった。

けれども、救急車で十五分ほどのところにある総合病院に運ばれても、救急の当直医はあらわれなかった。

たぶん、三十分近くも待たされたと思う。どこに行っていたのか、若い当直医は、別段、急ぐふうもなく診察室に入って来て、

「細菌感染だな。素人《しろうと》療法には困ったもんだよ」

と言い、看護婦に点滴を命じた。

たしかに、右足は細菌に冒されていたのだが、もっと重大な怪我がわかったのは、その日の午後だった。ロバの右の腎臓《じんぞう》に、深さ一センチ、長さも一センチの裂傷があり、そこから出た血が溜《た》まって、腹膜炎をおこしていたのだった。

手術は四時間かかった。私は、ロバがネパールの奥地に行っていたことや、八月の初めに足を怪我したことを警官に説明した。救急車を要請し、その怪我人の、怪我をした際の状況が不明なので、警官が事情を訊きにきたのだった。

「それしかわかりませんか？　ネパールで怪我をしたのは、約一ヵ月前だよ。それな

のに、東京に帰ってから、こんなふうになる……。おかしいね」

警官はそう言って、いかにも私たちを怪しんでいるみたいな表情をつづけたので、曜子はタクシーでマンションへ帰り、ロバのパスポートと、ネパールから出された二枚の葉書を警官に見せた。

きのうの夕刻に、成田のパスポート・コントロールを通って帰国したことを示すスタンプを確認してから、警官は、あしたまた来ると言って帰って行った。

手術が終わって、すぐに医者は曜子を呼んで、症状の説明をしてくれた。

右足の腫れは、細菌によるものだが、それは、腹膜炎に伴う体力の低下から生じたもので、この際、あまり問題ではない。

腎臓の裂傷は、きのうやきょうのものではなく、腎臓の一部も化膿《かのう》している。縫合はうまくいったので、腎臓摘出という最悪の手段はとらずに済んだ。

腹腔《ふくこう》内に溜まっていた血も取り除いたが、腎臓の一部と腹膜が癒着《ゆちやく》していて、それは今後、回復を待って再手術をするかどうかを考える。

それにしても、腎臓の怪我が、二十日前、もしくは、三十日前に起こったものだとすれば、この人は奇跡的なくらいに運のいい人だということになるだろう。腎臓からの出血も少量ずつだったのだろうが、おそらく何日間も腹部の激痛に耐えたはずだ。

いまは、それだけしか言えない。敗血症の一歩手前というところなので、そのための治療をつづけるが、この四十八時間は極めて用心しなければならない。

曜子は、医者から聞いた言葉を、私と愛子に伝えてから、

「私、バンコクまで迎えに行ってよかった」

とつぶやいた。

「飛行機代を、バンコクのどこかの銀行に振り込んでたら、ロバは、文無しのまま、ぶったおれてたよね」

私は言って、どうしてあのとき、金を持ってバンコクへ行こうと思ったのかと、曜子に訊いた。

「わかんないわ……。きっと、私が、せっかちな性分だったからかもしれないわね」

バンコクの空港で逢ったとき、ロバは、しきりに腹痛を訴えたのだが、曜子もロバも、水か食べ物に当たったとばかり思っていたらしかった。

「ホテルで一泊したときも、帰りの飛行機のなかでも、私、ロバちゃんを怒ってばかりいたの。ロバちゃんも、私に何にも説明しないで、謝ってばっかりいるの」

と言って、曜子は待合室の椅子《いす》に坐り、両手で髪をすきあげた。

「でも、帰ってから、よくも鰻丼をたいらげたもんだなァ。あいつは不死身だぜ」

と私は言った。

「よっぽど食べたかったのよ。夢に出てくるくらい、食べたかったのよ」

そう言って、愛子は、曜子の横に坐り、

「私が、東京で一番おいしいと思ってる鰻丼を買って来て、よかったわ」

と微笑《ほほえ》んだ。

「だって、東京に来て、私がおいしいと思ったのは、鰻丼だけなんだもの」

「結局、目当ての蝶はみつからなかったんだろうな」

と私は言いながら、蝶の写真が撮れなかったら、ロバは出版社から一銭の報酬も貰《もら》えないのだろうかと案じた。旅費の半分は出版社から出ているとはいえ、多くの身銭をきって、ネパールの奥地で悪戦苦闘し、あげくは大怪我をして帰ってきたロバの旅は、徒労でしかなかったのだろうか。

けれども、右の物を左に売って、その利鞘《りざや》で稼ぐという商売でないかぎり、それは当たり前のことなのであろう。

「目当ての蝶と出会えるかどうかは、ひとえに運だよなァ」

と私は誰に言うともなくつぶやいた。

「私たち、運の悪い人間なのかしら」

曜子が力なく言うと、愛子は、ふいに、きつい目で私と曜子を睨《にら》んだ。

「私たち、とても運がいいわ。そんなこと、わからないの？　与志くんは、すごい倍率の公団マンションに当たったし、私は、こんなにお人好《よ》しの人たちに囲まれて、大学の受験勉強にうちこめるし、ロバちゃんも大怪我をしたけど、きっと死なないで元気になるわ。曜子は立派な美容院の本店の店長になったわ。どこが、運が悪いの？きっと、私たちは、不思議なくらい運のいい人間が、不思議なことに四人集まったのよ」

それから、愛子は、病院の廊下を見つめ、

「あと十日も生きられない子供が、この病院に何人もいるかもしれないのよ。交通事故でかつぎ込まれて、死んでいく人なんて、この病院では珍しくもなんともないのよ。絶滅しかかって数少ない蝶をみつけられなかったら、運が悪いっていうの？」

と言った。

通りがかった看護婦や患者たちが、私たちを見ていた。

「そんなに興奮するなよ。曜子は疲れてて、ロバのことが心配だから、ちょっとだけ愚痴《ぐち》が出ただけさ。人間、落ち込むこともある」

私はそう言って、三人のうち誰が、ロバに付き添うのかを相談した。

「そんなの、私に決まってるじゃないの」

と愛子は言った。

「与志くんも、仕事があるし、曜子も、これ以上はお店を休めないのよ」

「でも、愛子、あの発作が出たりしないか？」

私が訊くと、

「ここは病院なの」

愛子は言って微笑んだ。

医者が言った四十八時間を待たずに、ロバの高熱は下がり、意識もしっかりしてきて、翌々日からは、夜だけ、私たち三人の誰かが病室に泊まればいいようになり、五日目には、それも必要なくなった。

「腎臓かァ……。へえ、もののはずみって、恐ろしいもんだなァ」

ロバは、腹部の手術痕《あと》よりも右足のほうが痛むと訴えながら、曜子に夕食を食べさせてもらってから言った。

「木の吊《つ》り橋を渡ってて、川に落ちたんだ。深い川だったよ。もう体が痺《しび》れるくらい冷たい水で、シェルパの手にやっとつかまったときは、体が動かなくなってた。川に落ちたとき、岩に腹と足をぶつけたんだ。でも、そんなに強く打ったって記憶はないんだ。水が冷たかったからかなァ」

「腹は痛くなかったのか？」

と私は訊いた。

「痛いっていうより、重いって感じで、それも打ち身だと思ってたんだけど、ときどきションベンに血が混じるんだ。でも、とにかく、膝が痛くて、そのうち、歩けなくなっちまって、シェルパが、きっと骨にひびが入ってるって、添え木を作ってくれて、どこかで薬草を摘んできたんだ。それをすりつぶして、塗ってた」

じつは、川に落ちたとき、岩にぶつけたのは、腹と膝だけではないのだ。ロバは、曜子が病室から出て行くのを待って、私に小声で言った。

「ションベンに血が混じるのは、そのせいだって思ってたよ」

「どこを打ったんだ？」

「大事な一物だよ。先っぽが、ナスビみたいになって、これはひょっとしたら、もう使い物にならなくなったんじゃないかって、そのほうが心配だったよ」

「蝶々は、みつからなかったんだろう？」

私は、それまで、あえて触れなかったことを口にした。ロバは、笑みを浮かべ、

「もうあと一歩だったって気がするんだ。東北部の渓谷の村で、その蝶を見たっていう若妻に逢《あ》ったよ。まだ十七歳なのに、三人目の子が腹にいてね。夢みたいな村だったよ」

「夢みたいって？」

「渓谷の底にあって、村人は二十六人だけ。山羊《やぎ》の乳で作ったバターを、蜂蜜《はちみつ》と混ぜて、それを熱いお湯に溶かして飲ませてくれた。霧がまっ青なんだ。どうしてこんなに青いんだろうって気味が悪くなるくらいで、夜は、星がすごい。その村から六キロ奥の、別の渓谷に、あの蝶はいたはずだよ。でも、もう俺の体は、普通じゃなかった。腹はペンチで捻《ひね》られるみたいに痛いし、右足は痺れて動かないし。でも、俺は、死んでも、その渓谷に行くって決めたんだ。だけど、みんなが、反対した。木の皮を編んでタンカを作って、俺を無理矢理、三十二キロも離れた村に運んでくれた。そこには、一週間に一度だけ行商のトラックが来るんだ」

それまで、決してロバの言葉にさからわなかった少年シェルパが、ロバをその村に運ぶことを決め、村人たちに頼んだのだった。シェルパは、トラックの運転手に、怪我《けが》をした日本人カメラマンを病院に運んでくれと言ったが、古いトラックには、何頭もの山羊や蜂蜜の入った壺《つぼ》が積み込まれていて、ロバが、かろうじて横たわる空間しかなかった。

「シェルパは、トラックに乗らなかったよ。どうやって帰ったのかな。俺は、約束の金よりも多目に渡したけど、あいつ、約束の金だけ受け取って、あとは頑として拒否しやがった。あいつの判断は、いつも正しかったよ。吊り橋を渡るときも、あいつは止めてくれたんだ。この橋は猿しか渡れないって。そのとおりさ。木は腐ってた。あいつが、無理矢理、トラックに乗せてくれてなかったら、俺は死んでたよ」

「どうしてバンコクへ行ったんだ？」

と私は訊《き》いた。

「カトマンズで、アメリカ人のカメラマンが、バンコクの医者を紹介してくれたんだ。ちょうど、そいつもバンコクへ行くところで、もうそのとき、俺はひとりで歩けなくなってたからね。だけど、バンコクに着いたら、その医者は留守で、泊まったホテルのロビーで、鞄《かばん》を盗まれたんだ。そのなかに、有り金のほとんどが入ってた。でも、撮ったフィルムとカメラとパスポートは、別の鞄に入ってたから……」

曜子が病室に戻ってくると、ロバは、メモ用紙に現像所の名と住所を書き、きょう中に撮影済みのフィルムを届けてくれと言った。

「狙《ねら》った蝶は撮れなかったけど、俺は、いい写真を何枚も撮ったよ。昆虫も撮ったけど、人間も撮った。とんでもない渓谷と人間。青い霧のなかの村。直径五メートルもある巨木。俺をタンカで運ぼうとしてる村人……」

元気になったら、また必ず行くつもりだとロバは言って、目を閉じた。

「あの青い霧の渓谷から六キロ奥なんだ。二キロ歩くのに三日かかる。あの少年シェルパと、また一緒に行くんだ」

「そこに、蝶がいなかったら？」

曜子は訊いた。

「きっと、いるよ。そこで十日もテントを張ってたら、絶対に、俺の目の前に飛んでくる。次郎もそう言ってたよ」

「次郎って？」

と曜子に訊かれ、ロバは目をあけて微笑んだ。

「シェルパの名前なんだ。彼のお気に入りの名前。日本人には、どんな名前があるのかって訊かれたから、太郎、次郎って教えたら、タローよりもジローのほうが賢こくて勇敢そうだ、これから、そう呼んでほしいって」

「その次郎は、ロバのことを何て呼んでたの？」

と曜子は訊いた。

「ロバ」

私と曜子は笑い、またあした来ると言って病室を出た。愛子をひとりにしておくのが心配だったのだ。

私は、ロバの車を運転し、曜子と一緒に現像所に寄ってからマンションへ帰った。

愛子は、とても新鮮なさんまがあったので、今夜はそれを焼くと言って、台所へ行きながら、一冊の本を私に手渡した。そして、人差し指を立てて、

「情熱を永つづきさせようとしても、いのちを永つづきさせようとするのと同じように、われわれの勝手にはならない」

と言った。

「受験勉強しないで、また難しい本を読んだな」

私は、その本の表紙を見つめて言った。〈箴言《しんげん》と考察〉という題で、著者名は、ラ・ロシュフコオとなっていた。

「これ、誰？」

と曜子は訊いたが、紙袋からロバの下着を出すと、洗濯機のところに行った。

「十七世紀フランスのモラリスト」

「モラリスト……。いやなやつ」

曜子の言葉に、愛子は、

「人生の探究者って意味なのよ」

と言って、得意そうに、もうひとつの箴言をそらんじた。

「われわれは、意志よりも力を余計にもっている。だから、われわれが事を不可能だと思うのは、しばしば、自分自身にたいして遁《に》げを打つためだ」

私は、家に持って帰って来たラフ・スケッチをテーブルにひろげ、

「受験勉強に疲れてる自分を励ましてるのか？」

と訊いた。

「違うわ。私も、人生の探究者だから、ラ・ロシュフコオの意見を聞こうと思って」

「他にどんな箴言がある？　いまの俺に役立つやつを教えてくれよ。俺は、仕事に疲れ、人生に疲れ、スケベーで、貧乏なんだ」

私の冗談は、愛子を意気消沈させた。愛子は、しょんぼりと背を向け、何も言わず、さんまを焼きだした。

「どうしたの？」

と私は愛子の横顔をのぞき込んだ。

「みんな、私のせいだったら、そう言ってね」

「何が？」

「与志くんも、ロバちゃんも、曜子も、人生に疲れて、貧乏なのは、私のせいだから」

洗濯機のスウィッチを入れ、曜子はエプロンをつけながら台所に来て、

「こら、与志くんにあまえたかったら、私のいないところでやってよ」

と言って、愛子の尻《しり》を平手で叩《たた》いた。愛子は、おどけて舌を出し、

「ラ・ロシュフコオは言っております。わずかな言葉で多くのことを理解させるのが、大人物の特質なら、小人はそれに反し、多弁を弄《ろう》して一つとして言うところなき天与の才能をもっている」

愛子の本を手に取り、ページをくっていた曜子は、

「こんなのがあるわ」

と言って、読みあげた。

「恋をし合っている二人が、一所《ひとところ》にいることを退屈に思わないのは、明けても暮れても、自分たちの話ばかりしているからだ——。私、与志くんと愛子のお邪魔かしら？」

少し肉づきがよくなった愛子のうしろ姿を、私は、ふいに、いじらしく思った。

「あっ！　こんなのもある。——女の地獄、それは老いの日である」

曜子は、本をテーブルに置くと、大根おろしを作った。その、幾分むきになってい
るような手の動かし方を見ているうちに、私は、曜子が、心に何か重い物をかかえて
いるような気がした。

けれども、その夜ふけ、愛子も、私と同じ思いを抱いているのだと言った。

「仕事のことかな。責任が大きすぎて、神経がすりへってるんじゃないかな」

愛子は、首をかしげ、

「仕事のことじゃないと思う」

と言った。

「ロバのこと？　あいつが心配かけたから？」

「ロバちゃんのことかもね。このごろ、曜子に、男の人から電話がかかるの。瀬戸口
って人……」

「その人とロバと、何か関係があるのか？」

「瀬戸口さんは、昔、曜子が好きだった人」

私は、会社をつぶしかけたかつての恋人に、曜子が金を用立てたことを思いだし
た。

「曜子は、その人と逢ってるのか?」

と私は訊いた。

「逢ってないと思う」

「どうして、そう思うんだ?」

「だって、私がとりつぐと、いつも曜子は、いないって言ってくれって」

「それでも、電話がかかってくるの?」

愛子はうなずき返した。

「しつこく?」

「しつこいって感じじゃないわ。すごく遠慮して電話をかけてきてるんだと思うの。喋《しゃべ》り方や声の調子でわかるでしょう? 丁寧で、私に気を遣って、でも、必ず一日に一回はかかってくる」

「じゃあ、しつこいじゃないか。曜子は、居留守をつかってるのに。そんなのって、相手にはわかるもんだよ」

曜子は、その瀬戸口という男からの電話に、まったく出ないわけではなかった。

「五回に一回くらいは、しぶしぶ出てるみたい」

盗み聴きをするつもりはなかったのだが、曜子の応対ぶりで、男は妻と離婚したらしいということは推察できると愛子は言った。

「離婚？」

「うん。子供さんは奥さんが引き取ったみたい」

私は、曜子のために、みんなで工面した金の使い道を愛子に話して聞かせた。

「じゃあ、その人が奥さんと別れたのは、つい最近だってことになるわね」

その男との別れを決意するとき、曜子は、まるで重い病人のようになってしまって、二週間近く仕事にも行かず、泣いたり、ぼんやりと空ばかり見たり、二日も三日も映画館の暗がりで坐《すわ》っていたのだと愛子は説明した。

「その人、奥さんに、曜子のことを喋って、離婚してくれって頼んだの。でも、奥さんは拒否したの。どんなことがあっても、断じて離婚はしないって……。そうしてるうちに、奥さんが妊娠して……」

「妊娠？　そんなのサギじゃないか。そんな、ふざけた野郎のことで、いまさら曜子が動じるなんておかしいよ」

「でも、他人がどうこう言える問題でもないでしょう？」

ロバと曜子が、結婚の約束をしていたわけではなかったし、二人が、実際に、お互いをどう思っているのか、私にはわからなかった。いまのところ、気が合って、好意を抱いて、同じ部屋で寝ていても、夫婦となるための愛情とは異質のものでつながっている場合も多いのだった。

私が、自分のそんな考えを愛子に言うと、

「与志くんは？」

と訊かれた。

「私と結婚しようかって、一度でも考えたことはある？」

私は、おかしな誤魔化しは良くないと思い、いまのところ、結婚ということを考えないようにしていると答えた。

「いまのところって？」

「愛子が、目的を果たすまではね」

「大学に受かるまで？　それとも、一人前の医者になるまで？」

そっちこそ、どう思っているかと私は訊き返した。

「ときどき、考えるけど、私は、いまはとにかく受験のこと以外に頭を使わないようにしようって決めたから」

私は、愛子となら結婚してもいいと思ったが、それを口にはしなかった。私は、もしとか、たらとかの言葉を使って、未来の話をするのが嫌いだったのだ。けれども、その夜以来、愛子は、しょっちゅう、もしとか、たらとかの前置きをして、私に何かを訴えかけるようになった。

七

その年の暮れから正月にかけて、私たちは、軽井沢で五日間の冬休みをとった。曜子の勤める美容院のオーナーが、社員の慰安のために建てた別荘だったが、冬は誰も使う者がなく、冬の軽井沢に行きたいという曜子が、珍しくしつこく誘ったのだった。

受験勉強も最後の追い込み時に入って、愛子の疲労は限界に来ているようで、一度、頭のなかをからっぽにしたほうがいいのではないかとロバが提案し、その意見に私も賛同して、いわば愛子のために、私とロバは軽井沢へ行ったようなものだった。

「すげえ。マイナス八度だよ」

碓氷《うすい》峠を越え、閑散とした軽井沢の町に入ったとき、ロバがそう言った。

「冬でも使えるように設計してあるから、大丈夫よ。管理会社の人が、三日前から床暖房をいれてくれてるはずだし」

と曜子は言った。

私は、二度、夏の軽井沢に来ていたが、真冬の軽井沢の透き通るような大気と、葉の落ちたカラマツの森の、どこか凜然《りんぜん》としたたたずまいが気に入った。

「うちの社長は、冬の軽井沢が好きで、お正月はいつも来てたんだけど、三年前に病気をしてから来なくなったの。やっぱり、ちょっと寒すぎて、体にこたえるらしいの」

と曜子は言い、中軽井沢の駅で新聞を買うから車を停めてくれとロバに頼んだ。

「凍ってるかもしれないから、足元に気をつけて」

車のドアをあけた曜子に、愛子は声をかけた。暖房のきいた車内に、零下八度の外気が入ってきた。

「頰《ほ》っぺたに柔かい針が刺さってくるみたいね」

と愛子は言い、東京で買った一週間分の食料を書いた紙をひろげた。

「野菜が少ないのよね。軽井沢に売ってるかしら」

「当たり前だよ。一年中住んでる人もたくさんいるんだから」

ロバはそう言いながら、中軽井沢駅に目をやった。改札口の横にある公衆電話で、曜子が誰かと話していた。まるで、私たちに顔を見られたくなくて、ことさら背を向けているような、ひどく小さく見えるうしろ姿が気になったが、私の手を握ってきた愛子の掌《てのひら》の汗も気にかかった。

「気分が悪いの？」

　と私は愛子に訊《き》いた。

「このごろ、しょっちゅう、掌に汗をかくの。神経が疲れてるのね」

「でも、不安発作は起きないんだろう？」

「与志くんがいてくれたら起きない……。受験生が不安なのは当然だもの」

「俺、受験のとき、左の親指が痙攣《けいれん》するようになって困ったよ」

　とロバが言った。

「試験が終わったら、嘘《うそ》みたいになおっちまった。あれも、神経性のもんなんだろうな。痙攣してる指を人に見られたくなくて、いつもズボンのポケットに左手を突っ込んでたんだ」

　ロバが退院したのは、手術の日から五十日後だった。怪我《けが》をしたほうの腎臓《じんぞう》の機能回復に、思ったより時間がかかったからだった。

　そのために、私と曜子は、また借金をした。手術の費用も、入院の費用も、予想よりも多かったのだ。

その間、ロバには一銭の収入もなかったし、助手の少年への給料や事務所の家賃をとどこおらせるわけにはいかなかった。

電話を切って、曜子が新聞を手に帰って来た。

「金縛りになるくらい寒いわ。駅員さんが、今夜は零下十二、三度になるかもしれないって……。水道管には、全部、電熱コイルを巻いてあるから、水を出しっぱなしにしなくてもいいって社長は言ってたけど、ほんとに大丈夫かしら」

「いま、社長に電話をかけたの？」

とロバが訊いた。曜子はそうだと答えた。

私も愛子も、曜子が夜遅く、マンションの部屋を出て、駅の公衆電話で誰かと話していることを知っていたが、ロバがそのことに気づいているかどうかはわからなかった。

別荘は、信濃追分駅と国道十八号線とのあいだにあった。

たしかに、床暖房のスウィッチは入っていたが、冷えきった部屋のすべてを暖めるまでには至っていなくて、居間の暖炉に火をおこすやり方を知らない私たちは、薪《まき》から炎をあげさせるまで時間がかかった。

やっと、暖炉のなかに勢いよく炎が膨《ふく》らみ、頬や胸が温まってくると、曜子は何枚もの毛布を持って来て、それを敷いた。

「何にも考えない。数学の公式も、英語の単語も、化学の記号も、みんな忘れる。いい？」

と曜子は愛子に言い、私とロバには、

「借金のことを思い出さないこと」

と言って微笑《ほほえ》んだ。

そして、毛布の上に寝そべり、わざわざ浅草まで行って買ってきた手焼きのせんべいをかじりながら、こうつぶやいたのだった。

「私たちって、自分では気がついてないけど、人のために苦労するのが好きなのね」

その言葉は、しばらくのあいだ、私とロバと愛子を沈黙させた。きっと、自分というものを、そのように認識したことがなく、しかも、各自がそれぞれ思い当たるところがあったからであろう。

「人が困ってると、知らんふりをしてられない……。見返りなんか、まるで求めないで、何か助けてあげられることはないかって、心と体が勝手に動いてしまう……」

そのあと、曜子は、頬杖《ほおづえ》をつき、

「こんなにお人好しなんだもの、お金が貯《た》まらないはずよねェ」

と言って笑った。

「いつか、大きなご褒美《ほうび》をもらえるさ」

ロバは、暖炉の火を見つめて、そう言った。

「誰から？」

と曜子は訊いた。

「この宇宙から」

そう答えたのは愛子だった。

「乗ってる飛行機の翼が取れても、うまく不時着して助かるとか、大きな岩が落ちて来ても、私たちには当たらないとか……」

曜子が言うと、

「歳《とし》を取ってから、金に困らないとか」

とロバが言った。

「歳を取ってからじゃなくて、いま、金に困らないようにしてほしいよ。だって、いまの愛子の成績だと、私立の医大には入れるんだ。だけど、入学金も授業料も、おっそろしく高くて払えない。国公立に受かるには、それぞれの科目で、あと十点ほど足らない。この十点は、百メートル競走だと、コンマ一秒の壁とおんなじなんだからね」

私はそう言ってから、せっかく受験勉強のことを忘れるために冬の軽井沢にやって来た愛子に申し訳なくなった。

「酒を飲んで、全員、この暖炉の前で昼寝をしよう。ことしも、あと三日で終わりだ」

私は、買い込んで来た食料品が詰まっている袋から、日本酒の一升壜《びん》を出した。

「これは、石川県の名酒だぞ。ちょっと辛口で、水のように喉《のど》を通る。これを手に入れるために、俺は十三軒も、東京の酒屋を廻ったんだぜ」

「よし、飲もう。やっぱり、熱燗《あつかん》よね」

あまり飲めない愛子が言って、台所へ行った。

「俺も飲みたいなァ。少しだったら飲んでもいいって医者は言ったんだけど」

ネパールのカトマンズに着いた夜、冷えていないビールを飲んだきりのロバは、お伺《うかが》いをたてるかのように曜子を見やった。

「しょうがないわねェ。私、ロバちゃんにつき合って、お酒をずっと飲まなかったんだけど、きょうは景気よく飲もう。でも、ロバちゃんは一合だけよ」

「きっと、一合も飲めないような気がするよ。腎臓のことを気にして飲むと、体が拒否反応を起こすかもしれないからね」

私たちは、熱燗で乾杯した。酒を飲ませてくれたお礼にと、ロバは、唯一《ゆいいつ》の得意料理を作る準備を始めた。ロバの作る豚の角煮は、私たちの大好物だった。

最初に愛子が寝息をたて、そのあと、曜子も眠った。私は、台所にいるロバのところに行き、空になったグラスに酒をつごうとした。

けれども、ロバは、半分だけ飲んで、残りは豚の角煮に使ったのだと言った。

「なんとなく、腎臓がいやがってるみたいで、気持よく酔えないんだ」

「この名酒を料理に使ったのか？」

「うまい角煮を食わせてやるから」

私も愛子の横でひと眠りしようと思い、暖炉のところに行きかけると、

「曜子には、好きな男がいるんだ」

とロバは声をひそめて言った。

「曜子がそう言ったのか？」

「いや、俺の勘だよ。あいつ、すごく悩んでると思うんだ」

「お前は悩んでないのか？」

「身がよじれるくらい苦しいよ」

ロバは微笑み、火加減を調節して鍋《なべ》に蓋《ふた》をした。

「でも、去る者は追わず、来る者は拒まずって信条だけは崩したくないんだ。みっともない男にだけはなりたくないからね」

「ロバに、そんな信条があったのか？」

曜子と知り合ってから、いつも、自分にそう言い聞かせてきたのだと、ロバは言い、いかにも社員の保養のために建てられた山荘であることを示す食器棚の下に腰を降ろした。十五、六人の食事がいちどきに出来るであろうと思える数の食器が並んでいた。

「長いこと、人間がいなかった家ってのは、人見知りするのかな」

とロバは言った。

「家が、俺たちの様子をうかがってるって気がするよ」

それから、ロバは、毎年、正月には帰省するという曜子が、ことしにかぎって軽井沢に行きたがったのは、男のことで悩んでいるからだと思うと言った。

「マンションから出て、夜中にそっと公衆電話のところへ行くのが、いやになったんだね」

「知ってたのか？」

「だって、俺と曜子は、おんなじ部屋で寝泊りしてるんだぜ」

「知らんふりしてないで、話をしてみろよ」

ロバは首を振り、

「俺から口火を切ったら、何もかもおしまいだよ。だって、俺が曜子みたいな女に好かれたってこと自体が僥倖《ぎょうこう》だからね」

「僥倖？」

「曜子は、竹を割ったみたいな性格なんだ。物事の決断をつけるときの早さには、びっくりするよ。それなのに、もう何ヵ月も、隠し事をつづけてる。つまり、それだけ本気だってことさ。俺を可哀相《かわいそう》だと思って、決断をつけられないんだ。俺から口火を切ったら、曜子は、さっさと男のところへ行っちゃうよ」

私は、愛子から聞いた話を、ロバに言おうかどうか迷った。しかし、ロバと曜子が、二人で語り合うまでは黙っていたほうがいいと思い、

「俺たち四人は、変な始まり方だったからな」

と、問題から外れた言葉で誤魔化し、暖炉のある部屋に行きかけた。眠っているはずの曜子が、台所の近くの大窓から、落ち葉の積み重なっているカラマツの森に目をやっていた。台所の入口にあるもうひとつの食器棚にさえぎられて、私とロバには、そんな曜子の姿が目に入らなかったのだった。

声はひそめていたが、静かすぎる山荘のなかでは、私とロバの会話は、曜子の耳に届いたに違いなかった。

私は、曜子の顔を見ないまま、

「俺も、ひと眠りしようっと」

と言って、暖炉の前に行き、愛子の横に寝そべった。木のはぜる音以外、何も聞こえなかった。

愛子が、眠ったまま、左腕を上げた。まるで天井を指さしているみたいだったので、私は天井を見つめた。愛子の腕は、ゆっくり下げられて、自分の胸の上に落ちて行った。

ふいに、私のなかに、責任とか、道義とか、約束とか、抱擁とかの言葉が浮かんだ。私には、愛子への責任はなかった。恋人であることによる道義は存在しても、私は愛子に縛られてはいなかった。そして、何の約束も交わし合っていない。ひとつあるとすれば、愛子を大学の医学部に入学させるために、みんなで力を合わせるということだけだった。

私と愛子は、ほとんど毎夜、抱き合って寝ている。性の行為がある夜も、ない夜も、抱き合ってベッドのなかにいる。けれども、私は、愛子という人間を真の抱擁でもって包み込んだことはないような気がした。

私は、自分たちの関係を寂しく感じ、冬の軽井沢に来たことを後悔した。曜子の言葉が正しいとすれば、私たち四人は、他人が困っているのを黙って見捨てることのできないお人好《よ》しなのだが、それは、安心していられる固い絆《きずな》が、自分の生活に一本もないからだとも言えそうな気がした。

不安もないが、安心もない……。そんなつながりにも、私は寂しさを感じた。

夜、食事を済ませると、私と愛子は寒暖計を持って、戸外へ出た。

「一年、浪人したっていいんだぜ」

あまりの寒さで、顔全体が痛かったが、ゆるんでいた肌が張りつめて、生き返っていくような感触を楽しみながら、私は愛子に言った。

愛子は、首を左右に振り、

「挑戦は一回だけ。試験に落ちたら、働くわ」

と言った。

自分は、不安神経症を克服できるような気がする。克服しなければ生きていけない。受験勉強は、そのことを自分に教えてくれた。

愛子はそう言ってから、

「試験に合格する夢ばかり見るの。あっ、私の受験番号があるって、与志くんに教えてる夢を見るの。それなのに、与志くんがいないの。一緒に合格発表を見に来たのに、与志くんがいないんだもの」

私は、ライターの火で、寒暖計を見た。

「いま、マイナス十度だけど、まだまだ下がりそうだな」

「肺のなかが、冷たくなっていくわ。でも、気持がいい」

「あんなに大きくて青い月は、東京では見られないな」

「ほんとに、お月さまはひとつだけなのかしらって思うわね」

私は、ぶあついアノラックを着た愛子を抱きしめ、自分の冷たい頰を愛子のそれに押し当てた。そして、結婚しようと言った。

愛子は、私に抱きしめられたまま、何も答え返さなかった。それでも、私は愛子を抱きしめつづけた。

やがて、愛子は私の胸のなかで、何度も頷《うなず》いた。

「私、絶対に、病気をなおすわね」

「なおさなきゃァ、なおさなきゃァって、あんまり考えすぎないことだよ。自縄自縛に陥るってのが、愛子の病気の特徴なんだから」

「もし、私が試験に受かったら、私、学生結婚するのね」

「そうなるんだな。だって、お互い、五年も六年も待てないだろう？」

「もし、私たちが結婚したら、曜子とロバちゃんには、あのマンションから出てってもらうの？」

「そりゃそうだよ。あいつらにはあいつらの道がある」

　私の求婚が、あまりにも唐突だったせいか、愛子には、私との結婚ということが、まだ現実味を帯びていないようであった。

「私、やさしいお母さんになるわ。あったかくて、いつも春の風のように笑ってて、人間の礼儀だけは、厳しく教えるお母さんになるの。そうしたら、子供は、何があっても幸福で、まっすぐ育っていくわ」

　少し風が出て来て、あちこちで、ひそやかな足音に似た音が湧《わ》きあがった。枯れ葉のすれ合う音だった。

　その音のせいで、山荘のなかの静寂が、戸外に立っている私には気味悪く感じられた。

「俺たちが結婚の約束をしたことは、ロバと曜子には、当分、黙ってたほうがいいよ」

と私は愛子に言った。

「瀬戸口さんのことを、あんなに憎んでたのに、曜子は揺れてるのね」

「だって、相手の奥さんが、結局、離婚に応じたんだからね。そのうえ、男からは、もう一度、やり直そうって電話がかかってくるんだ。憎むってのは、相手を真底好きだったってことだから……」

「でも、私は、曜子がどんなにロバちゃんのことを思ってるか、知ってるわ」

寒暖計の目盛は、マイナス十三度まで下がった。

「鼻水が凍りそうだよ」

私の言葉で、愛子は私の背を押し、山荘の玄関まで戻ると、

「きょうは、もう勉強しないけど、あしたから、また英語の単語を覚えるわ。私立の大学だと、三千八百個の単語で充分だけど、国立は五千三百個覚えとかなきゃいけないんだって。一週間で、五百個の単語を覚えられるわ。受験生にお正月なんてないんだもの」

「一週間で五百個の単語を覚えられるのか？　一日に約七十個か……。俺には無理だな。そんな脳味噌《みそ》をしてないんだ」

「その気になれば、人間の脳味噌には、どんなものでも詰め込めるのよ」

「いや、生まれつき、出来不出来ってあると思うな。どんなことをしたって、一升ますに二升は入らないからな」

「ねェ、どこまで行ったら、宇宙の果てに辿《たど》り着くのかって、考えたことない？」

愛子は、そう言って、星の空を見上げた。

「三億光年てのは、光の速さで三億年かかるってことでしょう？　あの小さな星が、もし、ここから三億光年離れてるとしたら……」

私は、愛子の言葉をさえぎり、

「やめようよ。俺は宇宙のことを考えると、心臓がドキドキしてくるんだ。終わりがないってのは、恐ろしいよ」

「そうね。果てなんて、ないんだもんね」

私と愛子は、暖炉のある広い部屋に入るとき、表情のどこかにはしゃいだところがないかを確認した。

ロバと曜子は、自分たちが使う部屋にこもってしまったらしく、暖炉の前には、毛布だけが敷いてあった。

「私、お風呂《ふろ》を沸かすわ」

愛子は、そう言ったが、先に台所で洗い物を片づけ始めた。私は、自分たちが使うことになっている二階の部屋に行き、蒲団《ふとん》を敷いた。床の上にカーペットが敷いてあり、壁の両脇《りょうわき》に二段ベッドが二つ並んでいる。けれども、冬は、ベッドを使わずに、カーペットの上に蒲団を敷くと、床暖房の熱で、パジャマを着なくてもまだ熱いくらいだと曜子に教えられていたのだった。

「新しいシーツが、納戸にあるわよ」

曜子が、階下から私に言い、愛子と何か喋《しゃべ》っているロバの声も聞こえた。

しばらくすると、曜子が二階にあがって来て、

「与志くん、ごめんね。心配かけて」

と言った。

「まあ、俺が口出しすることじゃないからね」

「彼が奥さんと離婚したからって、いまさら何さって気持のほうが強いんだけど、あの重い五年間の鎖が切れたって解放感もあるの。私、自分がこんなにもずるい人間だなんて思わなかったわ」

曜子は、二段ベッドの下のほうに腰を降ろすと、力なくうなだれて、そう言った。

「なんだか、曜子のほうがロバみたいだよ」

と私は微笑《ほほえ》んだ。

「この何ヵ月間、私、雌のロバだったの」

「ロバとは、ちゃんと話をしたのかい？」

「包み隠さずにね」

「ロバは、どう言ってた？」

「自分の気持通りに動くのが、一番いいって。でも、私、自分の気持がよくわからないの。与志くんは、どう思う？」

私は、うなだれたままの曜子を見つめ、

「そんなことを俺に訊《き》くのは、曜子らしくないよ。世の中、二つに一つだって、電光石火に決断するのが、曜子のやり方だろう？　それに、俺は、その瀬戸口って人と一度も逢《あ》ったことがないんだ。自分の目で実際に見たことがないものに、どんな評価や感想を持つんだ？　俺は、新聞も週刊誌も、テレビの報道も信じないんだ。たとえば、有名人の誰かの行ないが槍玉《やりだま》にあげられる。書いてるやつは、自分は生まれてこのかた立ち小便もしたことがないみたいなふりをしてる。個人のプライバシーに唾《つば》を吐いて、言いたい放題、書き放題。それを読むやつも、なるほどそうなのかって、いとも簡単に信じ込む。どいつもこいつも、口舌の徒になる。俺は、そんなふうになりたくないんだ。逢ったこともなければ、話をしたこともない人を、賞《ほ》めたり、けなしたりするのは犯罪だよ。ロバの言うとおりだよ。曜子は自分の気持のままに動くしかないんだ。曜子の気持を、誰も左右できないさ」

喋っている途中から、私は、何かに腹を立て始めた。何に腹を立てているのかわからなかった。ロバの味方である前に、私は、きっと、瀬戸口という男に嫌悪感を抱いていたのであろう。

あるいは、逢って話したこともない人物に嫌悪感を抱いている自分が腹立たしかったのかもしれない。

「なんだか、きつい言い方をしちまったな。曜子を責めてるんじゃないんだ。ごめんね」

私が謝まると、曜子は笑みを浮かべ、謝まる必要はないと言った。

電話が鳴り、応対する愛子の声が聞こえた。

「曜子、津島さんて人から電話よ」

愛子が階下から言った。

「あら、ペパーよ。どうしたのかしら」

曜子が電話に出る前に、ロバは自分が面倒をみたグループのひとりである少女と話をしていた。

私は、暖炉の前に坐《すわ》り、薪《まき》を足した。

正月はどうするのか。タコは元気で毎日スタジオで働いている。ポーとは長く逢っていないが、入院中に見舞いに来てくれたマキの話では、人が変わったように勉強しているそうだ——。

ロバは、曜子の店で働いているペパーに、そんなことを言ったあと、受話器を曜子に渡した。

ペパーと話しだして、しばらくしたころ、曜子は、

「えっ！」

と声をあげた。ロバは、眉間《みけん》に皺《しわ》を作って、心配そうに曜子を見やった。

「タコは知ってるの？」

「電車賃、持ってる？」

私の耳には、曜子のその言葉だけが聞こえ、あとは曜子が意識的に声を低くさせたので聞こえなかった。

電話を切ると、なにやら茫然《ぼうぜん》とした顔で暖炉の前に坐り、曜子は私に煙草《たばこ》をくれと言った。

「どうしたんだよ。ペパーのやつ、何かやらかしたのか？」

ロバが訊くと、曜子は、

「そうね、やらかしてくれたのよ」

と言った。

「タコも絡《から》んでるのか？」

「絡んでるなんてどころじゃないわね」

「そんな、勿体《もったい》ぶらないで、ちゃんと説明してくれよ。あいつらのことに関しては、俺に責任があるんだぜ」

ロバは気色ばんで、曜子の肩をつかんだ。

「ペパー、妊娠したの」

「なに？　それ、ほんとか？」

「きのう、お医者さんに診てもらったら、妊娠二ヵ月だって……父親は、タコよ」

ロバは、まるで卒倒するかのように、あぐらをかいたまま、うしろに倒れた。

「でも、ペパーは、すごく歓《よろこ》んでるの。これで、タコは自分のものになるって」

その曜子の言葉で、あおむけに倒れ込んでいたロバが身を起こした。

「何を考えてるんだろうなァ、あいつは。ペパーは、まだ十六歳だぜ。タコは、ことしの夏に、十八歳になったばっかりじゃないか」

「でも、ペパーが、あんなに嬉《うれ》しそうな声を出したのは初めてよ。どうするつもりなのって訊いたら、いとも簡単に、そんなの、産むのに決まってるじゃん、だって。くもりなく、歓んでるの」

「タコは、どう言ってるんだ？」

「電話でしらせたら、長いこと何にも喋らないで、それから突然、悲鳴をあげて電話を切っちゃったそうよ」

　私は笑い、

「そのときのタコの顔が、なんだか目に浮かぶなァ」

　と言った。

「与志くん、笑ってる場合じゃないよ。これは、俺が曜子にふられるかどうかよりも、深刻な問題だよ。俺は、口が裂けても、ペパーに、子供を堕《お》ろせなんて言えないよ。それは、殺人だからな。だけど、あいつらが、どうやって子供を育てていけるんだよォ」

「人助けの好きな私たち四人組で育てたら？　こうなったら、ついでだってこともあるでしょう？」

本気なのか冗談なのかわからない言い方をして、愛子は、私たちを見やったが、みんなに無言で睨《にら》み返され、

「ごめんなさい、不謹慎な発言でした」

と、うなだれた。


ペパーは、元日の昼過ぎに、軽井沢にやって来た。

駅まで車で迎えに行ったロバと曜子のうしろから、ペパーこと津島比呂美は山荘に入って来ると、ラッコに似た顔に照れ笑いを浮かべ、私に正月の挨拶《あいさつ》をした。

私は、何度か、曜子の店でペパーと顔を合わせ、言葉も交わしていたが、愛子は初対面だった。

「寒かったでしょう？　電車は坐れた？」

愛子はそう言って、ペパーを暖炉の前に坐らせ、紅茶をいれた。

「お母さんには、もう言ったの？」

と私が訊くと、ペパーは、

「お母さんとは関係ないから」

と答えた。もう二ヵ月近く、母親とは逢っていないらしかった。

「自分のことで精一杯なの。あの人、私を自分の子供だなんて思ってないのよ。お兄ちゃんのお金をあてにして、しょっちゅう、お金を借りに行ってるけど、お兄ちゃんは絶対に貸さないって言ってたわ」

ペパーの兄は、死んだ父親の先妻の子だったが、ペパーとは仲が良かった。まだ二十六歳なのに、独立して、小さな工務店を営んでいる。

「もし、タコが、どうしても父親になりたくないって言ったら、どうするの？」

と曜子は訊いた。

「きっと、そんなこと言わないと思う」

「どうして？　タコと落ち着いて話をしたのか？」

とロバが訊いた。

「きのうも話をしたけど、自分の気持はあした、はっきりさせるって」

「あしたって、もう、きょうだよな。タコは、何時の電車で来るんだ？」

くもりなく歓んでいるという曜子の言葉を思い浮かべながら、どことなく芯《しん》の強そうなペパーの、十六歳にしては太い首を見つめて、私は訊いた。

タコは、夕方、軽井沢に着いた。重そうな革ジャンパーを着て、髪を短かく切っていたので、私がこれまで目にしたタコよりも、ふてぶてしい感じがした。

「明けましておめでとうございます。山岸薫平です。よろしくおねがいいたします」

玄関口で大声でそう挨拶してから、タコは、鹿児島で一人暮らしをしている祖母が送ってくれたというメザシを、私たち四人に五匹ずつ手渡した。

八

ロバは、タコに、まず挨拶《あいさつ》の仕方から教えたので、いささか不自然なくらい大声の、切り口上にも聞こえる挨拶は、十八歳のタコの口から発せられると、その勢いだけで、場の空気の淀《よど》みに震動を与えるようだった。

私たちは、五匹ずつビニールの袋に入れられた、あまりひからびていない、肥《ふと》ったメザシを見つめた。

「このメザシ、ほんとにうまいんです。焼き過ぎないようにするのがこ、つ、です」

とタコは言い、さらに革ジャンパーのポケットから、ペパーのためと思われるメザシを出した。それはビニール袋のなかに、二十匹近く入っていた。

タコは、それを、ぎごちなくペパーの前に突き出してから、暖炉の火に目をやった。一瞬、沈思黙考とはこのようにするのだというふうな表情を私たちに見せてから、小さく溜息《ためいき》をついて暖炉の前に坐《すわ》った。

私と愛子は席を外したほうがいいだろうと思い、お互い、目くばせをして立ちあがりかけたが、

「横川の駅で決めちゃった」

というタコの言葉で坐り直した。

「何を？」

と曜子が訊《き》いた。

「俺もペパーも、家族に好かれなかったから、俺たちが作っていく家族を大事に可愛《かわい》がろうと思って……」

そのタコの言葉は、なんだか誰にも有無を言わせない力に満ちていた。

ペパーは、安堵《あんど》の目を曜子に向け、それから、暖炉の火を見つめた。

「そりゃあ、とってもいいことだよ。いいことだけど、現実ってものは、否応《いやおう》なく、次から次へと立ちはだかってくるんだ。日本の法律では、女は十六歳、男は十八歳にならないと結婚できないが、そこは問題なし。でも、タコとペパーが結婚して、子供ができたら……」

そこまで言うと、ロバは口をつぐんだ。

「子供ができたら……。次は、何を言うつもりだったの？」

と愛子が訊いた。

「ペパーは、当分、働けないから、タコの収入だけで生活して、子供を育てなきゃいけないだろう？　なさけない話だけど、俺にはタコに、それだけの給料を払えないよ」

ロバは、ビニール袋からメザシを出し、匂《にお》いを嗅《か》ぎながら、本当になさけなさそうに言った。

「そんなの、ロバちゃんじゃなくても、十八歳の少年に、奥さんと赤ん坊を養っていけるだけの月給を払うような会社なんてないわよ」

曜子はそう言うと、台所に行き、メザシを焼き始めた。台所の換気扇から吐き出される煙が、冷気のなかで動いて、居間の南側のほうに廻ってきた。

それは、カラマツの樹林の下に白い層を巻き、私を、山奥で冬ごもりしている猟師のような心持ちにひたらせた。

なんとかなるもんさ……。いまのこの日本で、体さえ丈夫ならば、生きていけないはずはないんだ……。

五年や六年なんて、あっというまに過ぎてしまう。大切なのは、タコとペパーの意思であり、生まれてくる生命なのだ。それ以上に重要なものなんて、この世にありはしない。

コオロギもカブトムシも、鮭《さけ》も鯨も、雀《すずめ》も鷲《わし》も、みんな子供を産む。どうして人間だけ、子供を産むことに不自由になってしまったのだろう。命、ばんざいだ。ばんざい、ばんざい、おめでとう。

昆虫も魚も、子供を産むことに命を賭《と》している。人間だけだぜ、てめえたちのご都合で、平気で子供を堕《お》ろしたりするのは……。そんなのを理性だなんて言わないでくれよ……。

私は、そんな言葉を胸のなかで叫びながら、自分は酒に酔っているのだろうかと本気で考えた。

酒は飲んでいなかったが、さっきのタコの何気ない言葉に酔っていたのかもしれなかった。

私は、愛子の横顔を盗み見て、ここにも、肉親の愛情に恵まれなかった人間がいると思った。

「さてと、どうやって育てようか」

と私はタコとペパーに言った。

「まず、子供を育てるための場所が必要だな。どんなに狭くてもいいから、アパートを借りる。ペパーは当分働けない。タコが働いて、アパートの家賃も、生活費も、赤ん坊の養育費も稼がなくちゃいけない。十八歳のタコが、その金をどうやって稼ぐか……。これは簡単なことじゃないけど、やってやれないことはない。朝も昼も夜も働く。そのうち、ペパーも働けるようになる。赤ん坊を託児所にあずけて、ペパーも働く。そうやってるうちに、道もひらけてくる。だけど、新しい道がひらけてくるまでに、タコとペパーの、いまの気持が萎《な》えてしまうってことは、おおいに考えられる。まだ二人とも若過ぎるから、そんな苦労がいやになって、自分たちの生活も子供も投げだしちまうかもしれない。自分たちと同じ年代の連中は、楽しく遊んでるのにって思うようになって……」

その私の言葉をペパーがさえぎった。

「私の小学校のときの夢は、お母さんになることだったんだ。夢が、こんなに早く叶《かな》うなんて。子供のときの夢を叶える人って、少ないでしょう?」

私たちは苦笑するしかなかった。

今夜は鍋物《なべもの》にしようということになり、私たちおとな四人は、中軽井沢の近くのスーパーマーケットに行った。タコとペパーを、しばらく二人きりにしようという思いもあったのだった。

「与志くん、お前、借金は幾らあるんだ？」

並んでいる食料品の前を行ったり来たりしながら、ロバが訊いた。

「さあ、幾らになるかな。いまは考えたくもないね。こんなに借金だらけになるなんて夢にも思ってなかったよ」

「俺もさ。来月の三日までに返さなきゃいけないのが三十五万。事務所の家賃も二ヵ月分、たまってる」

とロバは言った。

スーパーマーケットのなかは、予想以上に混んでいて、野菜類を買っている愛子と曜子の姿は見えなかった。

「去年の春は、こんなに運が良くていいのかなって思ったんだ。七十六倍の倍率で公団マンションの抽選には当たるわ、可愛い仔猫《こねこ》ちゃんは舞い込んでくるわ……。だけど、じつはそれが運の尽きだったんだな。すべては、そこから始まった。だいたい、お前と暮らしだしたのが、失敗のもとさ」

私は笑いながら言った。

「ヤクザの金貸しから借りてないだけ、まだましだと思おうよ」

ロバは、冷凍のズワイガニの値段を見ながら、そう言った。

「俺とは関係ないって言っちまったら、それで済むことばっかりだったんだ。愛子の病気も曜子の借金も。ああ、曜子のは借金じゃないのか」

「俺だって、高校をやめちまった四人組のことは、あのときかぎりにしときゃあ、それで済んだんだよ」

そのロバの口調は、いささかも愚痴っぽくなかった。

「もうこうなったら、お袋の積み立て貯金を狙《ねら》うしかないよ。友情と親孝行は拮抗《きっこう》するんだな」

「俺も、大事なポジやネガを、貸しフィルム屋に叩《たた》き売るしかないよ」

ロバは、微笑《ほほえ》んでいたが、その言い方には冗談とは思えないものがあった。

「おい、それだけはやめろよ。これまで、何のために頑張ってきたんだよ」

と私は言った。

「でも、売ってもいいなって思うのは五、六十枚あるんだ。軽井沢に持って来たから、あとで観《み》てくれよ」

「その五、六十枚のために、どれだけの時間と労力と金を使ったんだよ。貸しフィルム屋は幾らで買うって言ってるんだ？」

「二十万円」

私は舌打ちをし、

「冗談じゃないよ。お前の写真は、カメラとフィルムがあって、どこかのスタジオで女の子を脱がして撮れるもんじゃないんだぞ。ツノゼミを撮るのに、お前、フィリピンの島を五日間歩いただろう？　セミの、えーと、何てセミだっけ」

「ニイニイゼミか？」

「違うよ」

「イワサキクサゼミ？」

「そうじゃなくて、ほれ、寂しく跡を曳《ひ》くみたいに鳴き終わる……」

「ツクツクホウシ」

「それだ。そのツクツクホウシが殻から出る瞬間を撮るのに、岐阜県の山奥でテント生活を二週間もつづけて……」

「ああ、あのときは、クジャク蝶《ちょう》を撮るつもりでテントを張ってたら、偶然、その場にでくわしたんだ」

「偶然だろうが何だろうが、大切なワンカットなんだよ。時間と偶然は、金では買えないんだぞ」

ロバは、なんだか危険物でも取り扱うかのように、冷凍のズワイガニをプラスチッ

ク の籠《かご》に入れると、

「じゃあ、どうやって、借金を返すんだよう。ペパーの分娩《ぶんべん》費だって用意しとかなきゃいけないいだろう?」

と言った。

「時間も偶然も金では買えない。たしかに与志くんの言うとおりさ。でも、命も金では買えない。金で買えないもののために、金が必要なんだ。金ってやつは、金で買えないもののために真価を発揮する」

「ほう、名言だね。ロバの言葉とは思えないよ」

「俺がいま考えついたオリジナルの言葉だよ。ほんとだ。これは名言だな。金ってやつは、金で買えないもののために真価を発揮する、か」

私たちは、中軽井沢駅の近くに一軒だけ店をあけている喫茶店でコーヒーを飲むと、別荘に帰った。

鍋物の下準備をするために、ペパーも台所にやって来た。みんな、なぜか口数が少なかった。私は、カセットデッキを取りに二階にあがろうとして居間を横切った。タコが、ひとりぽつねんと暖炉の前に正座して、炎を見つめていた。

声をかけようとしたが、タコの目は鋭くて、暖炉の熱のせいなのか、こころもち濡《ぬ》れているように見えたので、私は階段の昇り口から、そんなタコの横顔をうかがった。

そのとき、ずっと以前に、ロバから聞いたファーブルの言葉が甦《よみがえ》った。

――物の秩序は、その膨大な数が偶然の疫病《えきびょう》と季節の無慈悲からではなく、産むと同じように、烈《はげ》しく破壊する避けがたい運命のために殺され滅ぶことを求めている。――

なぜ、そのとき、私の脳裏にファーブルの言葉が浮かんだのかわからない。なぜ、物の秩序が、烈しく破壊する避けがたい運命のために殺され滅ぶことを求めているのか、私にはわからない。けれども、それは、〈産むと同じように〉という前置きなしてはすべて無意味となる言葉であることだけはわかったのだった。

そして、そのとき、私は、愛子を愛そうと思った。これが愛するということだと、愛子も知り、私も知るように愛してみせる、と。

十八歳のタコは、私に見られていることに気づかないまま、暖炉の前で正座して、右の拳を握りしめ、それを高く突き上げた。突き上げたまま、いつまでも動かなかった。

私が、愛子の精神的な病気を十全に理解していたと言えば嘘《うそ》になる。ときおり、いや、しばしば、私は愛子の不安神経症の発作に腹をたてた。ただ、それを決して口に出さず、表情にもあらわさないよう努めただけだ。

たとえば、タコとペパーが軽井沢にやって来た夜、食事を終えてから、曜子とタコとペパーは、ロバの運転する車で、カセット・テープを買うために出かけたのだが、私もふいにバッハのバロック音楽が聴きたくなり、すぐに帰るからと愛子に言って、ロバの車に乗った。

しかし、軽井沢のレコード店は閉まっていて、佐久市まで行こうということになり、国道十八号線を降りていると、車の渋滞に巻き込まれてしまった。スリップしたトラックが前にいた軽自動車に追突して、道路をふさいでしまったのだった。

私たちは、結局、佐久市にあるレコード店に行くのをあきらめ、警官の誘導に従ってUターンしたが、出かけてから別荘に戻るのに一時間半もかかってしまった。

愛子は、どんなに時間がかかっても三、四十分で私たちが帰って来ると思っていたらしかった。

一時間たっても、私たちが帰ってこなかったことが、その夜の愛子に、久しぶりの強い発作をもたらす引き金となったのだった。

私たちが、別荘に帰り着いたとき、愛子は、暖炉から離れた板の間で、膝《ひざ》を立てて坐ったり、立ちあがって、居間を行ったり来たりしていた。

その異常な落ち着きのなさに加えて、愛子の両の掌《てのひら》は水にひたしたように汗で濡れ、心臓は二百メートルを全力で走ったようになり、水面で酸素を補給している金魚に似た口の動かし方で呼吸していて、顔色はなかった。

「どうして、すぐに帰って来るなんて言うの？」

と愛子は私をなじった。

私は、愛子が発作に襲われたことがわかったので、事情を説明して謝まったが、もうそろそろ、持病に対してひらきなおってもらいたいと思い、

「四六時中、愛子についててやるわけにはいかないよ。東京にいるときは、ひとりで俺たちの帰りを待ってるし、ひとりで予備校にも行ってるじゃないか。そのために会社も辞めたんだぜ」

と、なだめるように言った。

すると、愛子は、珍しくヒステリックに、

「誰が？　与志くんが会社を辞めてくれたの？　辞めたのは私よ」

と泣き声で言い返した。

「そんなに怒るなよ。俺だって、早く帰ってやろうと思って、気は焦《あせ》ってるけど、車が渋滞して動かないんだから、仕方ないじゃないか」

傍に誰かがいることが、当然の権利みたいに思わないでくれ……。私は、心のなかでそう言いながら、愛子を二階につれて行った。階段をのぼりながら、ふいに私は、自分が愛子に縛られているような気になり、思わず溜息《ためいき》をついた。その溜息は、愛子には、いかにも愛想づかしのそれのように聞こえたのだった。

実際、そのときの私には、もういい加減にしてくれという思いがあったのである。たぶん、自分のためではない借金のかさばりが、私を苛《いら》だたせていたのかもしれないし、自分と愛子との関係に、ある種のだれ《いい》が生じる時期だったのかもしれない。

そして、愛子も、受験勉強で疲れ、私への申し訳なさや感謝の気持が薄らいで、病気であることへの甘えのほうが先立っていたのであろう。

「私に疲れたんだったら、私、何もかも捨てて、与志くんの家から出て行くわ」

二階の部屋の、二段ベッドの下段に腰を降ろすと、愛子は、両手で頭をかかえたまま、そう言った。

「帰る予定が、たった一時間ほど遅れただけで、どうしてそんなに責められなきゃいけないんだ。遅れたのは、俺のせいじゃないだろう？　愛子は、いままで何回、発作を経験してきたんだよ。いままで、一度でも死んだか？　医者は、そんな発作で死んだりはしないって、何度も愛子に言ってくれたじゃないか。発作に耐える自己訓練をしなきゃあ、かりに医者になれても、役に立たないさ」

三日前に結婚の約束をし、わずか四、五時間前に、これが愛するということだと思い知るほどに愛子を愛してみせようと決意したくせに、私は、知り合って以来初めてのケンカに突入していた。

「発作が起こったら、もう余裕がなくなるの。全身、死の恐怖だけになってしまうんだもの。そんなときの怖さは、この病気にかかった人でないとわからないわ」

と愛子は、しきりに髪をかきあげながら言った。

私は、上段のベッドに横たわり、

「病気って、なおそうとしないとなおらないよ」

と、うんざりした気分で言った。

愛子は、それきり黙り込み、たてつづけに何度も欠伸《あくび》をした。それは、発作がおさまって、神経が穏やかになりつつあるときに起こる症状だった。

「不安神経症って、他の神経症とは違って、特殊な性癖の人がかかりやすいんだって」

欠伸がおさまると、愛子は、元気のない声で言った。

「どんな性癖？」

「何かひとつのことだけは、誰にも負けたくないって、異常なくらい、そのことに執着する性癖らしいわ。何に執着するかは、千差万別なんだけど、他のことはどうでもいい、ただ暗算だけは人に負けたくないとか、ワンタンの作り方だけは自分が一番上手でいたいとか、うーん、もっと些細《ささい》なこと、たとえば、自分のこの部分だけは尊敬されたいとか、鼻の形だけはみんなから賞《ほ》められたいとか……。そんな思いが、病的なくらいに強いんだって。でも、自分ではそのことに気づいてないの」

「じゃあ、不安神経症をなおすために、自己分析してみたら？　愛子が、病的なくらいに執着する、あるひとつのことって何なんだ？」

私は、苛だってきつい言い方をしたことに後悔の念を抱きながら訊《き》いた。

「ずっと考えてきたんだけど、ああ、これだっていうのがみつからないの。だから、私、自分にとって嫌いなことは何かなって考えてみたの。だけど、それじゃあ解決しないってわかったから、物心ついてから今日までで、自分が一番哀《かな》しかったこととか、屈辱を感じたことは何かって考えたの」

「何だった？」

私は、階下の居間のほうからかすかに洩《も》れてくるタコやペパーの話し声を、虚《うつ》ろな思いで聞いていた。

「お父さんとお母さんがケンカをすること。それが一番哀しかった……。結局は、お母さんがお父さんをそこまで追い込んでたんだけど、ケンカの最後は、いつも暴力沙《ざ》汰《た》になるの。お父さんが、お母さんを殴る……。顔が痣《あざ》だらけになるくらい殴るの。私、どこにいても、お父さんがお母さんを殴ってるんじゃないかって心配ばっかりしてた……」

「愛子が幾つくらいのとき？」

「うんと小さいときから」

「そのときの不安が、愛子の心のなかに、不安神経症の根を作ったのかな」

「でも、それだけなのかな。もっと他にも何かありそうな気がするの」

「何かって？」

「たとえば、過去世《かこぜ》に、私は悪い人間で、誰かを無実の罪に陥れて、長いあいだ独房に閉じ込めたとか。だって、夫婦ゲンカばっかりしてる両親に育てられた子供は、私だけじゃないんだもの」

「過去世か……。愛子は、そんなものを信じてるのか？」

私は上段のベッドから降り、愛子の隣に坐《すわ》った。まばらな雪が降っていた。

「医学は、遺伝ていう用語で解決しようとするけど、遺伝てのは病疾だけじゃないでしょう？ 性格だとか、生き方だとか、人生における失敗の仕方だとか、物の考え方や、ちょっとした身のこなしなんかも、DNAや遺伝子で解決できるのかしら。その父と母の子として生まれるためのDNAなんて有り得ないでしょう？ DNAや遺伝子よりもっと先に、ひとりの人間を形成するものがあるとしたら、ひとりの人間が生まれるはるか過去までさかのぼらなきゃいけないはずだもの」

「それは、聖書を完全に否定してるな」

私は、おどけた口調で、愛子の顔をのぞき込んだ。

「医学が極まったら、聖書は単なる道徳書になるかもしれない。だって、誰かが書いてたけど、中国という国の存在自体が、聖書を否定してるんだって」

「へえ、どうして？」

「聖書にあるノアの方舟《はこぶね》以前に、中国は文明を築いてたのよ。そして、中国という国が、一度だって地球上から姿を消したことはないって」

「マリアが処女で子供を産んだなんて、誰も本気にしてないさ」

私たちのことを心配した曜子が、階段の中途あたりから、

「トランプをするんだけど、一緒にしない？」

と声をかけた。

私たちは居間に降りた。私は、酒を飲み、愛子は洗い物を片づけた。

「いい正月だよ。軽井沢に来て、よかったな」

とロバは機嫌良く言った。

タコとペパーの決心は固く、その悪びれない、どこか自信に満ちた、けれども来たるべき未来に、互いに身をひきしめて対峙《たいじ》しているような静かな表情は、私たちおとなの心配が、取るに足らないもののように思わせるのだった。

「なあ、タコ。さっき言ったことに変わりはないんだな」

とロバがトランプを配る手をとめて言った。

「さっき言ったことって？」

タコは、ふてぶてしいとも取れる顎《あご》の張った顔をあげて訊いた。

「俺もペパーも、家族に好かれなかったから、俺たちが作っていく家族を大事に可愛《かわい》がるんだって言ったろう？　あの気持に変更はないんだろうな」

「ないよ」

タコは事もなげに答え返し、

「きっと、こうなることが決まってたから、俺たち、高校を退学させられたんだよ」

と言って、小さく舌を出した。

「どっちにしても、お互いの親には、ちゃんと報告して説明もしなきゃあ。タコもペパーも未成年なんだから」

私はそう言ったが、言いながら、自分がつまらないことを口にしているような気がした。

「言うだけは言うけど、それも子供が産まれてからにするよ。産まれる前に騒ぎたてられたら、けちがついちゃう」

タコは、自分の親を小馬鹿《ばか》にするように言ったあと、

「早く車の大型免許を取りたいよ。いつか、自分のトラックを持ちたいなァ」

とつぶやいた。

「そのトラックに乗って逃げださないでね」

ペパーの口調は、もうすでに亭主を管理する妻君のそれだったので、私とロバは顔を見合わせて苦笑するばかりだった。

タコは、時計を見ると、電話をかけてもいいかと曜子に訊いた。定時制の高校に通っている二人の仲間に報告するつもりらしかった。

「ポーとマキには、まだ言ってないのか？」

とロバが訊いた。

「うん。二回、電話をかけたんだけど、留守だったんだ」

タコはポーに電話をかけ、ペパーはマキにかけた。

ペパーは、マキと話をしているあいだ、しょっちゅう黙り込んだ。マキが何やらまくしたてている様子だったので、

「まさか、二人の女を天秤《てんびん》にかけてたんじゃないだろうな」

と私はタコに訊いた。

「向こうが勝手に、俺に惚《ほ》れてんだ」

タコは、ちらっとペパーに目をやってから言った。

「でも、マキは気が多いんだよ。飽きっぽいんだ。お喋《しゃべ》りだし。あいつのいいところは、なんでも他人のせいにしないとこなんだ。それって、女には珍しいことだろう？」

そのタコの言葉で、曜子は、

「他人のせいにしない女が、ここにもいるわよ」

と言って、自分を指さした。

「曜子さんはそうかもしれないけど、女ってのは、何もかもを他人のせいにするんだ。自分の不幸は、みんな誰かのせいだと思ってる。俺のお袋なんか、その見本みたいなもんだよ。俺とペパーとのあいだに子供ができたって知ったら、絶対にペパーをいじめるに決まってんだ。でも、俺、ペパーに強姦《ごうかん》されたわけでもないし」

私とロバは笑った。そのとき、ペパーが受話器をタコのほうに差し出し、

「代わってくれって」

と言った。

台所から居間に戻って来た愛子も含めて、私たち四人は、それとなく、タコの言葉を聞いていた。

——べつに裏切っちゃいないさ。

——ああ、俺たち、いつまでも友だちだよ。

——おめでとうくらい言ったらどうだよ。

——苦労は覚悟のうえさ。育児はマキも手伝ってくれよな。

——しつこいなァ。ペパーが悪いんじゃないよ。相思相愛なんだから仕方ないだろう。

——何をそんなに興奮してるんだよう。マキが子供を産むわけじゃないんだぞ。そ

れより、生まれたら、育児を手伝ってくれよ。

——生活費？　俺が頑張って働くんだ。逃げだしたりしないよ。

タコは電話を切り、

「十八歳の男は、法律では、父親になれないって、本当？」

と私たちに訊いた。

「マキがそう言うんだ。法律違反だって。俺たちがやろうとしてることは犯罪だなんて言うんだぜ。不純異性交遊によって出来た子供は産んじゃいけないって」

「そんなことはないさ」

ロバは、そう言ったくせに、眉根《まゆね》を寄せ、上目使いに私たちを見やって、

「なァ、そんなことはないよなァ。十八歳になったら結婚できるよなァ、法律では」

と訊いた。

「どうして不純なの？」

愛子は、いやに憤然と言った。

「二人が、十八歳と十六歳だから？」

「俺、友だちの弁護士に訊いてみるよ」

私は受話器のところに行ったが、三年前に同窓会で逢《あ》ったきりの弁護士の電話番号

は手帳にひかえていなかった。

私が暖炉のところに戻ると、タコは正座し、ロバに深々と頭を下げた。

自分は、助手として働いているうちに、本気で写真家になりたいと思った。生まれて初めて、目標をみつけたと思った。その自分の決意に嘘《うそ》はなかった。

けれども、ペパーが妊娠して、その子を育てていかなければならなくなったので、自分の目標を放棄する。写真家の助手では、子供を育てていくことができないからだ。

せっかく、助手にしてもらったのに申し訳ない。自分は、一所懸命働いて、とりあえず子供を育てることに専念する。自分が、将来、どんな方向に進むかは、いまは白紙だ。

タコは、そんな意味のことを、言葉を選びながら、ロバに言った。

その夜遅く、トイレに行った愛子が、小声で私を呼んだ。私も寝つけなくて、もう一杯酒でも飲もうかと思っていたときだった。

私は、愛子に手招きされ、足音を忍ばせて階段のところまで行った。そこからは、居間の半分が見えた。

暖炉の前で、タコが腕立て伏せをやっていた。ペパーは、寝たようだった。

もう何回、腕立て伏せをつづけているのか、私にも愛子にもわからなかったが、タコの腕の屈伸は規則正しかった。その乱れのない動きは、全身で地底からエネルギーを汲《く》みあげているポンプの上下運動のように見えた。

九

愛子は、第一志望の国立大学には落ちたが、第二志望の私立大学に合格した。

国立大学の試験問題には手も足も出なかったことが、国立をめざして、もう一年浪人するという愛子の決意を完全に萎《な》えさせてしまった。

私たちにしてみれば、第二志望にせよ、長いブランクのあとの、一年足らずの受験勉強で医学部に合格した愛子の潜在能力や努力に感嘆し、もう一年、予備校で頑張って、国立大学に挑戦してはどうかと勧めたが、その裏には、私たちには払い切れない私立大学の入学金と授業料への悩みがあった。私たちの借金は、もうそれぞれの限界を超えていたのだった。

私とロバと曜子は、愛子に内緒で、三月の半ばの日曜日に、六本木の喫茶店で待ち合わせた。

「どうだった？」

と私は、曜子と一緒にやって来たロバに訊《き》いた。

「俺が、この一年で、いやに金を借り廻ってることが噂《うわさ》になってて、知り合いは、みんな警戒心でかたまってやがる。博打《ばくち》か？　女か？　って、のっけから言われて、とうとう言いだせなかったよ」

とロバは言った。

「私、お金を借りるのが下手なのね。二人の知り合いに頼みに行ったんだけど、断わられちゃった」

曜子は、早く店に戻らなくてはならないので、何も註文しなかった。

「もう一年、頑張っても、来年、確実に合格するって保証はないからな。私大の医学部だって、模擬試験の予想はCで、通るか通らないかは五分五分だったんだ。合格したのは、まったく僥倖《ぎょうこう》ってやつなんだ」

入学金の納付期限は三日後かと考えながら、私は、喫茶店から出て行く曜子のうしろ姿を見つめて、そうつぶやいた。

「愛子に受験を勧めたときにたてた計画だと、去年の暮れに、予定の額が貯《た》まってるはずだったんだよなァ」

ネパールでの怪我《けが》のために要した費用に責任を感じているらしく、ロバは、自分の腎臓《じんぞう》のあたりに手をやった。

「小口で借り集めようって考えが間違ってるのかな。思い切って、金持ちに、全額を頼んでみようか」

その私の言葉に、ロバは、

「そんな金持ちの知り合いなんているのか？」

と訊いた。

「借金を頼めるような知り合いはいないな。会社の上役で、俺のことを買ってくれてる人がいるんだけど、その人の息子、ことし、大学の試験に落ちたんだ。いくらなんでも、そんなときに頼みに行けないよ」

「世の中、せっかく大学に受かったのに、金がなくて、断念するやつが、たくさんいるんだろうな」

ロバは溜息《ためいき》混じりにそうつぶやいたあと、

「だけど、金が出来なかったからあきらめてくれなんて、俺たちは口が腐っても愛子には言えないよ。だって、大学の医学部めざして頑張れって勧めたのは、俺たちなんだぜ。ちくしょう、俺は、何としてでも、金を作るぞ」

と言って、私を睨《にら》んだ。

「あのマンションに引っ越してから、俺は、いったい幾ら借金をして、幾ら返済したのか、もうわからなくなったよ」

私は日曜日の人混みにうんざりし、マンションに帰って、ビールでも飲んで昼寝をしたかったが、日は迫っていたので、なんとか、今日中に、めどをつけなければならなかった。

愛子が、マンションでひとりきりになって、もう三時間ほどになるので、私は、喫茶店から電話をかけた。

声を耳にしたとたんに、私は、愛子が不安発作に襲われていることに気づいたが、なぜかその息も絶え絶えな喋《しゃべ》り方に憎悪のようなものを抱いた。

「どこ行ってるの？　どうして、こんなに長く私をひとりにするの？」

いかにも息苦しそうに愛子は言った。

「どうしてって、みんな、それぞれ用事があるんだ」

お前の入学金と授業料のために、みんな内緒で金策に走り廻ってるんだと喉元《のどもと》まで出かかったが、それを抑えて、私は不機嫌に言った。

「もうそろそろ、自分の病気に慣れてくれよ。大学に受かって、いま一番気持もゆったりしてるときじゃないか。三時間かそこいら、ひとりっきりになったからって、俺を責めないでくれよ。みんな、働いて生きてるんだ。日曜日でも、用事があって出かけなきゃいけないときもあるさ」

「どうして、そんなに怒るの？　そんなきつい言い方をしなくてもいいでしょう？　この病気の苦しさなんか、かかった人間じゃなきゃわからないわ。死にそうで、気が狂いそうなの」

「じゃあ、死ねよ。気が狂ったらいいだろう」

私の声は、ロバに聞こえた。ロバは、公衆電話のところに来て、

「また、発作かい？」

と小声で訊いた。私が頷《うなず》き返すと、ロバは私に、早く帰ってやれと身振りで促した。

私は、送話口を手で押さえ、

「今日中に金を工面しなきゃあ、間にあわないんだぜ」

と言った。

「俺がなんとかするよ。いま、ちょっと思いついたことがあるんだ」

「いいんだよ。こんなこと、しょっちゅう繰り返してたって、愛子の病気は良くならないよ。大学に行くようになったら、誰かがいつもついて行くのか？　そんなこと出来ないよ。愛子は、自分の病気を乗り越えなきゃ駄目なんだ」

病気のことは、愛子が大学生になってから、ゆっくりと考えよう。とりあえず、発作で苦しんでいるんだから、早く帰ってやれ。

ロバは私の背を押し、

「俺の手術で金を使ったから……」

と言って微笑《ほほえ》んだ。

そんなロバの微笑を見たとたん、私は、銀座にある老舗《しにせ》の画廊の息子のことを突然思い出した。

その男は大学の同期で、大学を卒業すると、美術書専門の出版社に入社し、五年後に辞めて、父親が社長の画廊に入社し、いまは専務という役職にあった。

二年前、その画廊の内装を全面的にあらためる際、建築会社は、私の勤める社に、独自の照明器具の設計を依頼してきて、私が担当になったのだった。

私の考案した照明器具は採用されて、それが機縁で、他の大きな仕事が廻ってきたという経緯があった。

「十五分もしたら、ロバが帰るよ。あとたった十五分だから」

荒い息遣いの愛子にそう言うと、私は電話を切り、金を借りられそうな友だちを思い出したので、お前が帰ってやってくれとロバに言った。

「銀座の画廊の専務だ。ポルシェに乗ってるくらいだから、金はあるはずだよ」

「でも、きょうは日曜日だぜ。銀座の画廊が日曜日にあけてるかな」

「とにかく行ってみるよ。家は、代官山のマンションなんだ。だいたいの見当はつくから。駄目でもともとさ」

ロバと喫茶店の前で別れると、私は地下鉄で有楽町まで行き、そこから画廊の近くまで歩いた。

赤いポルシェが、画廊の前に停めてあった。作業服を着た男たちが、軍手をはめて、画廊と路上とを行き来していた。

おそらく、大がかりな個展の準備をしているのだろうと思い、なかに入ろうかどうかためらっているとき、

「気をつけろよな。この絵、お前の一生分の給料でも買えないんだぞ」

という怒鳴り声が聞こえた。その声の主は、ポルシェの持ち主であった。

私は、その男に気づかれないよう顔を伏せ、画廊の前を通りすぎると、あてもなく、日本橋のほうへと歩いた。

「妹には、まだ二十万ほど返してないし……」

私はそうつぶやき、思わず手を叩《たた》いた。母が、交通遺児に奨学金を贈る会の手伝い

をしていることを思い出したのだった。

どうして、こんなことに気づかなかったのか、私は不思議だった。どんなことがあっても、母親の大切な金にだけは手をつけないでおこうという思いが強かったせいであろうと思いながら、私は公衆電話のボックスに走った。

「交通遺児じゃないとねェ」

と母は言った。

「それに、毎年の枠が決まってんのよ」

「お母さんの顔で、なんとかならないのかよ」

「私の顔なんて……」

「難しい試験を奇跡的に受かったんだよ」

「お前、圭次にも貴代子にも、お金を借りたろう？　みんな、らくな所帯じゃないんだよ。それもまだ返してないのに、人のことどころじゃないだろうに」

「みんな、自分のために使ったんじゃないよ」

「お前が、人の世話を焼くのは病気だねェ」

そんなことを、母が口にしたのは初めてだった。

「お人好《よ》しも、度がすぎると、馬鹿《ばか》だってことになるよ」

母の言い方は穏やかだっただけに、私にはかえって痛い部分を意地悪く突かれたように感じた。

「どんなお知り合いなんだい？」

母の問いにどう答えようかと考えながら、私は、かすかに春の兆《きざ》しを孕《はら》んでいる街の光に目をやった。

「結婚してもいいと思ってるんだ」

と私は言った。私は、私立大学の医学部に合格した女の年齢を母にまだ言っていなかった。

「結婚？　その人と？」

「ああ、相手もそのつもりなんだ」

「そのつもりって、相手はまだ大学に受かったばっかりなんだろう？　幾つ違うの。お前、もうそろそろ三十二だから……」

「相手は、もうじき二十八だよ」

母は、しばらく絶句し、

「二十八で、大学に受かったのかい？」

と訊いた。

「うん。勤めを辞めて、一年足らず予備校に通ってね」

「そりゃあ、たいしたもんだねェ。でも、医学部っていうと六年間だろう？」

「うん、それから、たぶん二年か三年、研修医をやって、なんとか一人前の医者になれるのは、八年か九年後だから、そのころは、彼女も三十半ばだな」

私がそう言うと、母は、いまから新幹線で東京へ行くと言いだした。

「えっ？　どうして？」

「だって、お前が結婚する相手だし、早く学費を納めなきゃあいけないんだろう？　お母さんの生命保険を解約したら、そのくらいのお金は出来るよ。保険会社が立て替えてくれるかもしれない。どんな人なのか、私は逢《あ》っとかなきゃあね」

いまから用意しても七時ごろには着くだろう。マンションに一番近い駅はどこか。

母は、いつものせっかちな口調で訊いた。

この際、学費を作れるなら、いかなる手段を弄《ろう》してもいい。私はそう思い、東京駅へ迎えに行くので、静岡駅で乗車券を買ったら、電話をくれと頼んだ。母を、あのマンションにつれて行きたくなかったのだった。

私は、電話を切り、通りがかったタクシーに乗ると、マンションへ帰った。

愛子と結婚する意思にいつわりはなかったし、妻となる女の学費を、母に借りるのは至極当然なことだという思いが、愛子の持病への私の疲弊感を消してしまっていた。

「おい、金が出来たぜ」

私は、リビングのソファに坐《すわ》ると、ロバの尻《しり》を叩いて、小声で言った。愛子は、発作がおさまって、風呂《ふろ》掃除をしていた。

「ポルシェの若旦那《だんな》か？」

「いや、俺のお袋だよ。お袋が用立ててくれるって。だけど、今夜、ここに来るって言うから、それはまずいと思って、俺と愛子が東京駅に迎えに行くことにしたんだ」

「じゃあ、お袋さんは、どこで寝るんだ？」

ロバに訊かれて、

「あっ、そうか。お袋は、ここに泊まるつもりだろうな」

と私は言った。いくら新幹線とはいえ、わざわざ静岡から夜の七時ごろに上京してくる母を、今夜のうちに帰らせてしまうわけにはいかなかったし、このマンション以外のところに泊めるわけにもいかなかった。

「俺は、事務所に寝るよ。曜子にも、どこか友だちのところにころがりこんでもらおうか」

ロバは、曜子の店に電話をかけたが、曜子はいなかった。

「出張だってさ。大臣のご令室さまから、いそいでカットだけしてくれって電話があって、その家まで行ったんだって。店は予約で一杯だから、そうするしかなかったらしいよ」

来月の十日で店を辞めるペパーが、そう教えてくれたのだとロバは言った。

他に二人の同居人がいる痕跡《こんせき》を、私とロバとで片づけていると、ゴム手袋をはめたままの愛子が風呂場から出て来て、いつものことなのに、あんなに悲壮な声を出して申し訳なかったと私に謝まった。それから、

「どうしたの？」

と私とロバに訊いた。

「愛子の学費を用立ててくれる人が、今夜、ここに泊まるだろうから、いかにも二人だけで暮らしてるっていう雰囲気づくりをしてるんだ。誰だと思う？　俺を産んでくれた女」

私がそう言うと、

「あらためて、合格おめでとう」

とロバは笑顔で自分と曜子の歯ブラシを紙袋にしまいながら言った。

「与志くんのお母さんが？」

愛子は、当惑顔で、膝《ひざ》までめくりあげたジーンズの裾《すそ》をおろした。

「そんなことをしていいの？　私のこと、どう説明したの？」

「結婚するかもしれないって説明したんだ。お袋のやつ、愛子のことを、高校を卒業したばかりの女の子だって思ってたんだ」

「セーラー服を着ても、私、十八や九には見えないわよ」

私とロバは笑い、部屋の偽装工作を点検すると、ビールで乾杯した。

「でも、たった一年の勉強で合格するんだから、やっぱり頭がいいんだな。俺なんか、いまだったら、高校どころか、中学の試験も受かんないよ」

とロバは言った。

「たまたま、得意のところが出たんだもの。でも、国立のほうの英語の問題は、五十点も取れてないわ。合格ラインが七十八点くらいで、合否ぎりぎりのところでは、一点か二点の差でしのぎを削ってるんだから、英語でそれだけ失敗したら、どうにもならないのよね。でも、あんなに難しい単語とか慣用句を分析して、あんな長文を訳せる人たちが、どうして英語を喋れないのかしら。イギリス人でも、あの問題で八十点以上取れる人はいないと思うわ」

愛子は、どこか悔しそうに言った。

私は、ある日本の作家が、自分の作品から出題された国語の問題を解いて、三十八点しか取れなかったというエッセーを何かの新聞で読んだ話をし、

「つまり、入学試験てのは、落とすために作られてるんだな」

と言った。言いながら、自分は、愛子と本当に結婚したいと思っているのだろうかと考えた。

愛子の持病が、あるいはその持病の元凶である愛子の内面の混沌《こんとん》が、私という人間と決して融合出来ない性質のものかもしれないと思うようになっていたのだった。好きな女に甘えられるのは楽しいが、その甘えを常に受け容れることを義務化されてしまったような気がしていたのである。

心という分野で、何等かの義務化が生じたら、おそらくそこからすべてはこわれていくに違いなかった。

しかし、病気は、どんなものであれ、当事者が一番苦しいのだと思うことで、私は自分を優しくさせなければならなかった。

ロバが出て行くと、いまから新幹線に乗るという母からの電話がかかった。

私は、東京駅からの道順を教え、マンションの近くの駅で待っていると伝えた。

「私と結婚するかもしれないって、お母さんに言ったの？」

と愛子は訊《き》いた。

「うん。そう言ったよ」

「結婚するって言わなかったのは、なぜ？　軽井沢で、私たちは、結婚するって約束したわ。するっていうのと、するかもしれないっていうのは、まるで違うわ」

「お袋には、そんな深い考えで言ったんじゃないよ。突然、結婚するって言うよりも、少しクッションをおいた言い方のほうがいいと思ったんだ」

「私を、いやになってきてるんでしょう？　私が、あんまりにも優しくしてもらいたがるから、与志くんは疲れてきたんでしょう？」

「優しいって、どうすることが優しいってことなんだい？　愛子にとったら、不安神経症の発作が起こらないように、絶えず俺が傍にいることが優しさなんだろう？　じゃあ、傷口にしみる消毒液を塗る医者は優しくないのか？　優しいって、いったい何だよ。俺は、自分を優しい人間だと思ってるんだ。でも、俺は働いてる。四六時中、愛子の傍にいてやりたくても、そんなことをしたら食っていけない。俺が外で働いて、愛子をひとりにする時間が多ければ、俺は、優しい人間じゃないってのか？　優しさって、いったい何だよ。その価値観は、いつも愛子の気分や体調次第なのか？」

「私、そんなことを言ってるんじゃないわ。私、とっても感謝してるわ。与志くんにも、ロバちゃんにも、曜子にも」

小学生のとき、途中で雨が降って、ほとんどの同級生の母親が傘を持って迎えに来てくれているのに、自分だけは母に迎えに来てもらったことがない。

自分は意地になって、絶対に迎えに来てくれないことを承知のうえで、暗くなるまで校門の横の樹《き》の下で待ちつづけた……。

愛子はそう言って、それがどんなに哀《かな》しかったかを私に訴えた。

「じゃあ、どうして、走って帰らなかったんだよ。俺なんか、いつもそうしてたよ。そんなことを哀しいなんて思ったことはないさ。雨に濡《ぬ》れて帰るのが子供ってもんさ」

「私は、甘えたかったの。でも、誰も私を甘えさせてくれなかったんだもの。それが、私の性格なの」

「自分の不幸を、自分の性格のせいにするのかい？　そんな自己弁護なんて、どこにも誰にも通用しないよ」

鬱屈《うっくつ》した争いになるのはいやだったので、私は、愛子に、東京駅まで行かないかと誘った。母の乗っている新幹線はわかっていたので、やっぱりプラットホームで迎えてやろうと思ったのだった。

けれども、愛子は、私の母のために夕食を作りたいし、部屋もきれいに掃除しておきたいと言った。

私はビールを飲み、愛子が掃除を始めると、寝室のベッドに横たわった。

三月の半ばにしたら、いやにあったかいなと思っていたが、少しまどろんで目を醒《さ》ますと、雨が降っていた。母が駅に着くまで、まだ一時間ほどあった。

買物から帰って来た愛子は、今夜は鍋物《なべもの》にすることにしたと言い、

「お母さんは、豚肉は大丈夫かしら」

と訊いた。

「食べる、食べる。俺の家、鍋物っていえば、豚肉なんだ。そこに、白菜、シイタケ、菊菜、エノキなんかを入れて、ポン酢で食べる。どこの家でも作る普通の水煮《みずた》きってやつだからね」

「よかった。おろし大根は？」

「うん、お袋は、おろし大根にポン酢をかけるね」

「お餅《もち》も買っといたわ」

そう言いながら、愛子は、どこか怯《おび》えた表情で私を盗み見ていたが、やがて、自分はいままで隠し事をしていたのだと言った。

「隠し事って？」

「私、お妾《めかけ》さんの子なの」

「お妾さん？」

「お父さんには、ちゃんとした奥さんがいて、男の子もひとりあったの。その人が、私の兄ってことになってるわ」

愛子の父の家は、教育畑の者が多く、親戚《しんせき》には、大学教授も何人かいて、堅い厳格な家庭だった。

愛子の父は、結婚してすぐに長男が生まれたあと、小料理屋の女と親しくなった。女は、元来、働くことが嫌いで、愛子の父を籠絡《ろうらく》すると、いつのまにか小料理屋を閉めてしまい、月々のお手当てをあてにして遊び暮らすようになり、愛子を生んだ。

愛子に妹が生まれるころ、二人の関係は知られるところとなり、妻は即座に離婚を申し出て、実家に帰ってしまった。

当時、愛子の父の家には、祖父母も住んでいた。祖父母は、息子が小料理屋の女に生ませた子供だけは引き取らねばならぬと決め、女にそのことを申し出た。子供は認知して育てるが、あなたを我が家に迎え入れることはできないと強硬に迫った。

だから、その祖父母が世を去るまで、愛子の母は入籍されなかったが、愛人としては公認の形で関係はつづいた。

愛子の母が、後妻として正式に結婚したのは、愛子が十歳のときで、そのときには、愛子の父の心は他の女に移っていた。

「私、おじいちゃんとおばあちゃんの顔色ばっかり見て暮らしてたの。お母さんと逢うことは禁じられてたし、お母さんは、たまに人目を盗んで逢いに来ても、お父さんにお金の無心をするばっかり……。お父さんは、厄介なことを避けたくて、気がすすまないまま、お母さんを籍に入れたけど、夫婦になっても形だけで……。お父さんにとったら、つまらない女にだまされたって気持のほうが強かったのね。結局、二年もしないうちに離婚したわ。それから、また二年もしないうちに別の女の人と再婚したけど、私、その人とは、同じ家に住んででも、ほとんど口もきいたこともない……。私、高校を卒業したとき、ああ、もうこれで、お父さんからも自由になれるって思って、嬉《うれ》しくてたまらなかった。男として、あんなにだらしない人は少ないと思う……」

話し終えると、愛子はリビングのテーブルにガスコンロを置き、セーターとジーンズを脱いで、外出用のワンピースに着換え、化粧を直した。

駅の改札口で十五分ほど待っていると、小肥《こぶと》りの母が、軽く手を振って階段を降りて来た。

「人に酔って、なんだか頭がふらふらするよ」

と笑顔で言い、愛子を見つめた。愛子は、初対面の挨拶《あいさつ》と礼を述べたが、その物腰や口調には、悪びれたところも、自信のなさも見当たらず、清潔で知的なものが、それとなくあらわれていた。

私は、マンションへの道を歩きながら、じつは自分たちは、もう一緒に暮らしているのだと母に言った。

「そんなこと、母さんに隠してどうするのよ」

母は、小声で私をなじり、愛子の両親は知っているのかと訊いた。

「まだ言ってないよ。彼女の家にも、いろんな事情があって……」

「事情のない家なんて、どこにもないだろうに」

部屋に入ると、母は、自分の知り合いの息子も、同じ大学の医学部を受けたが落ちたのだと愛子に言った。

「何年も会社勤めをやってて、それから予備校で一年ほど勉強しただけで受かったんだから、もともと勉強がよくできたのねェ」

「まぐれなんです。国立のほうは完敗でしたから。あんまり出来なかったもんだから、もう一年頑張ってみようって気持になれなくて」

愛子は、茶をいれながら言った。

他人の台所とか私生活をのぞいたりすることは嫌うが、何かにつけてお節介焼きで楽天家の母は、

「この子、最近、高校時代の友だちにも、お金を借りてるって噂《うわさ》を聞いて、心配してたんですよ。賭《か》け事か、つまんない女か。男が借金を重ねるときは、だいたい、このどっちかしかないって言うから。でも、よかった。予備校の授業料も高いし、愛子さんは勉強しないといけないし、東京は何でも高いから」

母は、あしたにでも、入学金と授業料を銀行に振り込んでおくと言った。愛子は、あらためて正座して、礼を述べた。

「でも、一人前のお医者さんになるまで、これから長いわねェ」

母の言葉には、いつ結婚するのかという含みがあったが、私は黙っていた。

「でも、外国なんかだと、お互い大学生で、結婚して子供もいるってカップルは多いんだってねェ」

「とにかく、やっと合格したばっかりで、入学式もまだだから……」

私は、そう言うと、母は、愛子に、実家のことや、一年前まで勤めていた会社のこ

とを訊いた。

愛子は、自分の実家のことを、別段、卑下することなく答えた。父は高校の教師、兄もまた同じ。妹は神戸の銀行に勤めている。父と母は離婚した。わけあって、自分と母とは交流がない。自分は高校を卒業して、大手のセメント会社の総務部に就職し、去年の六月に辞めた……。

私は、母が、愛子の両親の離婚について何か質問するだろうと思ったが、まったくそのことには触れず、

「愛子さんは、私の息子と結婚することに何の異存もないのね？」

と訊いた。

愛子は、私を見やり、はいと答えた。自分のほうこそ、男の真意をたしかめたいといった表情だった。

「じゃあ、詳しい話は、大学の授業が始まって、愛子さんが落ち着いてからにしましょう」

そう言って、母は帰り支度を始めた。

「えっ？　帰るの？　いま来たばっかりじゃないか。泊まっていくんじゃないの？」

「だって、帰りのこだまの切符、買ってあるんだもの」

「たいしたものじゃないんですけど、晩ご飯の用意もしてあるんです。どうか、ゆっくりなさっていって下さい」

愛子も引き止めたが、母は、あしたの朝一番に保険会社に行き、手続きをしないと間に合わないのだと言いながら、玄関で靴をはいた。

「この部屋に来て、まだ二十分しかたってないよ」

「愛子さんてお嬢さんを自分の目で見たらそれでいいのよ」

母の言葉の最後は、マンションの通路で響いた。愛子が、慌《あわ》てて、あとを追った。
七、八分で帰って来ると、愛子は、
「ほんとに帰っちゃった……」

と言ってから、口元を両手で押さえながら笑った。

「与志くんは、どっちに似たの？　お父さん？　お母さん？」

「どうも親父みたいだな。親父も世話好きで、損ばっかりしてたって、叔父さんが言ってたからなァ」

「私、損はさせない……」

「体で前払いしてもらってるから、元は取ってるような気がするよ」

「じゃあ、今夜も体で返すわね」

ふいに、はしゃぎだすと、愛子は、ベランダの窓をあけた。雨は強くなっていた。

「与志くんのお母さんが泊まらなくても、曜子は、きょうは帰ってこない予定だったの」

愛子は、しばらく雨に見入ったあと、そう言った。

「ロバちゃんに嘘《うそ》をついて、あの人と箱根に行ってるわ。ロバちゃんのほうが、百倍も素敵なのに……」

私と愛子は一緒に風呂に入った。私たちがそんなことをするのは初めてであった。

私は、愛子の乳首をつまみ、あらためて、結婚の約束をした。

十

それからの約半年間で、物事は大きく推移した。

二十八歳で大学生活に入った愛子は、環境の変化と勉学への意欲が精神的に良い結果をもたらしたのか、不安発作に襲われる頻度も減り、顔の色艶《いろつや》も健康そうで、立ち居振る舞いも機敏になった。

私は、港区に新しく建てられる外資系ホテルの照明器具をデザインするグループの主任に抜擢《ばってき》されて、五月半ばから、その仕事に没頭するようになり、帰宅は夜の九時より早い日はなく、日曜も祭日も出勤する日がつづいた。

変化しなかったのは、ロバと曜子の、お互いが胸のあたりに何か物を詰まらせたような関係だった。

ロバは、曜子がかつての恋人と逢《あ》っていることを知っていながら、そのことを自分の胸にしまいつづけたし、曜子は曜子で、そんなロバの心を知っていた。それなのに、曜子も自分からは何も喋《しゃべ》らなかった。

男と女のことは、第三者が口を挟むべきではないと思っていたので、私も、気まずさをかかえたまま、仕事で疲れた心身を、四人の共同生活が与えてくれる奇妙な居心地の良さで癒《いや》していた。

実際、私は癒されていたのだ。

夜遅く、愛子はレポートを書いている。曜子はリビングのソファに横たわって、イヤホーンで音楽を聞いている。ロバは、ネパールへの再挑戦を期して、ネパール奥地の地図や写真に見入っている。私は、汗と埃《ほこり》まみれになって、力尽きて帰宅し、シャワーを浴びてビールを飲む。

何事もないようなロバと曜子の会話を片方の耳で聞き、ジャズピアノの曲をもう片方の耳に差し込んだイヤホーンで聞く。

愛子がレポートを書く手を止めて、食事を作ってくれる。私は、ときおり、仕事の愚痴を言い、愛子は自分よりも何歳も歳下《としした》の友人たちのことを話して聞かせる。

その合間に、ロバが昆虫についての蘊蓄《うんちく》をかたむけ、曜子が突拍子もない疑問を提示する。

たとえば、私の飲んでいるビールのグラスを見て、小さな泡がグラスの底から絶え間なく噴きあがってくるのはなぜだろう、とか、ネパールの地図を作った人は、ネパール中をすべて歩いて測量したのだろうか、とか……。

すると、ロバもまた突拍子もない解答を出す。

「グラスの底に、そこだけ無垢《むく》な部分があるんだ。洗剤も汚れもまったくない。そこに、ガスが集まって、間断なく出て行こうとする。無垢だってことが、ビールの液体に強烈な刺激を与えつづけて、空気に触れたビールを純化するんだ」

「じゃあ、ガスは不純物なのね」

と曜子が言う。あおむけに横たわっている曜子の胸が、Tシャツの衿《えり》から危うく見えそうになる。私は、その胸をつかむロバ以外の男の慣れた手つきを想像する。

「地図なんて、航空写真でいくらでも作れるさ。写真に写らないところは、現地人に訊《き》けばいい。ここは密林、ここは渓谷、ここは集落って教えてくれるさ。でも、地図くらいあてにならないものはないよ。俺は、地図を頼りにしてひどいめにあった」

「どんな？」

「あるはずの川がなくて、ないはずの村があるんだ。地球は回転するだけじゃなくて、表面も絶えず動いてる。大雨が降れば、新しい川ができて、小さな村は流されるし、日照りがつづけば、川は干上《ひあ》がって消えちまう。そこに、いろんな植物の種が飛んでくる。新しい野ができて、それは林になり、森になる。鳥や昆虫が棲息《せいそく》して、新しい秩序を作りだす」

そんな会話を聞き、私もそこに加わり、もし一千万円あったら、それを一年で三倍にする競馬必勝法を考えたり、もしキャンピングカーを手に入れたら、それを住居にしてどうやって東京で生活するかを相談したりする。そうやって、夜は更けていき、いつのまにか、ロバと曜子は自分たちの部屋に消え、私は愛子の乳房をまさぐりながら眠る……。

私は、そんな日々にひたって安息を得ていたのだった。争い事はなく、尖《とが》った瞳《ひとみ》もなく、静かな音楽があり、安心して柔らかくなった温かい肉体からは寝息とともに甘い芳香も漂っている。私は、それをいつも手にすることができる……。

八月の末に、私はやっと五日間の夏休みを取った。私たちスタッフの仕事は、ホテルのロビーの照明だけを残して、山を越えたのだった。

私は仲間たちと小料理屋で乾杯し、労をねぎらい合って、マンションへ帰るために有楽町まで歩いた。

人混みの向こうに曜子をみつけた私は、声をかけようとしたが、並んで歩いている背の高い男に気づいて、そのまま十メートルほどの間隔をとって、銀座の本通りを渡った。

私は、二人のあとを尾《つ》ける気はなかった。ただ、向かっている方向が同じだったのだ。

男は、信号を渡ると自分だけタクシーに乗った。そのまま行くと、曜子の立っている横を通ることになるので、私は顔を伏せて信号を斜めに渡った。

渡り終えてから、雑踏にまぎれて、タクシーのほうを見た。曜子は、タクシーのドアをあけ、男の肩をつかんでいた。そして、男の顔を殴ろうとした。

男は、自分の肩をつかんでいる曜子の腕を引き離そうとしたが、曜子はもう片方の手で男のネクタイをつかんだ。

行き交う人々が歩を止め、なりゆきを見ていて、その数は増えていった。

いつのまにか、曜子の脚から靴は脱げ、ハンドバッグは路上に転がった。

タクシーの運転手の、

「お客さん、降りて下さいよ」

という声が聞こえた。男は、仕方なくタクシーから降りると、周りの目を気にしながら、なんとかして曜子の手を自分のネクタイから引き離そうともがいた。そのたびに、ネクタイはしまって、男の顔が紅潮した。

「女の酔っぱらいは始末におえないよ」

「もっと、やれやれ」

野次馬のなかから、そんな声がした。

男が手を振りあげたとき、私の体は自然に動いていた。私は、人混みをかきわけ、男と曜子とのあいだに割って入った。そのとき、すでに、男の平手打ちは、曜子の鼻から血を流させていた。

「曜子、やめろよ。どうしたんだよ」

私の顔を見て、曜子は悲痛な呻《うめ》き声をあげ、ネクタイをつかんでいる手を離した。

私は、曜子の腕をつかんだまま、落ちているハンドバッグと靴をひろった。

男は、そのあいだに、別のタクシーに乗り、どこかに去って行った。

「私、逃がさないわ」

裸足《はだし》のまま走りだそうとする曜子を、うしろからはがいじめにし、

「もうやめろよ。こんなことをして、何になるんだ。自分が恥かしいだけじゃないか」

と言い、私は、野次馬から遠ざかるために、無理矢理、曜子の腕を引っ張って日本橋のほうへと歩いた。

途中、曜子に靴をはかせ、人通りのまばらな道に曲がると、そこで立ち停まった。そんなに歩いたとは思わなかったが、道の向こうには、東京駅の八重洲口の明かりが見えていた。

私は、ハンカチで曜子の鼻血を拭《ふ》いた。鼻血は、曜子の服の胸元に大きく沁《し》み込んでいた。

荒い息は酒臭く、曜子の体は前後左右に揺れた。

「あいつのマンションに行くわ」

「よせよ。何があったのかは知らないけど、きょうは、もうやめろよ。どのくらい飲んだんだ？」

「わかんない……。ワインを五、六杯。ウィスキーを一本」

「死んじまうぜ。かまわないから、ここで喉《のど》に指を突っ込んで吐いちまえ」

「私、死にたい」

「とにかく帰ろう」

「いやよ。こんな格好で帰れないわ。私、死んでやる」

「じゃあ、死ねよ。死んでやるなんて言ったやつが、本当に死んだ例《ため》しはないんだ。死ぬやつは、黙って死ぬさ」

「じゃあ、黙ってる。黙って死ぬわ」

いまは何を言っても無駄だ。とにかく眠らせよう。私はそう思ったが、このままの状態でマンションにつれ帰るのは、曜子のためにならないのではないかと考えた。けれども、血のついた服を着た女をつれて、どこへ行けばいいのだろう。いずれにしても、服を着換えさせなければならない。

私は、愛子に電話をかけようと思い、公衆電話を捜した。すると、曜子は路上に坐《すわ》り込み、

「私が、どうして、あんな男に殴られなきゃいけないのよォ。親にも殴られたことのない私が……」

と言って、泣いた。

「ここから、どこにも行くなよ」

私は、何度も念を押して、東京駅のほうへ走り、公衆電話のボックスに入ると、暗い路上に坐り込んでいる曜子を見張りながら、受話器を取った。

ふと、タコとペパーのことが頭に浮かんだ。タコとペパーは、五月の連休から、台

東区の畳屋の二階に間借りしている。八月末の出産予定日まであと四日だが、まだ何の兆候もないと、ペパーから電話があったのは、おとといだった。

畳屋といっても、主人が死んだ十年も前に商売をやめ、あとに残された女房のひとり暮らしで、家業を継がずにコンピューター関係の会社に勤める息子の仕送りだけで生活していたが、もう七十五歳になって、誰か安心できる同居人がいればということで、タコとペパーに二階の二間を貸してくれたのだった。

「曜子が、ひどく酔っぱらってね。いま、東京駅の近くにいるんだけど、ちょっと事情があって、マンションには帰れないんだ」

耳の遠い家主の代わりに、たまにかかってくる電話の番をしてやっているペパーは、理由を訊こうとはせずに、

「タコに迎えに行ってもらおうか？　きょうは会社の車で帰って来たから」

と言った。

「いや、タクシーで行くよ。タクシーのなかで吐いたりされるのは恐怖だけどね」

近くの私鉄の駅で待っていてくれと頼み、私は、曜子のところに戻ると、タクシーを捜した。

曜子はタクシーに乗ると、しばらくして気分が悪いと訴えた。私は、あわてて、タ

クシーから曜子を降ろしたが、曜子は吐かなかった。

タクシーの運転手は親切で、

「突然の潮噴きだけは勘弁して下さいね」

と何度か言ったが、いやな顔は見せなかった。そうしているうちに、曜子は眠った。目的地に近づくにつれて、なんだか場末の下町といった風情《ふぜい》の家並があらわれ、いかにも不景気そうな商店街のネオンが、くすんだ光を途切れ途切れに発している場所に出た。

「駅は、たぶん、あそこを入ったあたりじゃないかな」

細い道に違法駐車の車が何台も停まっていて、タクシーは入れなかった。私は、曜子を残してタクシーから降り、迎えに来てくれているはずのタコを捜して、私鉄の駅まで行った。

タコは、草色のTシャツに、膝《ひざ》から下を切り落としたジーンズをはいて待っていた。台東区に車庫のある運送店に就職してから二ヵ月がたっている。まだ見習いで、大型冷凍車の助手席に坐って、おもに青森や大洗の港に荷を積みに行くのが、いまの仕事だった。

「ここから車で三分だよ」

タコは、停めてあるタクシーまで走り、私と一緒に曜子をかかえると、会社名の書かれた軽自動車に運んだ。

「うわあ、完璧《かんぺき》に酔っぱらっちゃってるよ。タクシーのなかで吐かなくて、よかったよな」

タコはそう言ったあと、曜子の服についている血に気づいて、

「どうしたの？」

と訊いた。

「曜子の鼻血だよ」

「誰かに殴られたの？」

「酔って、自分で何かに鼻をぶつけたってことにしといてくれよ」

タコは、酸いも甘いも嚙《か》みわけているといった、いやに頼りになりそうな顔つきで頷《うなず》き返し、〈大原畳店〉の、ほとんど消えかかっている看板の下に軽自動車を停めた。

「愛子にだけは連絡しとかないとね。電話を使ってもいいかな」

裏口から入って、曜子を二階に運んでから、私は、階段の昇り口のところにある旧式の電話機を指さした。奥の部屋には明かりが灯《とも》り、ガラス越しにテレビの画面が見えていたが、七十五歳の老婆《ろうば》の姿はなかった。

「もう寝てるんだ。十時を過ぎると、テレビをつけたまま寝ちまうのが癖で、俺たちが寝るときに消してやるんだ」

電話をかけるときは、電話台に、二、三十円を置いておくことになっているとタコは言った。

「ロバは帰ってるか？」

私は、電話に出た愛子に訊いた。

「まだよ。さっき電話があって、十一時くらいになるって」

私は、ああ、よかったと思いながら、愛子に事情を説明した。

「曜子がそんなことをするなんて……」

「俺は、今夜は会社に泊まり込んで徹夜仕事で、曜子はペパーのことが気になって、ここに泊まるってことにしといてくれよ。ロバには黙ってたほうがいいだろう」

「その人とは、もうおしまいね。人がたくさん見てるところで、女を殴るなんて、最低だわ」

「いや、ああいう状況に追い込まれると、俺も殴るかもしれないな。だって、銀座のど真ん中で、ネクタイをつかまれて、殴りかかってこられたら、そんな恥かしいことをやめさせるためには、殴ってでも逃げるしかないだろう。お互い、恥かしいからな」

「着換えの服が要るわね」

「ペパーの服を借りて帰るよ」

「ペパーは、どうなの？　あさってが予定日よ」

「まだ訊いてないけど、丸々と肥《ふと》って、元気そうだよ。肩で息をしてるけどね」

畳屋の二階は、六畳と三畳の二間で、古い家らしく、いやに広い物干し台が階下の部屋の屋根にまで突き出ていた。

私が電話をかけているあいだに、ペパーは曜子の服を脱がし、下着のホックも外したらしかった。

「ここが赤く膨れてる……」

ペパーは、臨月のお腹を片手でさすりながら、もう片方の手で曜子の鼻から頬のあたりに触れた。

「与志くんと一緒に飲んでたの？」

「うん、銀座でばったり出くわしてね」

「私、曜子さんがこんなに酔っぱらうなんて、信じられない」

「どうして？　人間だから、たまには、がぶ飲みしたいときもあるさ」

ペパーは首をかしげ、

「なんだか、事件の匂《にお》いがするんだなァ……」

と言った。

「余計なことを詮索《せんさく》しなくてもいいんだよ」

タコが、扇風機の風を弱くして、それを曜子に向けながら言った。

「分娩《ぶんべん》費とか、子供が産まれてからの、いろんな費用なんかはできたのかい？」

と私は訊いた。

「うん、なんとかね。きのう、曜子さんが五万円、郵便で送ってくれた。ロバさんも、ミルク代の足しにって、三万円くれたよ」

ペパーは正座して、私にも礼を述べた。

「愛子さんも、三万円送ってくれたの。きょう、着いたから、まだお礼を言ってなくて。半分は、与志くんからだって書いてあった。何もかも、いろいろとありがとう」

愛子のやつ、夏休み中に、大学の研究室でアルバイトした金を渡したんだなと思い、私は財布から一万円札を二枚出すと、

「これも寄附するよ」

と言った。

「出産にそなえて、元気の出るものでも食べろよ」

タコもペパーも、まだ晩めしを食べていなかった。タコは、階下に降りると、料理を作った。魚を二尾、鍋《なべ》に入れ、そこに牛乳を注いで、ありあわせの野菜もぶち込み、塩と胡椒《こしょう》で味つけして煮たのだという。

「魚に牛乳って合うんだぜ。栄養のバランスもいいしね」

妊娠がわかってから、ペパーには極力、インスタント食品を食べさせないようにしてきたのだとタコは言った。

「化学調味料ってのは、すごく体に悪いんだよ。血がにごって、糊《のり》みたいになって、万病を誘発するんだって、会社の近くの焼き肉屋の親父さんが言ってたよ。だから、外食って体に悪いんだ。うまさを出すために、化学調味料を使うからね。インスタント食品にも、山ほど入ってるんだ」

生まれてくる子供のために、バランスの取れた栄養を考えて、タコとペパーは、自分たちで幾つかの料理を考案したらしかった。

安い材料で、いかにして栄養のあるおいしい料理を多く作るかを考えるのは楽しいことだったとペパーは言った。

「これは、そのなかでも傑作だと思うんだ。だって、牛乳って理想的な栄養配分だし、そこに魚とお野菜でしょう？」

「材料費は、しめて三百二十円。あしたの朝は、ワカメと豆腐の味噌《みそ》汁とアジの干物《ひもの》。干物は、ここの家のおばあさんがくれたんだ」

私は、胸から下をタオルケットに覆《おお》われて眠っている曜子の息づかいをたしかめてから、

「それにしても、いい下宿がみつかったもんだよなァ」

と言って、風通しのいい部屋を見廻した。

「結婚してから四十年近く、ずっとこの家で暮らしてきて、ここから離れたくないんだって。畳屋は廃業したけど、息子さんたちが送ってくれるお金で、なんとか生活できるけど、耳が遠くて、電話が鳴ってても気がつかないときのほうが多いし、年寄りだから、いつ何が起こるかわからないし、変な人間に同居してもらいたくないし……。おばあちゃんの世話をしてくれる間借人はいないかなァって相談してた矢先に、俺たちがあらわれたんだよ」

とタコは晩めしを食べながら言った。

「誰が紹介してくれたんだ？」

「俺が行ってた高校の、体育の先生。ここから歩いて二十分ほどのところに住んでる

んだ。下の息子さんと、大学のバレーボール部の仲間なんだ」

「へえ、退学になっても、その体育の先生とはつき合いがあったのかい？」

「うん、まだましな先公なんだよ。酒癖の悪いのが困るんだけど」

階下で電話が鳴った。箸《はし》を持ったまま、タコが階段を降りて行った。電話は愛子からだった。

「曜子はどうしてる？」

と愛子は訊《き》いた。

「よく眠ってるよ。このまま、タコとペパーに預けて、俺は帰ろうかと思ってるんだ。俺も疲れてるから、慣れたベッドで朝寝坊したいよ。やっと休みが取れたんだし」

「曜子は、あした、お店に行けるかしら」

「殴られたとこが膨れてるし、あしたは、悲惨な二日酔いだと思うよ」

「休ませたほうがいいわよね。じゃあ、あした、お店に電話しとくわ。階段から落ちて、顔を打ったってことにして……」

電話口からチャイムの音が聞こえた。ロバが帰って来たらしかった。愛子は声をひそませ、

「帰るにしても、泊まるにしても、電話を頂戴《ちょうだい》ね」

と言って、電話を切った。

私は時計を見た。終電に間に合うかどうか、ぎりぎりのところだった。タクシーで帰るのは勿体《もったい》ないという気持もあったし、さっきタコとペパーに二万円渡して、財布のなかには二千円しかなかった。

食べ終わった食器を持って、階段を降りてきたタコが、流しで洗い物をしながら、今夜はどうするのかと訊いた。

「帰るんなら、俺が車で送ってやるよ。でも、泊まっていったほうがいいんじゃないかな」

「そうかな、そのほうがいいかな」

「だって、曜子さんも、目が覚めたとき、与志くんがいたほうがいいかもしれない……」

「どうして？」

「俺たちには話しにくいことがあるだろうし、ペパーはあしたの朝、病院に行くし、俺も六時に出かけるし」

「そんなに早くから仕事かい？」

「あしたは、青森で泊まりなんだよ。泊まりといっても、冷凍車の運転席のうしろにあるベッドで寝るんだけど」

「じゃあ、もう寝なきゃあ。俺を送ってたら遅くなっちまうぜ。申し訳ないけど、泊めてもらうよ」

タコは、近くに銭湯があり、十二時までやっていると教えてくれた。

「十五分しかないなァ」

「さっと、汗を流してきたらいいよ」

私は、タコのサンダルを借りると、歩いて一分もかからないところにある銭湯に行き、髪を洗って、体に石鹸《せっけん》を塗りたくった。

畳屋に戻り、愛子に電話をかけてから、私は二階の物干し台に行って、煙草《たばこ》を吸った。タコが、冷えた缶ビールを持って来てくれた。

「三年前から冷蔵庫に入ってるんだって。誰も飲むやつがいないんだ。味は落ちてるかもしれないけど、腐ったりはしないだろう?」

「三年前か……。まあ、冷蔵庫に入ってたんだから大丈夫だろう。あした、おばあさんにビール代を払っとくよ」

私は、湯あがりのビールを飲んだ。男のネクタイをつかんで、殴ろうとしていた曜子の顔が甦《よみがえ》ったが、男の顔は、ほとんど記憶に残っていなかった。

「タコは、もうあと何日かで父親になるんだなァ。これから大変だろうなァ」

と私は言った。

「とにかく、手に職をつけないとね。まず、大型の免許を取る。何もかもは、それからだよ」

「子供が二十歳になっても、タコは、まだ三十九で、ペパーは三十七か……」

大きなネグリジェに着換えたペパーは、曜子の隣に蒲団《ふとん》を敷き、おやすみの挨拶《あいさつ》をして、明かりを消した。

「ロバさんも与志くんも、みんな、不思議な人だよね」

とタコは物干し台に腰を降ろして言った。

「不思議って？」

「こんなにいい人が、四人も集まるなんて、奇跡だよ」

「俺は、いい人なんかじゃないよ。よこしまで、好色で、わがままなんだ」

「愛子さんなんか、すごいよね。たった一年、予備校で勉強しただけで、大学の医学部にとおっちゃうんだから。曜子さんも、一流の美容師だし、ロバさんの写真はすてきだし。世の中のやつらって、顔と腹が違ってて、親切そうにしてても、いざとなったら知らんふりだけど、与志くんたちは違うよ」

タコは腕に力こぶを作り、その固さを指でたしかめた。

「ねェ、曜子さん、どうして殴られたの？　まさか、与志くんが殴ったんじゃないだろう？」

「俺は、ほんとに偶然に通り合わせたんだ。俺が通り合わせなかったら、どうなってたのかな。案外、おさまるところにおさまってたかもしれないな」

タコは、それ以上、質問してこなかった。私は、タコに、もう寝るように勧めた。

「六時に出かけるんだろう？　俺は、もう少し、ここで涼んでるよ」

タコは、パジャマに着換え、ペパーの蒲団の横にタオルケットを敷いて横たわった。蒲団は二つしかなかったのだった。

私は、それから三十分ほどしてから、三畳の間のタオルケットの上に横になったが、そのうち、背中や腰が痛くなり、曜子の醜態と言えば言える姿がしつこく脳裏に浮かんで、まるで眠れそうになかった。

それでも、二時前くらいに、私はまどろんだが、階段のきしむ音で目をあけると、曜子が物干し台に腰を降ろしていた。タコもペパーも、よく眠っていた。

私は起きあがり、足音を忍ばせて物干し台へ行った。

「気分はどう？」

「胃がむかむかしてるし、頭は割れそう」

「水を持ってこようか？」

「いま、下で飲んできたの。与志くん、私とどこで逢《あ》ったの？」

「銀座だよ。覚えてないのか？」

「頭のどこかのヒューズが切れて、彼のネクタイをつかんでたことは覚えてる。でも、どこで与志くんと逢ったのか、いまは思い出せないわ。さっき、目が醒《さ》めたとき、どうして、隣にペパーとタコが寝てるのか不思議だった……。夢でも見てるんだと思ったわ」

「ほんとに、ウィスキーを一本あけたのかい？」

「うん。その前に、ワインもほとんど一本飲んだと思う」

「じゃあ、まだ酔ってるよな」

「酔ってるのかしら」

「うんと水を飲んで、せっせとおしっこをするんだな」

私は、階下から水をくんできて、それを曜子に飲ませた。

「私、死にたくなるくらい恥かしいことをしたみたいね」

と曜子は言って、片方の手で頭をかかえた。

「まあ、人間は、ときどき、とんでもない恥かしいことをするもんだよ」

「もう、ロバちゃんのところには戻れないわ」

「ロバには、何にも言ってないよ」

男が離婚したというのは本当だったが、偽装離婚で、週に二回、二人は逢っていたのだと曜子は言った。

「会社が立ち直ったってのも嘘《うそ》……。離婚は、奥さんを債権者から守るための偽装離婚てやつ。その奥さんは二人目の子を妊娠してたの。来月、産まれるのよ……」

曜子の息は、まだ酒臭かった。

「もう寝ろよ。寝るのが一番だよ。そんないいかげんな野郎とは、もう終わったんだ。銀座のど真ん中で、ネクタイをつかんで引きずり廻してやったんだよ」

曜子は、うなだれて、両手で顔を覆い、

「私のお腹《なか》にも、子供がいるの」

とつぶやいた。

「三ヵ月に入ったばっかりだって……。そのことで話をしようと思って、彼に逢ったの。そしたら、私が喋《しゃべ》る前に、じつは女房に子供ができたって言われて、どうか許してくれって頭を下げられたの」

ロバにどう言おうか。ロバには、生涯、詫《わ》びつづけるしかない。それでも、やはり自分は、昔の彼を好きだ。彼の子を産みたい。曜子は、十日間考えて、そんな結論に達したのだった。

「私は最低ね」

と曜子はうなだれたまま言った。

どこかで、犬が吠《ほ》えていた。

十一

ペパーは、出産予定日のちょうど十日後に女の子を産んだ。

そして、曜子は、その翌々日に、子供を堕《お》ろした。銀座での一件以来、心身を痛めてしまったので、仕事を休むよう強硬に勧めたのは愛子だった。

曜子に思考する静かな時間を与えてやらねばならぬと主張して、大学の友人の父が経営する日光のペンションの宿泊費を安くしてもらい、愛子は、曜子にそこで十日間をすごさせた。

東京に帰ってきた曜子は、憑《つ》き物が落ちたように、以前の機敏さと気っ風《ぷ》のよさを取り戻していたが、自分の唐突な休養の理由を問いただそうとはしないロバへの良心の呵責《かしやく》は、子供を堕ろしたあと、いっそう深くなったらしく、店に出勤するようになると、口数が減った。

私と愛子とロバは、日曜日に、出産祝いの品を持って、ペパーが入院している病院へ行き、曜子の仕事が終わるのを待って、赤坂のイタリア料理店で食事をすることになった。

四人揃《そろ》って、外で食事をするのは、知り合って以来、初めてだった。

「女って、すごいよなァ」

曜子の店の近くにあるショット・バーで、ギムレットを飲みながら、ロバが言った。そのバーの小さな窓からは、曜子の店が見えた。最後の客と思われる女性が出て行くと、店のブラインドが降ろされた。

「何が？　子供を産めるってことがか？」

と私はロバに訊《き》いた。

「いや、女って、子供を産むと、たちどころに母になるんだな。表情も、話し方も、全体の雰囲気も、もうすべて、母なんだな。十七歳のペパーが、堂々たる母の風情《ふぜい》を発散させてたのには、少々感動したよ」

「その点、男は駄目だな。タコは、なんだか前よりも子供っぽく見えたよ。生まれての娘の周りで、右往左往してるって感じで」

と私は笑いながら言った。

「そんなことないわ。私、タコも、お父さんの貫禄《かんろく》を漂わせてるのを見て、感じるところ大だったのよ」

　カンパリ・ソーダを舐《な》めるように飲みながら、愛子はそう言った。

　この数日、口数の少ないロバは、仕事を終えてマンションに帰ってきても、好きなビールを飲まなかったし、寝酒のウィスキーも口にしなかった。

　理由は、金を貯《た》めるために禁酒したということだったが、今夜のロバの飲み方は、禁酒どころか、大酒飲みのそれで、バーに入ってまだ二十分もたっていないのに、三杯目のギムレットがほとんどなくなりかけていた。

「お前の禁酒も十日間だけだったな。酒代を貯金しようなんて、できないことを考えると、そのあおりがくるんだ。きょうのお前の飲み方は危ないぞ」

　私は本気で、もう飲むなとロバに言った。

「俺、昔、酒で、とんでもない失敗をしたことがあるんだ。それで、酒を飲まないでおこうと思ったんだ」

　ロバは、カクテルグラスの底を指ではじいた。

「とんでもない失敗？　ロバちゃんが？　なんだか信じられないわ。どんな失敗？」

　と愛子が訊いた。

「大学を卒業して四年目だったよ。そのころ、俺にもつき合ってた女がいたんだ。酔って、口ゲンカになってね。女のほうが、俺よりも酔ってたって気がするけど、俺も安物のウィスキーをがぶ飲みしてたよ。俺は、一定の線を超えるくらい飲むと、何もかもに歯止めがきかなくなるんだ。できないことを、できると思い込んだり……。まあ、つまり、理性を喪《うしな》うってことなんだけど……」

女と口論になり、その女の顔を平手で殴った。手加減したつもりだったが、殴られて顔をのけぞらせた女の側頭部が、熱帯魚用の水槽に当たった。水槽は割れて、女の側頭部は切れ、七針縫った。

それを知った女の母親が、ロバを傷害罪で訴えようとして、割れた水槽の写真を撮り、医者の診断書も貰《もら》ってきたのだった。

「必死で謝まって、女も、自分も悪かったんだからって止めてくれて、なんとかおさまったんだけど、俺はそのとき、もののはずみってやつの怖さを思い知ったし、一定の線を超えて酔ったときの自分も怖くなっちまったんだ。だって、俺、人を殴ったりしたのは、生まれて初めてだったんだ。人に怪我《けが》をさせといて、こんな言い方はおかしいけど、俺の精神的な傷も大きかったよ。そんなことをした自分がなさけなくて、立ち直るのに、ずいぶんかかったんだ」

「じゃあ、きょうは、どうしてこんなに飲むんだ？」

そう訊いた瞬間、私は後悔した。ロバがこの数日間、なぜビール一滴飲まなかったのかを理解したのだった。

愛子も同じだったらしく、ロバが口をひらく前に、

「千春って、いい名前よね。タコが考えたって言ってたわ。女の子らしくて、可愛《かわい》らしくて、品があって、歳《とし》を取ってからでもおかしくないわ。リカだとか、ジュリなんて名前をつけられたら、おばあさんになってから困るもん」

と言って、話題を変えた。

「ジュリ？　そんな名前の日本人がいるのか？」

と私が訊くと、愛子はカウンターの上に人差し指で〈樹里〉と書いた。

「おんなじクラスの男の子のガールフレンドなの」

「それとおんなじ名前の喫茶店が、静岡の家の近くにあったよ。字もおんなじだ。あれ？　焼き肉屋だったかな……」

すると、ロバは、

「曜子は、俺のところに戻って来たのかな……」

と聞きとりにくい声で言った。

「俺、曜子の相手がどんなやつなのか、だいたい知ってるんだ。曜子が、俺に彼との

ことを隠してるのは、曜子の心のなかに、まだ俺がいるからだって考えて、それだったら、曜子が自分で喋《しゃべ》らないうちは、知らんふりをしてようって決めたんだ。でも、酔うと、十でやめとけばいい言葉が、五十にも百にもなって、とりかえしがつかなくなるだろう？　それが怖くて、酒を飲まなかったんだ。でも、とうとう飲んじゃった。タコとペパーに、千春ちゃんて娘が生まれて、なんか感動して……」

「酔っぱらったっていいじゃないの。曜子に言いたいことがあれば言ったらいいし、訊きたいことがあるんなら訊けばいいわ。ロバちゃんは、自分を抑えすぎてるのかもしれない。それって、曜子にしても重荷かもしれないでしょう？」

愛子の言葉に、ロバは静かにかぶりを振った。

「俺、相手が自分の口から喋ろうとしないことを訊いたりするのは嫌いなんだ。それは、自分を抑えてるんじゃないんだ。俺のやり方の問題なんだよ」

「じゃあ、曜子が、このまま何も喋らないでいつづけたら、ロバちゃんも、ずっと何も訊かないまま、曜子との生活をつづけるの？」

と愛子は訊いた。

「いや、俺があのマンションから出ていくよ。世の中には、我慢しなけりゃならないことと、我慢するいわれのないこととがあるからね」

ロバがそう言ったとき、曜子がバーに入って来て、

「待たせてごめんね。注文の多いお客さんで、私の担当だったから」

と言った。

曜子は、少し痩《や》せたようだった。

「何か飲む？」

私の言葉に、曜子は、当分、お酒は飲まないつもりだと小声で答えた。

イタリア料理店に移ると、曜子は、社会に出てから、十日間も休んだのは初めてだと言った。

「なんにもしないで、いい空気を吸って、森や川や花を見てる時間が、人間にとってどれだけ大切かがわかったわ。いろんな、いい考えが浮かんでくるの。コンクリートの部屋のなかでは考えつかないようなことが、自然に湧《わ》いて出てくるの。あんな時間のために使うお金を、人間はいつも用意しとかなきゃいけないわね」

「いい考えって、どんな考えが浮かんだの？」

と愛子が訊いた。

ウェイターが註文を聞きにきたので、私はメニューを見ながら、

「トスカーナの赤ワインにしようぜ。オードブルは、タコとアサリの白ワイン蒸しっ

てのはどうかな」

全員、賛成し、さらにロバが、仔羊肉《こひつじ》を、すりつぶしたマグロの身につけて冷やした料理を私たちに勧めた。

「肉とマグロってのは合うんだぜ」

何種類かのスパゲッティーを四人で食べることにして、そのあとに、近江牛の薄いステーキを頼んだ。

「食べきれるかしら」

と愛子が笑った。

「どれも、控えめの量にしてもらったから、大丈夫だよ」

ロバも笑いながら言った。けれども、ロバは赤ワインに口をつけなかった。

「俺は、ワインを飲むと、悪酔いする傾向にあるんだ。それでなくても、バーでギムレットを三杯飲んだからね」

「マティーニを三杯ってのはよくあるけど、ギムレットを三杯ってのは、あんまりいないわね」

曜子は、ロバがギムレットを三杯飲んだことに少し驚いた顔つきをしながら、そう言った。

「アレキサンダーってカクテルがあるだろう？　カカオのリキュールにコニャックを入れて、クリームも入れる。それをシェークして、ナツメグの粉を少しふりかけるんだ。カクテルのなかでは古典的な、オーソドックスな代物《しろもの》だけど、本当は食後酒なんだ」

私は、以前、どこかのバーで見た老人の話を始めた。

「歳は七十五、六ってとこかな。腰も曲がりかけてて、足取りもおぼつかないんだけど、マドラス・チェックの派手なジャケットに黒のニット・タイっていでたちでね。それがすごくよく似合うんだ。バーがあいてすぐだったから夕方の五時くらいなんだ。カウンターの席に坐《すわ》るなり、アレキサンダーを註文したんだ。できあがったアレキサンダーを手で口に運ぼうとするんだけど、手が震えて中味がこぼれそうになるんだ。それで、カクテルグラスを両手で持って、口から迎えにいった。またそれが、いやにかっこいいんだ。一口飲んだとたんに、手の震えは止まってね。それから、じっくり味わいながら、アレキサンダーを三杯飲んで、飲み終わったら、なんだか飄々《ひょうひょう》と帰って行った。バーテンに訊いたら、毎日、そのバーで、その時刻に、アレキサンダーを三杯飲んで帰って行くんだって言ってたよ。そのおじいさんは、夕方のアレキサンダー三杯以外は、どんな時間にも、どんな酒も飲まない。それが、もう七年つづいてるそうなんだ。アレキサンダーって、ほとんどチョコレートの甘みそのものなんだけど、じつは、きつい酒なんだよ」

「マドラス・チェックのジャケットってのが、いいよな」

とロバは言った。

「震える両手で持ったカクテル・グラスを口で迎えにいくってのが、またいいんだよ。その飲み方に、なんだか風雪を感じるんだ。七十数年の人生、いろいろあったが、そのたびに、しのいできたぜって感じかな」

私の言葉に、

「人生の年季ってやつだよね」

とロバは言い、

「しのいで、しのいで、そうやってるうちに、時が解決していくんだよな」

そう自分に言い聞かせるようにつぶやいた。

「やっぱり、男と女は違うのね」

と曜子が頬杖《ほおづえ》をついて言った。

「すてきな老人を見ても、私は、そこまで考えないわ。どんな仕事をしてきた人なのか、とか、いまはどんな生活なのか、とか、そんなことは想像するけど、長い人生、いろいろあったけど、そのたびにしのいできて、その年季が、いまのこの人を作ったんだなァとは考えないわ。女は即物的なのかしら。それとも、私っていう女がそうなのかしら」

「無頼の私立探偵にあこがれるのは、たいてい男だもんな。俺なんて、フィリップ・マーローにあこがれて、初めてのボーナスでトレンチ・コートを買ったけど、まるっきり似合わなかったよ」

私は、二回着ただけで、服の収納箱のどこかに眠っているトレンチ・コートのことを思った。

ウェイターがスパゲッティーを運んできたとき、席と席を区切るついたてから、食事を終えた客三人が出て来た。

そのうちのひとりが、愛子を見て、やあと手をあげた。

愛子は、立ちあがって挨拶《あいさつ》をしようとしたが、男はそれを制して、

「いいんだ、いいんだ、どうぞ、ごゆっくり」

と言って、レストランから出て行った。

「うちの大学の助教授。天才なんだって病院の看護婦さんたちが言ってるわ」

と愛子は説明した。

「天才って、何の？」

とロバが訊いた。

「執刀の手さばきが、すごく迅速で正確で、とくに血管手術は神技だって」

「外科医も、職人仕事なんだろうな」

私が言うと、

「付属病院の看護婦さんの噂話《うわさ》を聞いてたら、どの先生がヤブで、どの先生が優秀なのか、すぐにわかるの。だから、手術の予定表を見て、執刀医が、たとえばA先生だったら、『この患者さん、運が悪いわねェ』なんて、平気で言い合ってるのよ」

と愛子は言った。

「じゃあ、いまのお医者さんに手術をしてもらう人は運がいいってことなの？」

曜子の言葉にうなずき返し、

「でも、天才的な女たらしでもあるんだって。いままで浮き名を流した相手は、みんなお金持ちのお嬢さんか、女優さんとかモデルとかばっかり。あの先生に夢中になってる女子学生もたくさんいるのよ」

と愛子は言った。

「女たらしでも変態でも、ちゃんと上手に手術してくれる外科医はいい医者だよ。人柄が良くて、いくら善人でも、切れてる血管をちゃんとつないでくれなかったら、こっちの命がなくなるんだからな」

と私は言った。

「だけど、腕のいい外科医って、みんなどこか冷たいところがあるみたい。そうでなきゃあ、生身の体を切ったり縫ったりはできないのかもしれない。私に手術なんて、絶対に無理よね」

と愛子は笑った。

けれども、研究室でのアルバイトの主な仕事は、モルモットやハムスターの癌《がん》細胞を薄くスライスして、それに薬液を垂らし、細胞の色素変化を調べることで、最近、ふと気がつくと、その色素チェックをしながら、買ってきた弁当を食べていたりすると愛子は言った。

「最初は、スライスされた癌細胞が近くにあるだけで貧血を起こしそうになってたのに……。人間て、慣れるのね。それなのに、私、自分の不安神経症には、いつまでも慣れない。不思議よね」

「でも、発作は、ほとんど起こらなくなったよ。愛子、自分でもそう思うだろう？」

ロバの言葉に、

「周りにお医者さんがたくさんいるから、どこかに安心感があるのかもしれない。大学の精神科の先生が、ときおり声をかけてくれるの。『おい、死にそうになってないか？』って」

と愛子は言った。

「死にそうになったら、すぐに葬儀屋を呼んでやるぞって」

やっぱり、大学生活は、愛子のしつこい持病にいい結果をもたらしたのだと思い、私はある種の充実感にひたった。

「その精神科の先生は、大学では助教授で、去年、奥さんを亡《な》くしたの。鶴木先生っていって、与志くんとおない歳なんだけど、五つ歳下の奥さんは自殺したの。私、夏休みに入ってすぐに、同じ研究室で助手をしてる人から聞いて、ちょっとびっくりしちゃった」

愛子は、フォークを使う手を止め、

「その鶴木助教授が、いま精神的におかしいの」

と言った。

「精神科の医者なのに？」

私は、こうやって、愛子が大学の医学部や病院のことを話しているのは、今夜のロバと曜子にとってはいいことだと思い、わざと興味深そうに身を乗りだした。

「奥さんの自殺が、とてもこたえてたんだな、あたりまえだけどって、別の先生が言ってたわ」

「精神的におかしいって、どうおかしいんだ？」

と私は訊《き》いた。

「ウツ病なの。それもかなり重症の。鶴木先生、いま入院してるのよ」

「精神科医がウツ病にかかるのか……」

「そろそろ退院できそうだけど、まだ仕事は無理だろうって。ウツ病も、はげますのは良くないの。ウツっていう嵐《あらし》の周期を、嵐にさからわないで、静かにしのぐのが一番なの。ウツ病は、ひどい時期は、死ぬ気力もないから、かえって心配しないでもいいけど、かかりかけのときと直りかけのときが危険なのね。病気は消えてないのに、中途半端な行動力があるから、衝動的にビルから飛びおりたり、首を吊《つ》ったり

……」

「やめましょうよ、そんな話」

曜子が、フォークを皿に置いて、微笑《ほほえ》みながら制した。

「そうね、ごめんなさい」

愛子は、曜子の気持を察して、小声で謝まり、気まずそうに私を見やった。

「静かに、しのぐ……。いい言葉だな。どんなことがあっても、静かに、しのぐんだ。そしたら、時が解決する」

ロバは、そう言った。

「時が解決するって言葉、ロバちゃんは好きなのね」

と曜子が皿に残ったスパゲッティーに見入りながら言った。

「そうだな、この言葉を俺は好きだな。何かの映画のセリフに、時は、解決してくれるんじゃない。時は、忘れさせてくれるんだってのがあったけど、俺は、時ってのは、忘れさせてくれる力も持つと同時に、やっぱり、何かを解決する力を持ってるって思うんだ」

だってと、ロバは私たちの顔を見廻して言った。

「どんなに太陽の光を与えても、どんなに豊かな肥料を与えても、桜の花は春にならないと咲かないし、ひまわりは夏にならないと咲かないだろう？」

すると、曜子は、ロバの手を握って、

「私、子供を堕《お》ろしたの。ロバちゃんの子供じゃないわ。私が殺した子供のことは、時が解決してくれるの？　時は、子供の命を甦《よみがえ》らせてくれるの？」

と言ったのだった。

ロバは、しばらく無言でうなだれてから、

「どうして、喋ったんだ……」

と言った。

「俺に聞かせてどうしようってんだ？　俺は、騙《だま》してくれって言ってんじゃないよ。嘘《うそ》をつくってことと、本当のことを口にしないってこととは違うんだ。自分の胸におさめて、黙ってられるかどうかが、人間としておとなかどうかってことだろう？」

「私、おとなじゃない……。ただの愚かな女よ。こんな私のやったことを、ロバちゃんは、静かに、しのげる？　私、ロバちゃんを好き。この十日間、それを思い知りつづけたの。私、ロバちゃんに許してほしいの。ねェ、ロバちゃん、静かに、しのげる？」

私は、愛子が怒りの目を曜子に注いでいることに驚いた。愛子の怒りの目を、私は初めて見たのだった。

「考えてみるよ」

ロバはそう言って、ウェイターにメイン・ディッシュを運んでくれと頼んだ。

「ひさしぶりのご馳走《ちそう》だからね」

と口バは照れ臭そうに笑った。

食事を終え、通りでタクシーを捜しているうちに、口バの姿が消えた。

捜そうとする愛子の手をつかみ、曜子と一緒に無理矢理タクシーに乗せると、

「帰ろうよ。俺たちの巣に」

と私は言った。

「どうして、あんな、試すみたいなことを口バに言ったんだ？　静かにしのげるかなんて、曜子が口にすべきじゃないよ」

私は怒りを抑え、前方に目をやったまま、声も口調も穏やかにさせて言った。

曜子は、車の窓から雑踏を見ながら、何も応じ返さなかった。

口バは、その夜も、翌日の夜も帰ってこなかった。

私は口バの事務所に電話をかけたが、応答はなく、三日目の夕刻、事務所に行ったが、ドアには鍵《かぎ》がかかっていて、人の気配はなかった。

四日目、口バから曜子に電報が届いた。

——シズカニ、シノゲルトオモウ。ネパールニイキマス。

その電報を両手に持ったまま、曜子は、正座し、うなだれて、声を殺して泣きつづ

けた。

「どうして、ロバが、こんなことを我慢しなけりゃいけないんだよ。あのインチキな野郎は、女房に子供ができて、何のおとがめもなく暮らしてやがるってのに。こんなことが許されていいのかよ。ひとこと、人間として心から謝罪すべきだよ。曜子の子供の父親に、ひとこと謝罪させなきゃあ。あいつが、ひとことも謝まらないってのは、広島と長崎に原爆を落としたアメリカが、日本にひとことも謝罪しないってことの次くらいに悪いことだよ」

私は、ついに怒りを抑えられなくなり、明け方の五時に、眠っている愛子を揺り動かしながら、そう言った。

愛子は驚いて身を起こし、前後左右に振り廻している私の手をつかんで、

「どうしたの？　原爆なんか、もう落ちないわ」

と寝ぼけて言った。

「そんな保証がどこにあるんだ。俺は、責任をとらせるぞ。賠償金を取ってやる」

「夢でも見たの？　アメリカが与志くんにお金を払うはずないでしょう？」

愛子は、よほどよく眠っていたらしく、舌がもつれていた。

「アメリカ？　愛子、何を言ってるんだ？　俺は、曜子を騙した男のことを言ってる

んだぞ」

やっと目が醒《さ》めたらしく、ベッドの上で正座すると、愛子は目をこすってから、何度か大きく息を吸った。

「騙したのかどうかは、誰にもわからないわ」

と愛子は言い、カーテンをあけた。雨が降っていた。

「その人とつき合ってたことも、妊娠したことも、曜子が自分でしたことなのよ。曜子は、無理矢理つれだされて、そのたびに力ずくで強姦《ごうかん》されてたわけじゃないわ」

愛子の声は、ガラス窓に当たる雨の音と混じって、低いが響きのある、説得力を秘めたものになっていた。

「謝罪しなければいけないのは、曜子のほうよ。ロバちゃんと、堕ろした子供に。私、曜子に同情なんかしてないわ。曜子は、銀座の真ん中の人混みのなかで、酔っぱらって、裸足《はだし》になって、その男の人のネクタイをつかんで……。そんなの、誇りのある女のすることじゃないわ。人間には誇りがあるはずよ。曜子は、その人のことを最低だって言ったけど、最低なのは、曜子のほうよ。その人のことを好きだったんだから、曜子はその人を許して、自分の愚かさを認めるべきだわ。それが、好きってことだわ」

怒りがふくれあがって、まるでそれが正当なことだとばかりに、男に償いをさせようと本気で息巻いていた私は、愛子に叱《しか》られているような心持ちだった。

「そうだな。愛子の言うとおりだよ」

と私は、しだいに白さを増していくガラス窓を見つめて言った。

「俺は、ときおり、短絡的な能天気になる癖があるみたいだな。その男から賠償金を取るなんて、そんなの、やくざのやることだよな。そうしたからって、何がどうなるってもんじゃないんだ。誰かが幸福になるってわけじゃないんだ」

愛子は、両手を差し出した。

「なに？」

と私は訊いた。

「頭を撫《な》で撫でしてから、おっぱいをさわらせてあげる」

愛子は、私の頭に両腕を巻きつけて引き寄せた。

「撫で撫でだけでいいよ。朝のセックスは、昼からこたえるんだ。二十代のときは、そんなことなかったのに」

「へえ、二十代のとき、朝、誰とセックスしてたの？」

「不特定多数とね。ピンナップ・ガールが十五、六人。外国の女優が三人。俺の言うことだったら、何でもきくんだ。三人をかしずかせて、ベッドのなかで、俺はひとりでごそごそやってた。朝、出勤前に三回もやって、それ以来、目の下のくまが消えなくて……」

私の言っている意味をやっと理解して、愛子は私の胸をつついた。

「その人たち、まだ棲《す》みついてるの？　与志くんのなかに」

「みんな、いなくなっちゃった」

「嘘。いまでも、ときおりその人たちと遊んでるのに決まってるわ」

愛子は、そう言ってから、私の胸のあたりを睨《にら》み、

「ねェ、あんたたち、与志くんのなかから出てってよ。私に失礼でしょう？」

と本気のむくれ顔をつくった。

「いい雨だな」

私は、ベッドに横たわり、正座したままの愛子の腰から尻《しり》へと掌《てのひら》を這《は》わせた。

「ロバちゃん、本当にネパールに行ったのかしら」

と愛子が言った。

「シズカニ、シノゲルトオモウ」

私は、ロバの電文を何度もつぶやいた。

「ちぇっ。気障《きざ》なやつ。これって、電報だから、よけいに重みがあるんだな。ロバのやつに、そんな知恵があるとは思わなかったよ」

「ロバちゃんは、ほんとに、曜子を許せるのかしら。そんな男性って、いるのかしら……。もし、曜子を許せて、静かに、しのげたら、ロバちゃんてすごい男よね」

もし、自分がそんなことをしたら、与志くんは許せるかと愛子は訊いた。

私は、許せないだろうと思い、

「こんな短絡的で能天気な人間は、とてもじゃないけど大きな心にはなれないよ」

けれども、自分の言葉は適切ではなかったと考え、

「短絡的で能天気じゃなくても、自分の恋人が、内緒で他の男とつき合いつづけて、妊娠したら、どんなやつでも別れちまうよ。ロバは正常じゃないんだ。あいつは、おかしいんだ」

と言い直した。

「普通に考えたらそうよね。でも、好きだから、許そうと努力してるのよね。シズカニ、シノゲルトオモウ……」

愛子も、電文を小声で繰り返しながら、さっきよりも強くなった雨の音のほうに顔を向け、

「この雨で、少しは涼しくなるかしら……」

と言った。

十二

三日前にカトマンズに着き、これからネパールの東北部をめざして出発するというロバからの葉書を受け取って二ヵ月がたち、その間、まったく消息は途絶えたが、私たちは心配しなかった。

静かに、しのぐために、ロバはネパールの高原や密林で蝶《ちょう》を追い、多くのことを感じ、さまざまな思索にまみれ、幻の蝶を追いつづけ、星々の下で疲れ果てて眠る日々が必要であろうし、また、そのような場所からの連絡は困難なのが当然だと、私も愛子も曜子も思ったのだった。

曜子は少しずつ元気を取り戻していったが、仕事から帰って来ても、私や愛子とは離れて、自分の部屋にこもってしまうことが多かった。

私も愛子も、そんな曜子に、あえて声をかけなかったし、励ましたりもしなかった。曜子にも時間が必要だったのだ。

ロバと別れて結婚しようと思っていた男が、じつは妻と偽装離婚をしていただけでなく、二人のあいだに子供ができようとしていたという事実は、曜子に計り知れない屈辱と悲哀をもたらしたはずで、その傷は容易なことでは癒《いや》されるものではなかった。

十一月の末の朝、私が出勤しようとして玄関で靴を履いているとき、ロバから国際電話がかかってきた。

愛子は台所で洗い物をしていたし、曜子はベランダで洗濯物を干していたので、私は片方の靴を履いたまま、四つん這《ば》いになって電話のところへ行き、受話器をとった。

いまバンコクのドン・ムアン空港にいるとロバは言った。

「夕方には東京に帰れるよ」

「こんどは、どこも怪我《けが》をしなかったのか?」

私が訊《き》くと、ロバは、自分がきょう帰国することは、曜子には知られないようにしてくれと言った。

理由はわからなかったが、私はわかったと答えた。

「あのバーで待っててくれよ。夜の七時くらいに」

「あのバーって?」

「六本木のショット・バーだよ。九月にみんなで行った、曜子の店の近くのバーだよ」

「いいけど、俺が遅れるかもしれないぜ。五時から会議なんだ」

「待ってるよ」

私の話す言葉を聞いていた愛子も曜子も、電話の相手が誰なのかがすぐにわかった。こんどは、どこも怪我をしなかったのかと私が訊いた言葉は誤魔化しようがなく、

「無事にバンコクに着いたんだって」

と私は言った。

「きょう、帰ってくるの？」

と愛子がエプロンで手を拭《ふ》きながら訊いた。

「いや、いつ帰るとは言わなかったよ」

「でも、どこかで待ち合わせしたみたいだったわよ。五時に会議があるから遅れるかもしれないって」

「出版社の人に渡してもらいたいものが事務所にあるらしいんだ。それを俺に届けてくれって」

私は嘘《うそ》がばれそうな気がして、

「元気だったよ。あの声からすると、ついに幻の蝶を撮ったのかな」

と言い、あわてて靴を履くと廊下に出た。

会議が終わったのは七時前で、私は社を出ると、六本木のショット・バーに向かう前に、電話番号をしらべたが、結局かけないまま地下鉄に乗った。いまから思い返しても、電話をかけておいたほうがよかったのかどうか、私にはよくわからない。かけていれば、バーの主人が、ロバの名を呼び、それに気づいた愛子は場所を変えたであろうから。

七時半だったが、ロバはまだ来ていなかった。私は、そのバーで、ロバではなく、愛子の姿を目にしたのだった。愛子は、眼鏡をかけた私とおない歳《どし》くらいの、幾分猫背の男と一緒だった。

三人づれの客が出て行くところだったので、愛子は、そのあとから店に入ってきた私に気づかなかった。私は、とっさに踵《きびす》を返し、そのまま通りに出ると、道の角でロバを待った。

愛子と一緒にいる男は誰なのか。どうして愛子は男とこのバーにいるのか。不安神経症の発作に怯《おび》えて、いつも私の帰りを待ちわびている愛子が、なぜこんな時間に六本木のバーのカウンターで男と一緒に坐《すわ》っているのか。

私の心は、疑念と不安で膨らみ、道に立ってロバを待っていることに耐えられなくなった。

けれども、私はロバを待つしかなかった。私が立ち去れば、遅れてきたロバは、バーで愛子とでくわすだろう。そうすれば、ロバが、きょう日本に帰ってきたことも、それを私が隠したこともばれてしまうからだ。
七、八分たったころ、ロバは大きなリュックサックを背負い、カメラ機材の入ったジュラルミン製の箱を持ってやってきた。
「飛行機が遅れて、そのうえ成田からの道が混んでてね」

日に灼《や》けて、山羊《やぎ》みたいな顎髭《あごひげ》をはやしたロバは、そう言って微笑《ほほえ》み、

「満員かい？」

とバーを指差した。

「ああ、満員だよ」

「じゃあ、ここで長いこと待っててくれてたのか？」

「いや、七、八分かな」

「とにかく、熱燗《あつかん》で、おでんが食いたい。夢にまで見たよ。おでんがぐつぐつ煮えてるのとか、うまい天麩羅蕎麦《てんぷらそば》を食ってるとことか」

「じゃあ、おでんにしようぜ」

「このあたりに、うまいおでん屋なんてあるのか？」

「行きつけのおでん屋があるんだ」

「六本木に？」

「いや、新橋だ」

私はそう言うなり、通りに出て、客待ちのタクシーに乗った。愛子が男といるバーの近くから離れたかったのだった。

「カトマンズのバザールも、とんでもない人混みだけど、東京の人混みとはまるで違うよ。おんなじ人混みでも、カトマンズのは悠揚としてる。東京の人混みからは、悪い気みたいなのが発散してるんだな」

「気？」

「うん。頭がくらくらして、心がささくれだってくるよ」

ロバはそう言うと、タクシーのなかで目を閉じた。私も、おでん屋に着くまで口を開かなかった。愛子とあの男とは、どういう仲なのかと、そればかり考えつづけた。そして、自分の嫉妬《しっと》深さに初めて気づいたのだった。愛子と男との関係が、まだ何ひとつわかってもいないのに、私の心は嫉妬がすべてを占めていたのである。

おでん屋に着くと、私はコップに満たした熱燗で、ロバと乾杯をした。

「無事に帰って来てよかったよ。でも、こんどは心配しなかったんだ。便りがないのは無事のしらせだからな」

私が言うと、ロバは私の顔を見つめ、

「どうしたんだ？　なんだか、いつもと違うよ」

と訊いた。

「ちょっと仕事でドジってね。たいしたことじゃないんだけど。それよりも、日本に帰って来たことを、どうして愛子や曜子に隠すんだ。今夜、どこで寝るんだよ」

「事務所で寝るよ。写真を現像してから、しばらく実家へ帰ろうかと思ってるんだ」

それから、ロバは一口ずつ静かに味わうようにコップの酒を飲み、

「やっぱり、しのげなかったよ」

と言って微笑んだ。

「俺は、そんなに大きな人間じゃなかった。曜子とは終わる。俺は曜子から去る。シズカニ、シノゲルトオモウなんて電報を送ったけど、とうとう、しのげなかったよ」

こんどの旅も、ジャヤスという少年シェルパが案内人だった。二人は、〈ジロー〉〈ロバ〉と呼び合いながら、ネパールの東北部から北部を転々とした。

「最初にジローが案内してくれた村は、俺が追ってる蝶とは無関係な村なんだ。俺の

運転するジープで、カトマンズから二日かかるところの高原にある。どうして、こんな村に寄り道したのかと思ったら、ジローの憧《あこが》れの君が、その村に住んでるんだ」

「憧れの君？」

「哀《かな》しいくらいの片思いだよ。その女の子は十六歳。でも、もう親の決めた婚約者がいた。深い目をした、とってもきれいな子だったな。俺たちがその村に着いたのは、その子の婚礼の日の三日前なんだ。でも、ジローは、そのことを知らなかった。だって、ジローがその子を初めて見たのは二年前で、一度も口をきいたこともないんだ。その村に行ったのも、今回で三度目。前に行ったのは、九ヵ月前だっていうんだから。ジローのやつ、その子を見たとたんに、真っ赤になって隠れちまう。話をしなきゃあ自分の気持を伝えられないだろうって言っても、ただひたすらはにかんでる。でも、その子のことを思いこがれて、はるばる二日のジープの旅をして、それから歩いて谷を越えたんだ」

ロバは、おでんを頬張り、リュックサックのなかから、自分が写したポラロイド写真を出した。毛糸の帽子をかぶった目の大きい少年が笑っていた。

「ジローだよ。まだ子供だけど、腕のいいシェルパさ。お父さんも、そのお父さんもシェルパだ。俺みたいな足手まといが一緒じゃなければ、四千メートル級の山を半日で越える」

そう言ってから、ロバは首を振りながら、うなだれて溜息《ためいき》をついた。

「俺たちって、純粋で、ひたむきで、哲学的なくらいに思い詰める恋なんて、いつのまにかどこかに忘れちまったんだな。目と目が合って三十分後にはセックスしてる……。まあ、俺はそんなにもてないし、素速くもないけどね」

女の子が隣の村に嫁いでいく日、その婚礼の行列のはるか後方から、ジローとロバはそっとついて行った。

「峠のところで、ついて行くのをやめたんだ。夫になる男が迎えに来てた。俺は、小さくなっていく婚礼の行列を見つめてたジローの顔が忘れられないよ。なんだかすごく気高い表情で、行列が遠い一本道の向こうに消えて行くまで見つめてた」

その夜、ロバは、曜子を許せると思ったし、実際にそうしようと決めた。けれども、日がたつにつれて、峠を下っていく婚礼の行列と、それを見送っているジローの顔が、たとえようもないおごそかな光景、もしくは、胸がおしつぶされるような哀しい別離の瞬間としてロバの心に沁《し》みわたってきた。

「やっぱり、俺は、いやだと思ったんだ。あんな女はいやだって」

「あんな女って？」

「女房のある男の子供を妊娠して、その子を堕《お》ろして、それを俺に喋《しゃべ》るんだったら、あのマンションに二度と帰って来るべきじゃないよ」

「じゃあ、黙ってたら、曜子を許せたっていうのか？」

私は妙にむなしい気分で言った。

「ここは日本なんだ。ネパールの村じゃないよ。習慣も価値観も違う。俺たちが置かれてる環境も状況も違うんだぜ」

ロバは、私の言葉にかぶりを振った。

「俺は、曜子を好きだよ。でも俺たちは、恋から始まった男と女じゃないんだ。出会いがしらのゲームみたいなとこから始まって、いつのまにか情が湧《わ》いて……。その情とか、好きだって感情のうしろがわには、それを支えるもっと大切なものがないんだ」

「もっと大切なものって、恋っていうやつなのか？」

「俺はそう思ったんだ。古臭いとか、ガキっぽいって言われても、俺はそう思ったんだから仕方がないよ」

きっと、もっと的を射た言い方があるのだろうが、それは到底表現できない種類のものなのであろうと私は思った。

「ロバの出した結論を、ちゃんと曜子に伝えたらどうだい。隠れててもしょうがないだろう」

「あのマンションに帰らないってことが、俺の気持を伝えることになるだろう？」

「あそこは、俺のマンションなんだよ」

私は腹を立てて、そう言った。

「お前らは、勝手に押しかけてきて、自分の物みたいにして暮らしてるんだぞ。あのマンションに帰らないだって？　えらそうなことを言うな。ちゃんと、てめえで始末をつけてから、俺のマンションを出てってくれ」

ロバは、しばらく私の顔を見つめ、それから視線を少年シェルパの写真に落として、

「うん、そうだな。与志くんの言うとおりだよ」

とつぶやいた。

「でも、三日ほど時間をくれよ。この汚れて臭い大都会に、もう少し俺がなじむまで待ってくれよ」

「ああ、三日くらいなら待つよ。俺も、愛子や曜子に嘘をつける時間は三日ほどだろうから」

私は、ロバがマンションから出て行けば、曜子もそうするだろうと思った。もしそ

うなったら、私は愛子と二人きりになる。

だが、私はなぜか、愛子もいなくなるような気がした。さっき、愛子が男とバーにいたこととは関係なく、そんな予感がしたのである。

みんないなくなるかもしれない……。そう思うと、私はふいにうろたえてしまった。大切なものが、根こそぎ、私のもとから消えていくことに怯えたのだった。

「お前が出ていかなくても、お前の結論を聞いたら、曜子のほうからいさぎよく出て行くよ。なにも、お前が出ていく必要はないさ」

と私は言った。

「そんなわけにはいかないよ。あの部屋で一年半も曜子と暮らしたんだ。その名残りみたいなものは、いつまでも消えないだろうし、これまでは二人と二人だったから一定の秩序とか均衡が保たれてたんだけど、二人と一人がおんなじ部屋では暮らせないと思うんだ。与志くんのマンションにいて、自分の分の家賃さえ払ってればいいってのは、ありがたいんだけど」

私は、バーで愛子を見たことは黙っていた。大学生活をおくっているのだから、愛子には私の知らない交友関係が生まれて当然だし、そのなかの一人と、何かの事情でバーに行っても不思議ではない。ちょっと酒でも飲もうかということになり、愛子が一度行ったことのあるバーに足を向けただけのことで、おかしな勘ぐりをするほうが馬鹿《ばか》げている。

私は何度か自分にそう言い聞かせた。それでもなお、重い不快感は消えないばかりか、逆に大きくなっていった。

見たところ、あの男は学生ではない。大学の講師か助教授といった風情《ふぜい》だった。そんな類《たぐい》の男が、女子学生を誘うのは、下心があってのことなのだ。

誘われるほうも、その下心を承知でついていく。大学の先生と女子学生のスキャンダルは、たいていそんな形で始まる……。

愛子は、誰のお陰で大学に入学できたと思っているのだろう。みんな、俺たちのお陰じゃないか。あの裏切り者め……。

勝手な臆測《おくそく》をして、私は怒りをつのらせていった。

「どうしたんだよ。やっぱり、いつもの与志くんじゃないよ」

とロバが言った。

「なんだか、心ここにあらずって感じだよ」

「お前も曜子もいなくなるのかって思うと、寂しいっていうのか、無念だっていうのか、複雑な気分になっちまってね」

私の言葉で、ロバはまた顔を伏せ、それから、ゴボ天やらコンニャクやらロールキャベツやらをむきになって食べ始めた。

「大きな人間になろうとしたけど、駄目だったんだ。俺と一緒に暮らしながら、曜子は他の男の子供を身ごもったんだぜ。いくらなんでも、それを水に流すことはできないよ」

「そりゃそうだよ。そんなことができる男なんて、何十万人に一人もいやしないさ。でも、お前は、考えたあげく、シズカニシノゲルトオモウって電報を送ってきて、それきり二ヵ月も姿をくらましてたんだ。曜子がマンションから出て行かなかったのは、あの電報の言葉にすがろうとしたからだよ。自分が何をやったのか、曜子は充分過ぎるくらい知ってるよ。あの電報は、すごい電報だったんだ」

ロバは、三杯目の熱燗を註文してから、

「やっぱり、今夜、曜子と話をするよ」

と言った。

私とロバは、コップの酒を残したまま、おでん屋から出ると、タクシーでマンションへ帰った。

愛子も曜子も、まだ帰っていなかったが、留守番電話に、二人が別々にメッセージを入れていた。

曜子は、今夜は定時に店を閉められそうだから、みんなの好物のシューマイを買って帰るという内容のものだった。

「なんか、ぐらついちゃうな」

曜子からのメッセージを聞くなり、ロバは言った。

「研究室で急に手伝いを頼まれました。帰りは十時くらいになりそう。冷蔵庫に、ビーフシチューを冷凍したのが入ってます。ごめんね」

愛子からのメッセージは、六時七分に吹き込まれていた。

愛子が嘘《うそ》をついている……。嘘をつくのは、真実を言えない理由があるからだ。

私は当たり前のことを胸の内でつぶやき、背広の上着をリビングのソファに投げ捨てた。

「そんなに怒るなよ。俺だって、あのときは、シズカニシノゲルと思ったんだ」

ロバはリュックサックを玄関のところに置いてから言った。

「怒ってないよ。なんだか苛々《いらいら》してるんだ。気にするなよ。仕事でドジったことが胸のどこかにつかえてるのかもしれない」

暖房がやっときいてきたころ、愛子と曜子が一緒に帰って来た。同じ電車に乗っていて、改札口で顔を合わせたらしかった。

曜子は、ロバを見ると、小声で、

「無事に帰って来たのね。おかえりなさい」

と言った。

「お風呂《ふろ》を沸かすわ」

愛子は風呂場に行き、食事は済んだのかと私に訊《き》いた。

「ロバとおでんを食ってきたよ」

やっぱり、朝の電話はロバからだったのか、といった表情で愛子は微笑《ほほえ》み、なぜ私が嘘をついたのかも察したように、少しぎごちない身のこなしで、ロバのために茶をいれた。

「痩《や》せたわね。でも、元気そう」

曜子はロバに言った。

「うん、五キロほど痩せたよ。質素な食い物と薄い空気と、谷や峠を幾つも越えて、道なき道を歩きつづけて、無駄な脂《あぶら》が取れたんだと思うよ」

ロバは、ソファに坐《すわ》り、うまそうに茶をすすったが、片方の脚で貧乏ゆすりをした。

私は、目で合図して、愛子に部屋に行こうと促した。

「哀しいことになりそう……」

　ベッドに腰かけて、愛子は言った。

「哀しいよ。人間は嘘ばっかりつくから哀しいよ」

「嘘って？」

「曜子も嘘をつき、愛子も嘘をつく」

「私が？　どんな嘘？」

「俺もロバも、お人好《よ》しすぎるよ。嘘つきは出てってくれ」

　きっと、空《す》きっ腹の酒が、思いのほか廻っていたのだと思う。私は、もう一度、大声で、

「みんな、このマンションから出てってくれ」

　と叫んだ。

「どうしたの？　与志くん、飲みすぎたのね」

「なにが研究室で急な手伝いだ。六本木のバーで何を研究してたんだ。俺を利用するだけ利用して、まんまと大学に入ったら、こんどは大学の先生に取り入ろうってのか」

　愛子は、ぽかんと私を見つめ、

「六本木のバーって？」

と訊いた。私は、ロバと待ち合わせていたことや、そっとバーから出たことを愛子に話した。

ドアをノックしながら、ロバは、

「俺のことでケンカなんかしないでくれよ」

と言った。

「お前のことでケンカしてるんじゃないよ。どいつもこいつも、嘘つきで裏切り者さ。こんなマンション、お前らで使ったらいいさ。俺は、もうお前らとは縁を切る。お前らは、貧乏神さ」

私は、自分の言葉でさらに理性を失ない、逆上し、憎悪の目で愛子を睨《にら》みつけながら、部屋から出ると、上着をつかんだ。

「私、嘘をついたんじゃないの」

愛子が途方に暮れたように、両手を胸の前で合わせたまま言った。それから、強くかぶりを振り、

「嘘をついたことはごめんなさい。私、与志くんにおかしな誤解をされたくなかったから」

と言い直した。

「いいんだ、いいんだ。みんな、好きなように生きるさ」

私は玄関のドアに手を伸ばした。曜子が、そんな私の腕をつかみ、

「どのくらい飲んだの?」

とロバに訊いた。

「おかしくなるほど飲んじゃいないよ。与志くん、疲れてるんだ。与志くんだって、荒れるときはあるさ。でも、何がケンカの原因なんだ? やっぱり、俺だろ?」

私は曜子の腕を振り払い、廊下に出て、エレベーターを使わず、非常階段を駆け降りた。私を呼ぶ愛子の声が頭上で聞こえた。私はその声に向かって、

「金持になる予定の医者に乗り換えろよ」

と叫んだ。

階段を降りているうちに気持が悪くなり、私は七階のエレベーター乗り場で息を整えた。

エレベーターのボタンを押しながら、自分がただの焼きもちから理不尽な荒れ方をしているのに気づいた。愛子の説明を聞きもしないで、まるでわがままな駄々っ子のようになっている自分が恥かしくなった。

エレベーターに乗って、部屋に戻ろう。そう思ったとき、エレベーターのドアがあいた。愛子が乗っていた。

「私、そんな女じゃないわ」

愛子は泣きながら、エレベーターの壁を叩《たた》いた。

「どうして、そんなに怒るの？　私を信用してないからよ。私が、どんなにみんなに感謝してるかなんて、言葉にできないわ。私、みんなを利用したりしないわ」

愛子の言葉が終わらないうちに、エレベーターのドアが閉まった。愛子は一階のボタンを押していたので、エレベーターは自動的に降りていったのだった。

私は七階から動かないまま、愛子の乗ったエレベーターが戻ってくるのを待った。けれども、いったん一階まで降り、それからどの階にも止まらず戻ってきたエレベーターのなかに愛子の姿はなかった。

あとになってわかったのだが、愛子は、きっと追いかけてくると思って、一階でエレベーターを降り、私を待っていたのだった。

だが、私は、怒った愛子が、そのまま泣きながらどこかへ行ってしまったのだと思った。

私は、しばらくエレベーターの前に立っていた。その階の何人かの住人が、ドアを半分あけたり、部屋の窓から首を突き出したりして、不審そうに私を見た。愛子の泣きながらの叫び声が聞こえたのであろう。

私は怪しまれたくなくて、別のエレベーターのボタンを押し、それに乗って一階に降りた。愛子も、降りてこない私が部屋に帰ったのかと思い、私とは別のエレベーターでのぼったのだった。

私は、一階に降り、駅の近くまで行くと、愛子を捜した。

「ちゃんと説明もしないで、どうして俺から逃げていくんだよ」

と私はつぶやいた。そして、あてもなく駅とは反対の方向に歩きだした。歩いているうちに、また酒のせいとしか思えない妄想が私のなかでひろがった。愛子が、私に嘘をついて、あの男と逢《あ》っている光景は、私を愚弄《ぐろう》するかのように現実味を帯びて発展し、男に抱かれている愛子の姿態を映しだしてきた。

曜子がそうであったように、愛子もまた私とあの男とのあいだで苦しんでいるのであろう。だから、嘘をつくことで、いまのところは、私におかしな誤解をされたくなかったのであろう、と。

「俺は、未練がましく追いかけたりしないさ」

私は何度もそうつぶやきながら、高速道路の下にまで来て、屋台で酒を飲んだ。そうしながらも、どこかで愛子をみつけられないものかと、夜道を見つめた。

「愛子が、どうして怒らなきゃいけないんだ。ちゃんと説明もしないで、泣きながら俺に文句を言うなんて、おかどちがいってもんさ」

私は屋台でラーメンを註文し、半分ほど食べてから、金を払って、車の多い道へと歩を運んだ。寂しがり屋の愛子のことだから、人通りのない夜道は避けるだろうと思ったのだった。

私の記憶はそこで途絶えている。

猛烈な頭痛としつこい電話の音で目を醒《さ》ますと、冬の朝日が私の顔にあたっていた。どうやって辿《たど》り着いたのか、私はロバの事務所で眠っていたのだった。私が身を起こし、受話器に手を伸ばしたとき、電話は切れた。

時計を見ると、八時半で、いまからなら遅刻しないで会社に行けるなと私は思ったが、自分でもわかるくらいに酒臭かった。

私は、暖房を切ったままの事務所の床に酔いつぶれて寝ていたので、ひどい寒気で手足が冷えきってしまい、断続的な震えに襲われて、あちこちが破れている汚れたソファに横たわった。

少しでも体を動かすと、悪寒《おかん》はいつまでもつづく痙攣《けいれん》のように私を震わせた。この悪寒がおさまってから会社に電話をかけよう。きょうの俺は使い物にならない。

私はそう思い、ひたすら身を丸めて、悪寒が去るのを待った。

愛子はマンションに帰っただろうか。早く、マンションに電話をかけなければ……。

だが、悪寒はおさまるどころか、ますますひどくなってきて、私は悲鳴に似た呻《うめ》き声をあげた。このままだと死んでしまうかもしれないと、私は本気で思い、ロバに助けを求めようと、震えながら受話器をつかんだ。

「助けてくれよ」

私は電話に出た曜子に言った。

「どこにいるの？」

「ロバの事務所だよ。あいつの留守中、鍵《かぎ》をあずかってて、それを財布にいれてたんだ」

「さっき、ひょっとしたらって、電話をかけたのよ」

「寒気がして動けないんだ」

「ロバちゃん、いまそっちへ向かったわ。絶対、俺の事務所にいるはずだって」

「愛子は？」

「どうしても受けなきゃいけない講義が一限目にあるからって、与志くんのこと心配しながら出かけたわ」

「じゃあ、きのうは帰って来たのか？」

「当たり前じゃないの。愛子がどこへ行くのよ。与志くんの帰りを待ってたのよ」

「もう喋《しゃべ》れないよ。顎《あご》まで震えて、自分で何を喋ってるのかわからないよ」

私は電話を切り、暗室のところにかかっているぶあついカーテンを外して、それを体に巻きつけ、ロバがやってくるのを待った。

少し落ち着いてくると、高熱と二日酔いの苦しさが、私の心を逆に冷静にさせた。冷静にさせたのではなく、私のなかに生じる思弁は、すべて発作的に諦観《ていかん》化したのかもしれなかった。

十三

そして、私は、私たち四人が、いったいいかなる人間たちであったのかに気づいたのだった。

じつに不思議なことに、私たちは四人が四人とも、他人のために生きようとしている。決して自覚しないまま、同じ傾向性にひきずられた四人が、偶然に共同生活を始めたのだ。

他人のために生きるということに価値や幸福を感じないまま、私たちは縁あって集ってしまった。しかも、私たちは、そんな自分の傾向性に気づいていない。

他人のために生きようと願ったわけでもなく、そのようであろうと努力したこともないにもかかわらず、私たちは他人が困っていると、なにか手助けをせずにはいられない。

それは、お人好《よ》しとか世話好きといった次元を超えている。趣味や嗜好《しこう》でもない。そう、私たちの命の傾向性なのだ。

私は、善人ぶって、そのような結論を下したのではなかった。私は、歯ぎしりする思いで、自分たちのやり方を客観視し、そして嫌悪《けんお》したのだった。

冬の太陽が眩《まぶ》しくて、私は寝返りをうとうとしたが、体を動かすことはできなかった。

ロバがやって来たとき、私は明晰《めいせき》な思考のなかにいた。けれども、ロバには、私が死んでいるように見えたらしかった。

ロバは、私に近づくにつれ、なにやら意味不明の言葉を洩《も》らし、おそるおそる私の頬に手を触れてから、私の名を呼んだ。

「生きてるよ」

私は言った。

「砂漠に、ぽつんと髑髏《どくろ》が転がってるって感じだぜ」

ロバはそう言って、私の額に掌《てのひら》を当てた。

「ひどい熱だよ」

「とにかく、この寒いのをなんとかしてくれよ」

ロバは、自分の車に私を乗せ、近くの病院へ運ぶと、曜子に電話をかけて、私の健康保険証を持ってこさせた。

注射を三本射たれて、薬を貰《もら》い、私はマンションに戻ると、三時間ほど眠った。

目を醒《さ》ますと、愛子がいて、私に何か食べるようにと言った。

「お粥《かゆ》、作ってあるわ」

「俺の胃のなかには水も入らないよ」

曜子もロバもいなかった。曜子は仕事に行き、ロバは現像所と出版社へ行ったと愛子は説明した。

私は、無理矢理、愛子に白湯《さゆ》を飲まされたが、それはすぐに吐いた。

「曜子、これきり帰ってこないかもしれない」

と愛子は言った。

「曜子が出て行ったら、ロバも出て行くさ。そうしたら、愛子もいなくなるだろう?」

「まだ熱は下がってないわ。とにかく寝ることよ」

「俺たち四人の生活って、いったい何を残したんだろう。借金だけかな」

愛子は、もう一度、寝るようにと言って、部屋から出て行った。

三十八度台まで下がっても、それは解熱《げねつ》薬が効いているときだけで、高熱は何度もぶりかえし、私は三日目にちゃんとした検査を受けたが、大きな問題はなかった。

四日目、私の熱は三十七度台まで下がり、食欲も回復した。私と愛子の予想に反して、曜子はマンションから出て行かなかった。いつもの時間に帰宅し、いつもの時間に仕事に出て行き、ロバの下着を洗濯し、寝る時刻になると、ロバと一緒に部屋に消えた。

私は、四日ぶりに、みんなと同じものを食べ、パジャマの上にセーターを着て、リビングのソファでコーヒーを飲んだ。

タコとペパーから電話がかかり、近くまで来たので、赤ん坊をつれて行ってもいいかと訊《き》いた。

「まだ風邪《かぜ》のバイキンがうようよしてるよ」

私の言葉を愛子が二人に伝えた。けれども、曜子とロバは、タコとペパーの子供を見たがって、近くの喫茶店で逢《あ》うことに決め、電話を切ると、すぐに出て行った。

「ロバは、自分の気持を、曜子に伝えたんだろう？」

と私は愛子に訊いた。

「気持って？」

「あいつ、やっぱり無理だって、俺に言ったんだよ。日本に帰ってきた日に」

「無理って？」

「静かにしのげると思うなんて電報を出したけど、やっぱり、曜子とはもうつづけられないって」

愛子は意外だという表情をして何か考え込み、

「じゃあ、ロバちゃんは、まだ自分の気持を曜子に喋《しゃべ》ってないのかもしれない……」

とつぶやいた。

「それとも、また気が変わったのかな。三日ほど時間をくれって言ってたから、切り出すタイミングを待ってるのかもしれないし……」

「私も、ロバちゃんは曜子を許せないだろうと思ってたわ。だって、帰ってくることを曜子に内緒にしてたってことは、つまり、それがロバちゃんの気持をあらわしてるんだから。曜子も、それを感じたはずよ。だから、私、曜子はもうこのマンションに帰ってこないって思ったの」

「あの男、誰なんだい？」

私は、愛子がいっこうに自分から喋ろうとはしないので、とうとう我慢しきれなくなって訊いた。

「大学病院に勤めてるの。このまま大学に残るか、開業するか、迷ってるの」

「そんなことを、学生の愛子に相談するのかい？」

愛子はかぶりを振り、あの人の弟が、私と同じ病気なのだと言った。

「私よりも重症かもしれない」

それから愛子は、

「焼きもちをやいたの？」

と視線を落としたまま訊いた。

「まあね、そんなとこだな」

愛子は、うなだれていたが、机の引出しから封筒を出してくると、

「やっぱり、私立の医大は、私にはつづけられない……」

と言った。封筒には、来年度に必要な学費の明細書が入っていた。けれども、それは規定の授業料とは別の諸経費だった。

「私、考えが甘かったのね。実験や実習費って、医学部は他の学部とまるで違うのよ。授業料より高いわ。それも、毎年高くなる。研究室でアルバイトしたって追っつかな

い。やっぱり、私には無理だわ」

たしかに、実習に必要な諸経費は、私たちの、ある程度の予想をはるかに超えていた。

「もっと金になるアルバイトはないのかな」

と私は言った。

「あるわ」

「どんな？」

「クラブのホステス。そんなこと平気だけど、私には、おかしな病気があるから。もうこれ以上、みんなに迷惑はかけられないし」

「大学を辞めるのかい？」

「だって、仕方ないんだもの」

「そんな馬鹿《ばか》なことってないよ」

愛子は、それきり黙り込んだ。私は、懸命に、金の作り方を考えたが、名案はまるで思いつかなかった。

「私、エレベーターで一階から昇って行きながら、与志くんに言われた言葉を自分に投げつけてたの。貧乏神って。お前はほんとに貧乏神だって。私のせいで、みんな借金をして、もうどうにもならなくなってる……」

明かりの灯《とも》っていない私たちの部屋へ行くと、愛子はベッドに腰を降ろし、暗がりから私に言った。

「このあいだ、与志くんが酔って私に言ったことは全部あたってるわ。私、嘘《うそ》つきで、貧乏神で、与志くんを利用してる。六本木のバーにいた人、私につきあってほしいって。秋にも、そう言われたの。私が大学を卒業して、医師免許を取るまで待つって。結婚を前提にしてつきあいたいって。私、この人とそうなったら、お金のことを心配しなくて医者になれるって思ったわ。でも、それは、ほんの少し心によぎっただけ。だけど、与志くんがエレベーターで降りてくるのを待ってて、ひょっとしたら部屋に戻ったのかと思って、またエレベーターに乗ったとき、その人とのことを本気で考えちゃった。すぐに、自分はなんていやな女だろうと思ったけど……」

「いまは、どう思ってるんだ？」

「いまは、ホステスでもなんでもやっちゃえって感じ。そうやって大学に来てる子が二、三人いるわ」

「酔っぱらいのおっさんの相手をしてるときに発作が起こったらどうするんだ？」

「そのときは、そのときのことよ。アルバイトのホステスだから、毎晩てわけじゃないだろうし」

「いくら金のためだと割り切ってても、ああいうところで働くと、いつのまにか、あの世界の価値観に染まって、勉強どころじゃなくなっちまう。人間て、そんなもんだよ」

人の心の変化を阻止することはできない。私はなぜかそんな言葉を胸の内でつぶやきつづけて、それきり口をつぐんだ。

愛子が、正直に、その医者のことを私に喋ったのは、すでに否定しがたい存在として、愛子のなかのある部分を占めているからにちがいなかった。

それは、大学で必要な諸経費のためだけではない。金なんか、いざとなれば、なんとかなるものなのだ。これまでそうだったのだから、これからもそうであるはずだ。

私とロバと曜子が頭を絞って金策に走り廻れば解決できることなのだ。

そのことは、愛子にもわかっている。それなのに、金がないから大学を辞めなければならないという。

「その医者、愛子の事情を知ってるのかい？」

私は、寝室の暗がりに話しかけた。

「うん、ある程度はね」

「ある程度って？」

「授業料以外の諸経費に驚いて、到底払えそうもないから、大学を辞めるかもしれないってこと」

「俺のことは？」

「話してないわ」

「じゃあ、愛子は、どこでどうやって暮らしてることになってるんだ？」

「このマンションで、美容院に勤めてる友だちと暮らしてるの」

「学費は、どうやって作ってるんだ？」

「会社に勤めてたときの貯金と、研究室でのアルバイトでまかなってるの」

「その医者は金持なのか？　大学病院に勤めてるんなら、そんなにたくさん給料を貰ってるわけじゃないだろう？」

「お父さんが青森で歯医者さんをしてるの。その人は内分泌《ないぶんぴつ》が専門。青森で開業しろって、お父さんは勧めてるけど、彼は東京で暮らしたいの」

四日間つづいた高熱が、私からほとんどの活力を奪っていた。私は、愛子に、横になりたいと言った。愛子は寝室の暗がりから出て来た。愛子は泣いていた。

「女はいいよな。泣きゃあいいんだから」

私はそう言って、ベッドにもぐり込んで目を閉じた。

ロバと曜子は、一時間ほどで戻って来た。二人の会話にぎごちないところはなく、すべては、ロバがネパールへ行く前と変わりはなかった。

横になって目を閉じてはいたが、私は眠れなかった。私は、ロバを呼んだ。

「どうなったんだよ」

私はロバに寝室のドアを閉めるよう促してから訊いた。

「迷ってるんだ」

とロバは言った。

「人間は、誰だって失敗を重ねるからね。この世に、許せないことなんてないんじゃないかって気がして」

「日本に帰ってから、曜子と寝たのか?」

「うん。俺は恥かしいやつだよ。さかりのついた犬みたいに、何度もやっちまった」

「自分がネパールで考えたことを、多少は曜子に喋ったのか?」

「うん。多少はね」

「曜子はどう言ってた?」

「ごめんねって。それ以外の言葉は思い浮かばないって」

「じゃあ、ロバはもう迷ってないんだよ。曜子を許したんだよ」

「そうでもないんだ。俺、とにかく、セックスしたかったんだ。曜子とのセックスが一番気持いいんだ」

私は声を殺して笑った。

「わかるよ。ロバの気持は、よくわかるよ」

「なんだか、自分自身に面目がないよ。峠で花嫁を見送ったときの俺は、日本に帰って来たら、さかりのついたロバになって、曜子のおっぱいやお尻《しり》に目がくらんで……」

私の喉《のど》元からは、抑えても抑えても笑いがこみあがった。

「体で籠絡《ろうらく》されやがって、お前って、なさけないロバだよ」

「何回もセックスしてるうちに、曜子に愛情を感じたんだ。こいつ、つらいめに遭って、俺のところへ帰って来たんだなァって。つらいめに遭って、いろんなことを学んで、また少しいい女になりやがったんだなァって」

「それって、のろけてるんだぞ」

「そうかもしれない」

「じゃあ、はっきりと、許してやるって、曜子に言ってやれよ。静かに、しのいでみせたぞって」

「そう言ってもいいかな？」

「俺の許可を得ることはないだろう」

「俺、曜子を好きなんだよ」

「わかったから、早く言ってこいよ」

ロバが寝室から出て行ってしまっても、私は笑いを抑えることができなかった。

「めでたし、めでたしだよ」

私はそうつぶやいた。そして、私も愛子を許してやらなければならないと思った。愛子が選択することを、私は受容しなければならない。それが、愛するということだ、と。

私は愛子を呼び、耳元でささやいた。

「ホステスのアルバイトだけはやるなよ。環境って、とんでもなく恐ろしいんだ。人間て、弱いんだ。あんなに苦労して大学の医学部に入ったんだぜ。愛子は医者になる義務があるんだ。お人好《よ》しの俺たちの夢を叶《かな》える義務があるんだ。その義務を果たさなきゃあ、愛子は生きる資格がないよ」

出社して三日間、私は溜《た》まっていた仕事を片づけることに忙殺された。

一段落がついて、机のなかに折り重なっている夥《おびただ》しい図面や書類を整理していると、引出しの底から表紙の破れた一冊の古い本が出てきた。表紙には、〈サンスクリット抒情詩《じょじょう》〉と印刷されていて、詩のあちこちに赤鉛筆で線が引いてあった。

「サンスクリット抒情詩？　なんだこれ」

私は、なぜその本が私の机の引出しの奥にあるのかわからなかった。私は、赤鉛筆で線を引いてある詩を読んだ。

母の胎内《はら》にある時は
汚物の中に身をちぢめ、
若き時には　恋人と
別離の悩みに心を痛め、
老いては　女にさげすまれ
うわさのたねとはなりはてる、
ああ　人々よ、
世の中に些《いささ》かなりと幸福《しあわせ》あらば、

そのひとつだにあげてみよ

「あれ？　お前、どうしてこの本を持ってるんだ？」

私が手にしている〈サンスクリット抒情詩〉に目をやり、部長が不思議そうに訊《き》いた。

「それ、社長の愛読書だよ。うしろに社長の印鑑が捺《お》してないか？」

たしかに、裏表紙に〈杉岡秀紀蔵本〉という蔵書印があった。

「社長に貰《もら》ったのか？」

と部長は訊いた。私には覚えがなかった。

「酔うと、この詩を朗々とうたうんだ。明治生まれだからな。俺の結婚式のときも、この詩集から選んだ詩を色紙に書いてくれてね」

「でも、ぼくは貰ったって記憶がないんですよ。どうして、ぼくの机に入ってたのかな」

社長は、八十二歳で、この業界の草分けでもあり、社の創業者であったが、三年ほど前に娘婿《むこ》に経営をまかせて引退した。けれども新しい社長は就任して一年後に癌《がん》で死に、再び前社長が復帰したのだった。

「きょうは、社長は来てるのかな」

その私の言葉に、部長は、

「昼に社長室にいたよ」

と言った。高齢だったが、週に二度は必ず出社して、社員に声をかけていくのだが、それも最近はほとんどしなくなっていた。

私は〈サンスクリット抒情詩〉を持って、デザイン室から出ると、五階の社長室へ行った。

「どういうわけか、これが私の机の底に入ってました」

私は緊張しながら、社長の、一本も毛のない頭を見た。社長は椅子《いす》から立ちあがり、ステッキをついて近づいて来ると、怪訝《けげん》な表情で一冊の本を見つめ、

「きみの机に？　いつから？」

と訊いた。

「それもわからないんです」

社長は、しばらく考えてから、本を自分の机に置くよう顎《あご》で示し、ソファに坐《すわ》るよう勧めた。

「コーヒーでも飲んでいけよ」

社長は中年の女秘書にコーヒーを持って来るように命じて、整理整頓《せいとん》は社訓のひとつでもあると言った。

「きみが、いかに社訓を守っとらんかという証拠だな」

「申し訳ありません」

「俺の本をわざわざ持って来てくれた人を叱《しか》っちゃあいかんな」

社長はそう言って笑みを浮かべ、私たちのチームが新しいホテルの照明を担当し、成功させたことへのねぎらいの言葉を口にした。

「大変だった。休みもろくに取れなかったんだろう？　ほんとにご苦労さまだったね」

「社長、お体の調子はいかがですか。あまりご無理をなさらないで下さい」

「うん。こんな老兵が、まだ社長をやっとるようではいかんな。後継者を育てる気がないのかってとこだが、俺には娘婿が死んだことがこたえたよ。あいつにすべてを託してたからね」

それから社長は、〈サンスクリット抒情詩〉をひらき、

「まったく、ひどい仕打ちだよ」

とつぶやいて笑った。

秘書がコーヒーを運んで来ると、社長は秘書に席を外すように言った。

「きみは、まだ独身だったな」

「はい」

「結婚の予定はないのかい。恋人ぐらいいるんだろう?」

「いないこともありませんが、ちょっと破綻《はたん》しかかってます」

すると社長は、

「このなかの詩はねェ、四世紀から五世紀ごろのインドの詩人が書いた。若いころ、妙に気に入ってね。カーリダーサって人の詩に、二つの解釈ができるのがあるんだ。きみはどう思う」

と言って、短かい詩を私に読んで聞かせた。

いたく浮気を咎《とが》められ
心怯《おび》えて　おちつかぬ
夫を見やる妻なれど
おのずとつのる欲情《おもい》のままに
犯せし罪も忘らるる。

「浮気を咎められたのは、夫なのかね、妻なのかね」

社長は詩集のページを開いたまま、私に手渡した。

「おちつかぬ、で切れるのかな。それとも、おちつかぬ夫、なのかな。きみはどう思う。七五調だから、おちつかぬ、と、夫とを切り離さなければ、おちつかぬ夫だけど、俺は、心怯えておちつかないのは妻のほうだと読んできたんだ。そのほうが滋味があるじゃないか」

「滋味ですか」

「おおらかで、ユーモラスで、滋味深い。だからぼくは、勝手に、浮気を咎められてるのは妻のほうだと読んできたんだ」

私は、おちつかぬ夫とつづけるのが正しいのではないかと思ったが、それを口にはしなかった。なんだか、ロバの顔が浮かんだのだった。

「昔の日本だったら、女房が浮気なんかしたら死罪だよ。でも、このころのインドは、おおらかだ」

「そうですね。そのほうが滋味がありますね」

と私は微笑《ほほえ》みながら言った。

社長は我が意を得たというふうに笑い、私がコーヒーを飲み終えると、本を持って来てくれたことに丁寧に礼を述べ、自分の執務机に戻った。

私は、なんだか心が弾んで、自分の机に戻ると、鼻歌まじりに仕事にかかり、ふいにあることに気づいた。

五年前、大手の電器メーカーから引き抜かれてきた若い女性のデザイナーが、私の隣の席にいたのだった。

社長がその才能を評価して強引に引き抜いたことは、社員のほとんどが知っていた。たしか、私よりも二歳年長だった。

いかにも才気に溢《あふ》れた女性らしい立居振る舞いが、整った顔立ちを華やかにさせていて、社の男どもは色めきたったが、一年もたたないうちに退社した。退社の理由はわからなかった。

私が九州への出張から帰ると、すでに彼女は退社したあとで、机と椅子だけしか残っていなかった。

あとで、彼女は社長のお気に入りだったのだと噂《うわさ》がたったが、そのお気に入りという言葉には、それ以上の意味が含まれていた。

しかし、噂はいつのまにか消えた。多くの社員が、社長の人柄を愛し、経営者としても尊敬していて、社長を揶揄《やゆ》することをいさぎよしとしなかったからだ。

「あいつだ。あいつが俺の机の底に、あの詩集を放り捨てていきやがったんだ」

私はそう思い、やがて、その思いは確信に変わった。

社長は、自分の好きな詩集を彼女に贈ったのであろう。しかし、何かの事情で、二人の関係は終わった。いや、終わるも何も、八十歳に近い老人の片思いにすぎなかったのかもしれない。

彼女は、詩集の始末に困って、出張中で不在の俺の机の底に入れたのだ。あるいは、始末に困ったのではなく、社長への何かの腹いせで、そうしたのかもしれない。

「老いては女にさげすまれ、か。あの詩に赤線を引いたのは、あの女かもしれないなァ。あの詩を使って、社長にあばよって伝えようとしたんだ」

さて、いったいどっちだろう。私は、いやに気になると同時に、少しいたずらをしてみたくなり、もう一度、社長室へ行った。

「赤鉛筆で線を引いてあった詩を書き写させていただいてもよろしいでしょうか」

私の言葉に、社長は曖昧《あいまい》にうなずき返し、

「どの詩だ？」

と訊いてから、自分でページをくった。そして、その詩にしばらく目を注いだ。

社長の口元に笑みが浮かび、何かをつぶやいて、私に本を差しだした。私は、社長の唇の動きで、社長が何をつぶやいたのかをおおむね察した。

「ひでえことしやがる」

たしかに、社長の唇は、そのような言葉として動いたのだった。

私は退社するとき、ロバの事務所に電話をかけた。

「曜子に言ったか？」

「うん、言った。俺は静かにしのぎ切った、お前を許してやるって。あんまりかっこよすぎて、自分でうっとりしちゃって、三回もおんなじセリフを繰り返したよ」

「三回は多すぎたな」

「二回でやめときゃよかった」

「写真、どうだった？」

「うん、俺はいい仕事をしたよ。ジローのお陰だ」

私は、おでんで一杯やろうと誘った。

新橋のおでん屋で十五分ほど待っていると、ロバがカメラ機材を入れる大きなジュラルミンの箱を持ってやって来た。急に仕事が入って、信州へ行くという。

「出版社のやつも一緒なんだ。十一時に、この近くのバーで待ち合わせたよ」

「こんなに寒いのに、信州で昆虫の写真なんか撮れるのか？」

「昆虫じゃないんだ。料理を撮るんだ」

「料理？　どんな料理だ？」

「有名な料理旅館が、自分たちが作る料理を本にして出版するんだ。創業五十周年の記念に。ギャラがいいから二つ返事で引き受けたよ。金のためだったら何でもするぞ」

私は、手帳に控えてきたインドの詩をロバに見せた。赤鉛筆で線を引いてあった詩だけでなく、社長が読んで聞かせてくれた詩も書き写したのだった。

「どっちだと思う？」

私の説明を聞いて、

「文法なんて、俺にはどうでもいいよ」

と言った。

「浮気をしたのは妻に決まってる」

「そのほうが、おおらかだよな。なにしろ、カーマスートラの国なんだから」

私はそう言うと、コップ酒を飲んだが、このあいだみたいになるのを用心して、食べるほうに重点をおいた。

「愛子、好きなやつができたんだよ」

私のその言葉で、ロバはコンニャクを頬張ったまま私を見つめた。

「こんどは俺がピンチだ。おい、さかりのついたロバ公、助けてくれよ。俺の場合は、静かにしのぐかしのげないかの問題じゃないんだ。愛子が、このまま大学で勉強をつづけて、医者になれるかどうかの問題なんだ」

私の話を聞き終えると、ロバはうなだれて、

「女って、どうしてこんなにも、ひでえことしやがるんだろう」

と言った。

「俺は悟ったよ。愛は金で買える」

「与志くん、哀《かな》しそうじゃないね。なんだか楽しんでるみたいだぜ」

「哀しいよ。のたうちまわりたいくらいだよ。でも、人の心の変化は阻止できない。俺たちは、いま他人のために生きてるんだ。だから、愛子にとってどうすることが幸福につながるかを考えなきゃいけないんだ」

「ひでえことしやがる」

ロバは、私から聞いた社長の言葉を何度も真似《まね》た。

「ひでえことしやがる」

私は、ロバが愛子に本気で腹を立てていることに驚いた。

「愛子は恩知らずだよ」

「そんな言い方はしないでやってくれよ」

「恩知らずな人間が、人間を救える医者になんかなれるはずはないよ」

「いいか、ロバ公。愛子は俺たちに、医者になりたいから、そのための援助をしてくれって、一度でも頼んだことがあったか？　愛子に大学に行くことをけしかけて、学費を作ったのは、俺たちの意思なんだ。金が足りなくなって、愛子が別のスポンサーに乗り換えて、何が恩知らずなんだよ。俺が哀しいのは、そんなことじゃなくて、愛子にふられかけてることに対してだよ」

ロバは、長いあいだ考え込んでから、

「ひでえことしやがる」

と言って立ちあがり、電話のところへ行った。私は、愛子を怒ったりしないでくれと頼み、ロバから受話器を奪い取った。

十四

ロバがネパールで撮影した千枚近い写真は、すべて現像されたポジフィルムとして整理され、分類して、数十冊のファイルとなった。

それを、曜子の勤める美容室のオーナーが目にして、ひどく感動し、一冊の写真集にしようという話が舞い込んできたのは新しい年に変わって十日目だった。一線から退いて、隠居の身の女性オーナーにポジフィルムのファイルを見せたのは愛子だった。

ロバの写真集を自費出版したらどうかと考え、そのためのスポンサーとして〈コード〉のオーナーに白羽の矢をたて、年始の挨拶《あいさつ》にかこつけて交渉したのは、すべて愛子の独断であった。

私たちは、愛子の、そのような突飛な行動力に驚いたが、老オーナーがまるで新たな生き甲斐《がい》に奮いたつかのように、費用を惜しまず、豪華な写真集造りに着手したことにも、ただ茫然《ぼうぜん》と成り行きを見つめるばかりだった。

けれども、写真集のレイアウトが決まり、装丁も決まり、最終の色校正も終わって、いよいよあしたから印刷にかかるという前夜、愛子は、もうこれ以上、私と同じ部屋で寝るわけにはいかないと、あおざめた顔で私に告げた。

「与志くんには、何の恩返しもできなかった……。ごめんね」

愛子はそう言ったくせに、私のマンションから出て行く素振りは見せなかった。

「新しい年度の授業料とか諸経費は納めたのか？」

私は、私の体の半分がどこかに消えていくような気持のまま、そう訊《き》いた。

「うん。彼が全部用立ててくれた……」

「金のこと、心配しないで勉強できるんだな」

「うん。いままで、ありがとう。いつか、何かでお返しできたらいいんだけど……」

「お返しなんかいいよ。その人とは、いつ結婚するんだ？」

「たぶん、ことしの秋だと思う」

「ひとつのマンションに、男が二人、女が二人暮らしてるってことが、彼にばれないうちに出て行けよ」

「うん。ばれたら大変だものね」

私は、自分のなかに怒りがひとかけらもないことを不思議とは感じなかった。愛子は、私のために多くを語らないが、愛子がこのような結論に辿《たど》り着くまでに、どれほど悩み、思考し、煩悶《はんもん》したかを、私は知っていたのだった。

逢《あ》ったことはないが、愛子が好きになった男は、心根の優しい、はったりのない、篤実《とくじつ》な人間であるはずだった。人間という領域において、幾つかの部分で、私よりも優れているに違いなかった。

しかし、愛子は、私への裏切りを、ただ金銭的な問題だけに絞ることで、自分を悪人に仕立てあげたのだ。私には、それがよくわかっていた。

愛子は、リビングのソファに身を小さくさせて腰かけたまま、寝室にいる私に話しかけた。

「与志くんは、どうして、彼のことについて、何も訊かないの？」

「もう訊いたじゃないか。青森出身で、お父さんは歯医者さん。弟さんが、愛子と同じ不安神経症。お父さんは青森で開業してもらいたがってるけど、本人は、このまま東京で暮らすつもり……」

と私は愛子に背を向けて言った。ロバか曜子が早く帰って来てくれることを願った。二人のどちらかがいてくれたら、私の喪失感は多少薄らぐかもしれない。

「そんなことじゃなくて、彼がどんな人間なのかとか、これまでの女性関係はとか……」

と愛子は聞き取りにくい声で言った。

「そんなことを訊いてどうするんだよ。俺がその人と結婚するわけじゃないさ」

すると、愛子は、どうして怒らないのかと私に訊いた。

「私、ほんとに行っちゃうよ」

「俺が怒ったら、俺のところに戻ってくるってのか？　そんな尻軽女《しりがる》みたいなことしないでくれよ。それこそ、俺に対する侮辱だよ。俺は、もうどうやっても、これ以上、愛子を助けてやれないんだ。逆立ちしたって、鼻血も出やしない。愛子が医者になるためには、金が要るんだ。いまここで医者になる夢を捨てたら、一生、後悔するよ」

「誰が？」

「愛子も俺も」

私は、上半身をねじって、愛子に顔を向け、

「困ったときは、お互いさまだよ」

と言った。

愛子は、私の傍に来ると、ひざまずいて、化粧気のない顔を私のふとももののところ

に載せ、抱いてほしいとささやいた。そして、

「与志くんは困ってないの？」

と訊いた。

「困ってるよ。愛子が他の男に惚《ほ》れちまって、俺はほんとに困ってるよ」

「じゃあ、私が助けてあげる。だって、困ったときはお互いさまでしょう？」

刹那《せつな》の憐愍《れんびん》に陶酔してはいけない……。

私のなかに、そんな言葉が浮かんだ。私にとって、愛子のいかなる部分が大切だったのか……。それを言葉にはできないが、おそらく、その大切な部分はこわれたのだ。それは、私のせいでもないし、愛子のせいでもない。にもかかわらず、こわれてしまった大切なものを修復するためには、私と愛子には何かが欠けている……。

私は考えすぎているのかもしれなかった。愛子が一瞬の惑いによって、私のところに戻ろうとしているのなら、私は受け容《い》れさえすればいいのだ。けれども、私は、愛子の不可知な未来を奪うわけにはいかなかった。

そんな思いとは裏腹に、私は身をすり寄せてくる愛子のカーディガンのボタンを無器用に外した。愛子も、寸暇を惜しむように、着ているものを、もどかしげに脱いだ。

熱に満ちた、それなのに荒寥《こうりょう》とした交わりが終わると、私たちはみじめな思いで身

を寄せ合い、そのみじめさを増殖させないために黙り合っていた。

「愛子、秋に、あのお医者さんと結婚するんだ。その人、新年度の授業料も諸経費も納めてくれたんだって」

私は、写真集完成の前祝いをしてきたというロバと曜子に言った。愛子は風呂《ふろ》に入っていて、夜中の一時を過ぎていた。

「もう確定なのかい?」

ロバは上目使いに私と曜子とを交互に見やって、そう訊いた。

「うん。決定らしいよ」

「じゃあ、どうして、このマンションの風呂に入ってるんだ?」

ロバは言ったが、何かをとりつくろうように、しきりに頭髪をかきむしった。私は、写真集のことに話題を移した。

「愛子の思いつきは、どんぴしゃりと当たったな。〈コード〉のオーナーが、お前の写真をすごく賞《ほ》めたってことを覚えてたんだな」

「カレンダーの写真のなかで、俺のだけ切り抜いて、飾っててくれたなんてね」

フィルム会社の宣伝用のカレンダーに、ロバの撮った写真が一点だけ採用され、それを曜子が美容室の事務所に掛けたのである。

大晦日《おおみそか》の夜、従業員の労をねぎらうために事務所にやって来たオーナーが、ロバの作品に目を止め、この人の写真をもっと観《み》てみたいわねとつぶやいたことを、帰宅した曜子が嬉《うれ》しそうに語ったのだった。

「一冊が八千円で二百部限定。この値段でも赤字なのよね。でも、オーナーは、自分の写真集ができるみたいにはしゃいでるわ」

と曜子は言い、台所のところから風呂場のほうをうかがった。

「愛子が、ポジフィルムを持って、オーナーの家に直談判《じか》に行くなんて……」

曜子は、そう言って、私とロバに茶をいれた。

「与志くん、何か意地を張ってるんじゃないのか？　だから、愛子は乗りたくもない電車に乗って、どこかに行っちまうはめになったんじゃないのか？　俺、そんな気がするんだ。その人をほんとに好きなら、さっさとこのマンションから出て行くだろう？　だって、愛子は潔癖な人間だよ」

そのロバの言葉に、私は、こう答えた。

「俺たち、病気なんだよ。その人のためになるなら、何でも許してしまうっていう病気なんだよ。愛子だって、おんなじ病気さ。人間にとって何が幸福なのかは、長い目で見なきゃわからないよ。俺は、愛子が自分の夢を叶《かな》えるために、何か役に立ちたいんだ。考えてみたら、俺たちって、なにかにつけてそうだっただろう？　俺たち、人の幸福のために何か手助けすることが好きなんだよ。俺たちっていう人間が、どうしようもなく、そういうふうに出来てるんだ。これはもう、業《ごう》みたいなもんだな。でも、人の幸福をねたんだり、人の成功を邪魔したいっていう業を持って生まれたんじゃなくて、ほんとに俺たちは幸福だよ」

曜子は、私を長いこと見つめた。最初は怒っているのかと思ったが、やがて曜子の目のなかに光って揺れるものが生じた。

電話が鳴り、曜子はあわてて受話器を取った。

「愛子、もう寝ちゃったんです。起こしましょうか？」

そして、曜子は、おやすみなさいと言って電話を切った。

「あのお医者さんだろう？　どうして、そんな嘘《うそ》をつくんだ？」

私は不快になり、曜子に抗議の目を向けた。

「だって、ここでどんな話をするの？　与志くんの前で、何を話すの？」

「俺が座を外すさ」

「そんなことする必要はないわ」

曜子は、風呂からあがった愛子に、男からの電話を伝えた。

目を伏せて小さくうなずき、愛子は寝室に消えた。私は愛子のあとを追い、もう同じ寝室で寝起きできないと言ったではないかと小声で詰め寄った。

「ここが、いちばん、寝ごこちがいいの」

「これは、俺の部屋だよ。愛子がリビングのソファで寝るべきだ。どうして俺が、そこまで卑屈にならなきゃいけないんだよ」

「じゃあ、いつもどおり、一緒に寝て」

「何を言ってるんだ。正気か？　結婚する相手に失礼どころか、ほとんど愚弄《ぐろう》してるんじゃないか」

もうじき、ここから出て行く、それまでは、いままでどおりにしてほしい……。

愛子のその言葉で、私は我知らず両腕を振り廻し、

「そんなことができるもんか。愛子、俺だけじゃなくて、あの男まで馬鹿《ばか》にしてるんだぜ。何を考えてるんだ。まったく、正気の沙汰《さた》じゃないよ」

と声を押し殺してまくしたてた。愛子は、私の両腕をそっとつかみ、微笑《ほほえ》みながら、

「私のしたいようにさせて」

とささやいた。

「相手の人に失礼だよ。俺は、そんなことを平気でやれる人間じゃないんだ」

ふいに、泡がつぶれるような音が聞こえた。雨が寝室の窓を烈《はげ》しく打ち始めたのだった。ベランダを通り抜けて、そのような大きな音をたてるほどだから、よほど強い雨が前触れもなく降り始めたことになる。

「春の雨ね」

と愛子は言って、ベッドに腹這《はらば》いになった。

「印刷会社を決めて、写真集に使う写真をセレクトして、ページ立てを考えて、ああでもない、こうでもないってレイアウトに没頭して、いろんな文章を考えて、ロバちゃんの経歴とか、写真の先生に序文を書いてもらって……。そうしてるうちに、あっというまに三月になっちゃった。ねェ、きょうは啓蟄《けいちつ》よ。啓蟄って知ってる？　見た目は冬だけど、土のなかでは、いろんな虫や生き物が、うごめき始めるときのこと。私、啓蟄って言葉を聞くと、なんだか感動するの。死んだふりをして冬を越えて、カレンダーもないのに、誰に教えられたわけでもないのに、ありとあらゆる生き物が春のために動きだす……」

「愛子は、まさにいま啓蟄だな。俺は、体の半分が真夏で、もう半分が真冬だ」

私は、ためらったあと、一日も早く、ここから出て行くべきだと愛子に言った。

「人の道に外れちゃあいけないと思うんだ。お説教臭いことは嫌いだけど、人の道に外れたところに幸福って存在しないって気がするんだ」

「私、人の道に外れてないわ。あの人と結婚するまでは、私の恋人は与志くんなの」

私は、真意をはかりかねて、愛子の横顔をのぞき込みながら、ベッドに腹這いになった。

「愛子が、そんな考え方をする女だとは思わなかったよ」

「いいの、与志くんにどんなに蔑《さげす》まれても、このマンションから出て行くまでは、与志くんが私の殿下さまなの」

「俺に蔑まれなくても、相手の人に蔑まれるよ。俺は、自分が好きだった女を蔑まれたくないね」

私は、ふと、愛子の母親を思い浮かべた。一度、このマンションに男と一緒に押しかけて来て以来、まったく音沙汰はない。

私は自分が、〈血〉というものの恐《こわ》さを目《ま》のあたりにしているのではないかと考えた。

愛子と愛子の母とは、外見も、内面から漂ってくるものも、まるで異なっていた。けれども、その本体の核を為《な》すものは同じだったのではないだろうかと思ったのである。

それから、私はまた唐突に、軽井沢で己に誓ったことも思い出した。

軽井沢で、私は愛子を愛そうと誓ったが、これが愛するということだと愛子も知り、私自身も思い知るような愛し方をしてみせると心に定めたのではなかったか。

そうであるならば、いまこそ、私は己に誓ったことを実行しなければならないのだった。

「じゃあ、愛子は好きなようにしたらいいよ。ここから出て行くまで、俺は愛子の殿下さまでいてあげるよ」

私はそう言って、愛子の頭を撫《な》でた。愛子は、ありがとうとつぶやいて頬杖《ほおづえ》をつき、窓ガラスに当たって、したたり落ちる雨のほうに視線を投じた。

「いまは、気配ってものに鈍感な時代なのよ。大学病院には、心の病気をかかえた患者さんもたくさんいるわ。私、その人たちと接してると、この時代そのものが、気配に鈍感なんだって気がしてきたの」

ああ、愛子はふいに愛子らしくなったと思いながら、私も窓ガラスに映る雨粒を見やり、雨の音に心身を溶け込ませていった。

「私たちは、気配に敏感であることによって、社会に邪魔者扱いされる時代に生きてるんだわ。気配に敏感な人は、この社会の鈍感さに耐えられなくなって、自分だけの世界に閉じ籠《こ》もる以外に自分を守れなくなるの」

「気配って、何の気配だい？」

と私は訊いた。

「ありとあらゆる気配よ。雨が降ってきそうな気配、五体のほんのかすかな部分が、他の何かに触れる気配、哀《かな》しいことが起こりそうな気配、自分が駄目になっていきそうな気配、よくなっていきそうな気配、吹いてる風の方向が変わりそうな気配、見えないものが存在してる気配、天井裏で、虫同士が闘ってる気配、土のなかで生き物が生まれてる気配、ありとあらゆる気配。それをつかまえるための万人に共通のマニュアルなんて、何ひとつないの。教えることも、教えられることもできないの……」

「釣《つ》りの名人てのは、きっと、その気配に敏感なんだろうな。おんなじ船の上から糸を垂れてるのに、他の釣り師よりもたくさん魚を釣る。それは、もう理屈の世界じゃないんだ」

と私は言った。

「俺の従弟《いとこ》は、釣りがうまいんだ。他のことは、まったく駄目なんだ。無口で、人見知りして、高校も途中でやめちまった。でも、沖釣りをさせたら名人だよ。糸にかかるちょっとした力とか、垂らした糸が、いま何十メートルのところに届いたのかが、つまり気配ってやつでわかるんだな。目の優しい、さりげない心遣いをするやつで、俺はその従弟が好きなんだ」

愛子は、枕《まくら》に右の頬を載せ、暗がりで私を見つめながら、

「与志くん、いま、何をしたい？」

と訊《き》いた。

「山があって、海があって、大声を張りあげない人が住んでるところに旅をしたいな。竹林が見える旅館に泊まって、竹があったかい風で揺れ動いてるのを、いつまでも見ていたいよ」

「すごく具体的な情景ね」

と愛子は微笑しながら言った。

「中学生のとき、そんなところで三日すごしたんだ。四万十《しまんと》川にも、土佐の海にも近い小さな町だよ」

私と級友三人は、中学で二年間担任だった教師を訪ねて、春休みに、生まれて初めて遠くへ旅をしたのだった。

その教師は、静岡の中学校から、故郷の高知県の中学校へ移り、私に年賀状をくれ

て、春休みに遊びにこないかという文章をつけくわえていた。

それで、三月の半ばに、私と友人は静岡から神戸へ行き、フェリーに乗り換えて土佐清水港へ渡り、バスで小さな町に着いた。

教師が私たちのために用意してくれた宿は、釣り客用の小さな旅館で、朝の三時ごろから賑《にぎ》やかになり、七時を過ぎると物音ひとつ聞こえなくなる。釣り客が海から帰ってくる夕刻までの静寂を、私は鮮明に思いだせるのに、それ以外の時間のことはほとんど記憶にないのだった。

「着いたあくる朝、その先生は俺たちを沖釣りに連れてってくれたんだ。朝の四時に港を出たんだけど、十分もたたないうちに、俺だけ気分が悪くなってね。沖へ一時間のところで夕方まで糸を垂れてるって聞いて、港に引っ返してもらったよ。そんな沖で、もっと船酔いがひどくなったら、もうどうしようもないだろう？　もうとんでもない船酔いでのたうちまわって、とうとう海へ飛び込んだ人がいるぞなんておどかされて、俺、船の上で土下座して、陸へ帰してくれって頼んだんだ」

愛子は、掌《てのひら》で口をおさえて笑った。

「ひとりで宿に戻って、三十分ほど横になってたら、俺の船酔いは嘘みたいになおっちまった。その日は、とてもいい天気で、あったかい風が吹いてて、旅館の窓から低い山と竹林が見えてて、その向こうには、海も光ってた。うつらうつらしながら、ときおり目をあけると、竹の林が、何かの動物みたいに動いてるんだ。俺、そのたびに、ああキリンみたいだとか、ああ、亀《かめ》みたいだとか、ああ、こんどはキリギリスみたいだとか思うんだけど、そんなのはほんの一瞬で、また、うつらうつらの世界に入っちまう。そうやって、三時くらいまで横になってた」

私は、雨に打たれている窓ガラスをあけたら、そこに南国の春の日ざしと、揺れ動く竹林があらわれそうな気がした。

「俺、これまでの自分の人生で、あんなに平和で気持のいい時間はなかったって思うんだ。あそこへ行って、十日ほど何もしないで、風と竹林と空と山と海を見ていたいな」

ロバの咳《せき》払いがリビングで聞こえた。それは、ロバが私に何か話があり、寝てしまったのか、それとも愛子との時間を持っているのかをさぐる方法だった。

愛子も、そのロバのやり方を知っていたので、

「どうする？」

と表情で訊いた。私は眠れそうもなかったし、愛子と話をすることにも少し疲れを感じたので、ベッドから起きあがって、リビングへ行った。

ソファの横のサイド・ランプだけが灯《とも》って、曜子の姿はなかった。

「愛子は？」

とロバは訊いた。

「寝たみたいだよ」

私は嘘をついた。

「愛子が、あの医者と秋に結婚するってのは嘘なんだろう？」

「いや、ほんとだよ。愛子は、もう決めたんだ」

「そんな馬鹿なことってないよ。それだったら、愛子はどうして、与志くんとおんなじベッドで寝るんだよ」

「わからんな。女は恐ろしいって言葉しか思い浮かばないよ。俺が、寝室から出て行けって言わないのも、おかしな話さ」

私の心には、風に揺れる竹林があった。たまらなく、そこに行きたいという衝動に襲われた。

「こんなとき、与志くんに言っていいものかどうか迷ったんだけど」

とロバは言って、冷蔵庫から缶ビールを出した。

「俺、曜子と結婚することにしたよ」

「曜子も承諾したのか？」

　ロバはうなずき、

「今夜、電話で俺は親父とお袋に報告したし、曜子も、両親に電話をかけたよ。こんどの休みの日に、俺は曜子の両親のところに行って、その足で新潟へ行こうってことになったんだ。曜子を俺の両親に引き合わすためにね」

「曜子は、しっかり者の、いい女房になるぜ」

　私はロバにお祝いの言葉をささやき、写真集の件以来、矢継早に、ロバに幸運が訪れていることを祝した。写真集の発刊と同時に個展をひらく計画も出版社のほうからもちかけられたのだった。

「実力が花開き始めたんだな。ロバ、よかったな。地道に頑張ってきた甲斐《かい》があったじゃないか」

　と私は言った。

　ロバは、どこか気まずそうにうなだれ、

「与志くんと愛子のことで、俺たちは何か役に立てないかな」

　と言った。

「愛子は、自分で決めたんだよ。あいつが、あの医者のプロポーズを受け入れたのは、大学で勉強をつづけたいからだけじゃないさ。その人を好きになったんだよ。そのことは暗黙のうちにわかってやらなくちゃね。俺たちの問題は、至極簡単なんだ。愛子に、俺以外に好きな男ができて、その男と結婚することは、俺と一緒に生活するよりも、愛子にとっては、はるかにいいことなんだ。至極簡単だよ」

「与志くん、自分に嘘をついてるんじゃないのかい？」

とロバは声をひそめて言った。

「完璧《かんぺき》に正直じゃないさ。でも、嘘はついてないよ」

自分たちは六月の初旬に結婚式をあげるつもりだとロバは言った。私は、このマンションでの共同生活がまもなく終わるのだなと思い、そのことに寂しさを感じた。かけがえのないものが、私から去って行くのだ……。

翌々日、私は出社するふりをして電車に乗り、ひとつめの駅で降りて時間をつぶすと、マンションに電話をかけた。三人が出かけたことを確かめ、マンションに戻り、旅の仕度をして東京駅まで出て、新幹線に乗った。

ちょうど仕事も一段落したところだったので、五日間の有給休暇を取って、私は高知県の山と海の見える旅館で竹林を見ることに決めたのだった。

ひとりで旅に出ると言えば、なんだかすねているように思われそうだったので、私はとりあえず三人には内緒にして出発した。

しかし、新神戸駅に着くと、内緒で旅に出たことのほうが哀れを誘いそうな気がして、私はロバの事務所に電話をかけた。

「べつに人生に虚無的になって、お遍路さんの真似《まね》をしようってんじゃないんだ。頼むから、そんなふうに取らないでくれよな」

押し黙っているロバに、私はそう言った。

「金はあるのかい？」

とロバが訊いた。

「高知の安宿に四泊するくらいの金はあるよ」

「何て旅館なんだ？　連絡が取れるようにしといてくれよ」

「たったの四泊だぜ。連絡を取らなきゃいけないことなんてないさ。お前なんて、ネパールへ行っちまって、生きてるのか死んでるのかさえわからなかったんだぜ」

「愛子が気に病むよ。あいつ、繊細だから、また強い発作が起きるかもしれないだろう？」

「結婚する相手は医者だぜ。発作が起こったら、そいつが駆けつけてくれるさ」

それでもロバは、しつこく旅館の名を訊いた。

「かどた旅館だったと思うんだ。はっきり覚えてないよ。〈かただ〉かもしれないし、〈かどや〉かもしれない。とにかく中学生のときに行ったきりだからな」

私は電話を切り、神戸港までタクシーに乗って、フェリー会社の事務所で船の時間をしらべた。係員は、私が高知のどのあたりに行こうとしているかを訊き、それならば足摺《あしずり》港行きのフェリーに乗るのが一番便利だと教えてくれた。

出航まで時間があったので、私は三宮まで戻り、ひさしぶりにパチンコ屋に入った。どういうわけか、私はたった三百円の元金で四千五百円も儲《もう》けた。

「何かの吉兆かな。それとも、善良で可哀相《かわいそう》なコキュに天がわずかな施しをしてくれたのかな」

私は三宮の商店街を歩きながら、そう声に出してつぶやき、中華料理店で何種類かの点心を食べ、ビールを飲んだ。愛子がうしろに立っていそうな気がして、何度もそっと振り返った。

フェリーは夜に出航し、足摺港には朝の九時過ぎに着いた。

いい天気で、風はなく、いまはまだ稼動期ではない鰹《かつお》船が陸に引き上げられ、漁師が船体にペンキを塗ったり、機関室の整備をしている。

私は、船のなかでほとんど眠れなかった。遠征試合に出向いていたらしい高校のバドミントン部の学生たちが夜遅くまで騒ぎつづけ、それがやっとおさまると、長距離トラックの運転手たちが酔って大声で喋《しゃべ》りつづけたのだった。

私は、もう二十年近く逢《あ》っていない中学時代の教師のいる中学校へ向かった。職員室でその教師に面会を申し込むと、中年の女性教師が怪訝《けげん》な表情で応対した。

「木原先生は、お体の具合が悪くて……」

「ご病気なんですか？」

「もう七年になりますねェ」

「七年？」

「クモ膜下出血っていうんですか、それで倒れて手術をしたんです。でも、奥さんの顔も、日によってわからないときがあるみたいで」

女性教師は、入院先の病院を教えてくれたが、そこは高知市内で、車で三時間近くかかるという。

私は、中学校を出ると、古い記憶を頼りに、町の東側の道をのぼった。〈かどた旅館〉の看板が見えた。その旅館の玄関のところから海を見つめ、たとえ往復六時間もかかろうとも、高知市内の病院まで見舞いに行くべきかどうかを考えた。

それを遠廻しに阻止したのは、旅館の主人だった。

「行っても、つらい思いをするだけやけん。奥さんも病院に行くのは週に一回だけでね」

きのうまでは、釣り客で満室だったが、きょうからは予約客はないのだと主人は言い、二階の部屋を見せてくれた。

「ああ、この部屋です。この布袋《ほてい》の置き物を覚えてますよ」

私は、部屋の窓をあけた。竹林は揺れ動き、鳶《とび》が空中に浮かんでいた。愛子へのいとしさが私を苦しくさせた。

十五

上天気は三日間つづき、私は竹林ばかり眺めてすごした。とりとめのない空想にひたったり、にわかづくりの自己流の箴言《しんげん》をつぶやいたりしていると、日に照らされて黄金色に輝いている竹林が、実った広大な麦の群れに見え、私はそのなかで平和に暮らしているバッタかキリギリスになってしまったような気分にひたった。

羽根のある小さな昆虫の私は、こうつぶやくのである。

「俺は嘘《うそ》もつけないが、裏切りもおこなわない。悪いことはできないが、善いことをしようとも思わない。だって、人間じゃないんだから」

「洒落《しゃれ》た雑学の宝庫みたいな人間がいるけど、そんなの、俺たちの本能の知恵から見りゃあ、ガキの戯《ざ》れ言《ごと》さ。俺たちは、ある日突然、厖大《ぼうだい》に増殖して、謎《なぞ》めいた消失をする。生きるための自爆っていう本能の手品を使えるんだからな」

「人間であるってことが、すでに病気さ。なにかっていうと手を組んで共同体を造りたがるのは病気だよ」

「快適であることに快楽を感じるのは人間だけさ。俺たちは、快楽が何かを知ってるけど、快適を求めたりはしないのさ」

けれども、日が傾き、竹林が朱色になり、旅館の早い夕食を終えて、窓辺に坐《すわ》ると、私は樹海で道に迷って周章狼狽《ろうばい》している旅人になってしまう。

愛子は私を試しているのだ、とか、あの男に代わって、愛子が必要とする金を工面してみせよう、とか……。

やがて、夜が深くなり、釣《つ》り客の声も途絶えると、風に揺れる竹林の音が夜明けの雨の音に聞こえてきて、私の指先で尖《とが》っていく愛子の乳首が、月の暈《かさ》を桃色に滲《にじ》ませる。

「あんなにひどい女どもはいないよなァ。こんなにお人好《よ》しの男どもいないさ。なァ、ロバ、そう思わないか？」

私はロバに話しかけるのだが、自分以外の人間と交流したくないために、ここに来て、何もせず竹林を見ているのだと言い聞かせる。

「俺は、俺っていう人間の基礎造りに邁進《まいしん》しなきゃあいけないんだ。男は仕事だ。独立して、自分の事務所を持つっていう計画はどうなっちまったんだよ。ロバと曜子と愛子が俺のマンションに入り込んできて、俺の計画を攪乱《かくらん》しやがった。借金だらけで、独立なんて夢のまた夢になっちまって、まったく、ひどい話さ。借金を片づけるのに、何年かかるんだろう……」

私は借金について考え、そのうち、必ず的外れの決心に辿《たど》り着く。

「愛子が、自分のために使った金を返しに来ても、俺は一銭も受け取らねェぞ。そんなことをしやがったら、俺は、愛子とあの男をぶん殴ってやる」

土佐の海に近い旅館に泊まって、私は三日間、夜ふけになると、窓の向こうの竹林に向かって身構え、拳《こぶし》を握りしめて、そう決意するばかりであった。

だが、たったの三日間であっても、時間に束縛されず、山肌の半分を覆《おお》う竹林の光や陰に自分を埋没させ、潮の匂《にお》いを伴なったり、幾種類もの樹木の香りを運んだりする風にまみれ、うたた寝をし、自分自身と語り合ったことは、私に目に見えない癒《いや》しをもたらしていたのかもしれない。

いや、癒しという言葉は正しくない。諦観《ていかん》でもないし、悟りでもない。窓があけられた……。そう、私という人間の窓が、ほんの少し大きくあけられたのであろう。

そうでなければ、私のような人間が、三年間も密室に閉じこもっていたひとりの青年の外界への一歩に何等かのきっかけを与えることなどできなかったはずだ。

四日目の昼ごろ、私は少し体を動かしたくなり、竹林の右側に見える曲がりくねった農道を散歩しようと、旅館の玄関へ降りた。

私はそこで、昨夜から宿泊している大阪からの釣り客と旅館の主人との、あきらかに声をひそめた会話を耳にした。

盗み聞きするつもりはまるでなかったのだが、とにかく何もしないために東京からやってきたのだという私の言葉で、旅館の主人が私の靴をどこかにしまいこんでくれたために、私は靴を捜して、玄関の上がり口に腰かけていたのだった。そのために、主人と釣り客には、私の姿が見えなかったらしい。

二人の会話は、おおむね、次のようなものだった。

——それにしても、おそれいったな。いったい、何がどうしたというのだ。あんたは、息子とじっくり話をしたことがあるのか。

——話しかけても黙っているばかりだ。この父親にだけではない。母親にも四人の兄妹にも、胸の内を語ろうとはしない。わしは、もうお手上げだ。

——そんなに学校がいやなら、やめさせて、好きなようにさせてやるのが一番ではないのか。

——やめさせるもなにも、三年間も学校に行かなかったのだから退学になってしまった。それでも、自分の部屋から出てこない。

——学校で何かあったのか。教師は何と言っているのか。

——思い当たることはまったくないと首をかしげるばかりだ。成績も良かったし、友だちもいた。意地の悪いグループにひどいめに遭わされたということも断じてないそうだ。

——三年間といえば随分長い期間だぞ。高校一年生の春から丸三年間、何の理由もなく、自分の部屋に閉じこもっているはずはあるまい。まさか、精神病ではあるまいな。

——わしもそれを心配して、わざわざ宿毛《すくも》から知り合いの医者に来てもらったが、精神病の範疇《はんちゅう》には入らんという。

——それならば、いったい何なのだ。

——学校に行きたくないから行かない。人と話をしたくないから話さないだけらしい。

——それは精神病ではないのか。

——医者は、そうではないと言った。

——わからんな。

——まったくわからん。力ずくで部屋からひきずりだしても、どうなるものでもあるまい。怒ったら逆効果であろうと思い、わしは、もうあいつのことで悩むのはやめた。

——食事や風呂《ふろ》はどうしているのか。

——母親が部屋に運ぶのだが、それ以外に、腹が減ったら、人目を忍んで台所に降りてきて、冷蔵庫にあるものを食っている。風呂は夜中にはいっているようだし、便所も客用のをそっと使っている。

——困ったな。

——まったく困った。

——俺はあの子を小学生の時代から知っている。おとなしくて、気の優しい子だった。

——まあ、そのうち出てくるであろう。一生、甲羅から首を出さなかった亀《かめ》はいない。

話の内容は深刻だったが、客と主人の会話には、どこかのんびりしたものがあった。

私は、二階の共同便所の隣の部屋から、深夜にラジオのディスク・ジョッキーの声や音楽が、聞こえるか聞こえないかの音量で流れつづけていることに気づいていたが、さして気にかけずにいたのだった。

玄関に腰をおろしたままだと、盗み聞きをしていたと勘ちがいされてはいけないと思い、私は主人と客とが裏口に立てかけてある数本の釣り竿《ざお》のところへ行った隙《すき》に、階段をのぼって自分の部屋に戻った。

廊下の奥に、客室とは異なる趣きの部屋がある。この旅館に滞在中、ドアがあけられているのを目にしたことはないし、人が出入りする姿も見なかったので、私は、蒲《ふ》団《とん》や食器などをしまってある部屋であろうと思っていた。

その部屋の隣が共同便所で、その横が、私の部屋と壁で仕切られた客間だった。

なるほど、物置き部屋からラジオの音が絶え間なく聞こえてくるのを不思議に思わなかったことのほうがおかしいのだと、私は旅館に到着後の自分の精神状態を振り返り、一瞬、烈《はげ》しい寂しさにひたった。

厚い雲が竹林の色を濃くさせて、うぐいすの声が大きかった。

私は、散歩に出るのをやめ、自分で蒲団を敷くと、服を着たまま寝転び、三年間、部屋に閉じこもっている青年について考えた。

誰も理由はわからないらしいが、単なる登校拒否とは思えない。心に著しい病質がないとすれば、その青年には青年なりの、誰にも言えない事情があるにちがいない。

青年の部屋は、外から見るかぎり、せいぜい六畳ほどで、さして日当たりがいいとは思えなかった。

「三年間か……。三年間、部屋のなかで何をしてきたんだろうな。俺なら、せいぜい五日で音をあげるぜ」

私は目をつむった。湿りを感じさせる風が襖《ふすま》を揺らす音を聴いているうちに、私は眠ってしまった。

目を醒《さ》ますと、細かい雨が降っていた。私は久しぶりに日本酒を飲みたくなった。酩酊《めいてい》して理性を失なってしまうのを警戒して、私は夕食の際にビールの中壜《びん》を一本飲むだけだったのだ。

「土佐の酒に、なんとかっていううまいのがあったよな」

私は階段を降り、調理場をのぞいた。早朝に出かけた三組の釣り客はまだ帰っていなかったし、旅館の者もいなかった。

日本酒は、どこかにしまってあるらしかったが、冷蔵庫には冷えたビールが入っていた。

先にビールでも飲むかとつぶやき、私は、机の上のメモ用紙に〈ビールを一本飲みました〉と書いて、栓抜きを捜したがみつからなかった。無断で引き出しをあけるのは気がひけた。

部屋のどこかにあるかもしれないと考え、ビール壜を持って自分の部屋に戻りかけた私は、階段をのぼりきったところで、ジーンズにトレーナー姿の青年とでくわしたのだった。

青年は、私を見ると目を伏せ、顔を隠すようにして階段を降りようとした。

「栓抜き、ありませんか？　調理場を勝手に捜し廻るのはよくないことだから。誰もいないんですよ」

私は青年にそう言った。これが、三年間、部屋に閉じこもっている青年なのかと思った。意外に体格がよく、顔色も悪くなかった。人見知りしそうな目の動きには、幾分かの動揺があったが、私の言葉に小さく頷《うなず》き返すと、階段を駆け降りて調理場に入って行った。

やがて、青年は首をかしげながら戻って来て、いつも置いてあるところに見当たらない、釣り人たちが持って行ったのかもしれないと言ってから、

「ライター、ありますか？」

と私に訊《き》いた。

「ライター？」

「使い捨てライターです」

「俺の部屋にあるよ」

私が使い捨てライターを持って来ると、青年は私の手からビール壜を取り、左の人差し指を栓の下あたりに巻きつけた。それから使い捨てライターの尻《しり》の部分を栓にひっかけ、左の人差し指をテコ代わりにして捻《ひね》った。ビールの栓は軽快な音とともに、青年の体のうしろに飛んだ。

「へえ、俺、そんなの初めて見たよ」

私は感嘆の思いで言った。

「ねェ、もういっぺん、やってみせてくれよ。俺にもできるかなァ」

青年は照れ臭そうに微笑《ほほえ》み、廊下に落ちている栓をひろうと、それをビールの口にかぶせ、さっきと同じ動作をやってみせた。

「なるほどなァ、理屈はわかったけど、これは一度あいちまった栓だからねェ」

私は、青年に礼を言って、自分の部屋でビールを飲みながら、左の人差し指とライターの底を使って栓をあける練習をつづけた。

要領は飲み込めたが、ビールの口に強くかぶさっている栓を実際にあけるには、かなりの練習が必要みたいだった。

「これは隠し芸としては、すごくカッコいいよなァ」

私は、そうひとりごとを言い、東京に帰ったら、すぐにもロバや会社の連中に見せつけてやりたくて、栓のあいていないビール壜を調理場に取りに行った。

どんなに練習しても、ビールの栓はあかなかった。その代わりに、ライターの底の部分のプラスチックが削れていき、やがてガスが洩《も》れ始め、煙草《たばこ》に火をつけることができなくなった。

私は新しいビール壜を持って、青年の部屋の前に立ち、小さくノックしてから、

「一所懸命、練習したんだけど、栓があかずに、ライターの底が削れちゃったよ。もう一回だけ、お手本を見せてくれないかなァ。東京に帰って、みんなの前でやってみせたくてね」

と言った。

私は、おそらく応答はないであろうと思っていたのだった。さっきは、でくわしてしまったから、青年は仕方なく私に応対したのだ、と。

けれども、青年は板の引き戸を細くあけ、あたりをうかがいながら廊下に出て来ると、自分の使い捨てライターでビールの栓を抜き、私の指をつかんで懇切にやり方を教えてくれた。

「これは、マスターするのにビールを百本ほど飲まなきゃいけないな」

「ビールは高いから、コーラとかジュースの壜がいいですよ」

と青年は、はにかみながら言った。

「すごいなァ。この部屋で、いろんなことを学んでたんだなァ。思考する時間がふんだんにあったんだ。いろんな音楽を聴いて、いろんな本を読んで、こんなすごい隠し芸も磨いて」

「ライターでビールの栓をあけるくらいのこと誰でも思いつきますよ」

「でも、俺は初めて見たよ。こういう芸に、男ってのは尊敬の念を抱くもんなんだよ」

それから私は、青年に、ビールを一緒に飲もうと誘った。

「五本も、栓をあけちまったんだぜ。俺ひとりで、どう始末をつける？」

青年は、目を伏せたまま、廊下に落ちている四つの栓を見てから仄《ほの》かに笑い、引き戸をしめて、部屋に入ってしまった。

なんだ、折目正しい、ちゃんとした子じゃないか……。

私はそう思いながら、自分の部屋に戻り、窓のところに五本のビール壜を並べ、青年に貰《もら》ったライターで煙草に火をつけた。

「いまの高校なんて、誰だって行きたくないさ。受験のための技術訓練所だからな。受験、受験で大学に入って、社会性を身につけずに社会に出て、人間として欠落してる連中がエリート扱いされていくんだ……」

私は胸のなかでそうつぶやき、さてどうやって、この五本のビールを片づけようかと思案した。

私の部屋の襖がノックされ、青年の、

「ビール飲むの手伝います」

という声がした。

私が襖をあけると、青年は紙袋を持って立っていた。中学時代の友だちが、かつお節を作る工場で働いていて、上等の生節《なまぶし》を送ってくれたのだと言い、青年はテーブルに紙袋を置いた。

私はグラスにビールをつぎ、紙袋のなかの生節を口に運んだ。青年は静かにビールを飲みつづけた。

「あの部屋には、きみ以外、誰も入れないのかい？」

と私は訊いた。青年は微笑むだけで、その問いには答えなかった。

「お仕事ですか？」

と青年は訊いた。

「いや、失恋旅行ってとこかな。失恋の痛手を癒したくてね。苦しくて、のたうちまわるかと思ったけど、ここで朝寝坊して、一日中竹林を見てたら、気持がらくになったよ。他人によって傷つけられるものは自分の自意識だけだっていう誰かの言葉を何度も思い出したりしてね」

「その人のこと、どのくらい好きだったんですか？」

「しあわせになってもらいたくてたまらないっていうくらい好きだったな」

「その人、誰か他の人を好きになったんですか？」

「うん、そうなんだ。ことしの秋に結婚するらしいんだ。もうじき、俺と暮らした部屋から出て行くよ」

「一緒に暮らしてたんですか？」

「うん。おととしの五月から」

青年は酒が強かった。顔も赤くならず、酔った様子もまったく見せなかった。

「きみは幾つ？」

「もうじき十九です」

青年は、劣等感についてどう思うかと私に訊いた。

「劣等感？　誰にでも多かれ少なかれあるだろうな。他人から見たら、どうしてそんなことが気になるんだとか、どうしてその程度のことで卑屈になったり、ひっこみ思案になるんだって首をかしげることでも、人間の心の洞窟《どうくつ》は果てしないからね」

私は、青年には人に明かせない劣等感があって、そのために高校一年生のときから登校を拒否し、家族や友人との交渉もほとんど絶ってきたのだろうかと考えた。けれども、私からは何も訊かないほうがいいような気がした。

うぐいすの鳴き声が、竹林に面した窓の近くに移った。私は、愛子の顔を脳裏に描き、あらためて深い哀《かな》しみを感じた。――シズカニ、シノゲルトオモウ――というロバの電文が、ふいに私の胸に沁《し》みてきた。

「その人のことを心配するっていうのが愛情なんじゃないかって気がして……」

と青年は相変わらず目を伏せたまま言った。

「心配って？」

「たとえば、帰りが遅いと、何か事故にでも遭ったんじゃないかとか、元気がないと、体の具合が悪いんじゃないかとか……。つまり、その人のことを心配して胸が痛くなるっていうのが愛情なんだなって、このごろ、そんなふうに思うようになってきて……」

「親ってのは、子供に対していつもそうだよね」

と私は言いながら、愛し合った夫婦や恋人もおそらくそうであろうと思った。

「心配させるのは、愛情を裏切ることだろうなって、このごろ、そんな気がして……」

「お父さんやお母さんに対して、そう思ったのかい？」

「親父《おやじ》やお袋のこともあるけど、それ以外の、ぼくのことを胸が痛くなるくらいに心配してくれる人とか……」

「そうかァ、そうだよね。その人のことを胸が痛くなるくらい心配するってのは愛情だよな。そこが恋と愛との違いなんだな。そうかァ、俺、そんな簡単なことに気がつかなかったよ」

私はそう言って、自分のグラスにビールをついだ。釣《つ》り客が帰ってきたらしく、玄関のあたりから笑い声や話し声が聞こえた。

青年は、ビールを飲み干し、

「ご馳走《ちそう》さまでした」

と言って、私の部屋から出て行った。

穏やかな酔いが、私の頭脳と精神をつかのま明晰《めいせき》にさせた。

——シズカニ、シノゲルトオモウ——。

私は口に出してつぶやき、ロバに言った自分の言葉を思い浮かべた。

——俺たち、病気なんだよ。その人のためになるなら、何でも許してしまうっていう病気なんだよ。愛子だって、おんなじ病気さ。人間にとって何が幸福なのかは、長い目で見なきゃわからないよ。俺は、愛子が自分の夢を叶《かな》えるために、何か役に立ちたいんだ。考えてみたら、俺たちって、なにかにつけてそうだったろう？　俺たち、人の幸福のために何か手助けすることが好きなんだよ。俺たちっていう人間が、どうしようもなく、そういうふうに出来てるんだ——。

私は、あすの飛行機で東京へ帰ろうと決め、航空券の予約をしようと電話機のところへ行った。

階下で、釣り人たちが風呂《ふろ》場へ歩いて行く音が聞こえ、それと同時に誰かが階段をのぼってくる足音も響いた。

旅館の主人は、私に声をかけてから襖をあけ、この三日間ずっと夕食は魚料理ばかりだったので、今夜はすき焼きでもいかがと言った。

「ええ肉を届けさしましたんやが」

「正直言うと、おいしい魚も四日つづくとつらいなァって思ってたんです」

私はそう言って、勝手に調理場に入り込んでビールを持ってきたことを詫《わ》びた。

「えらいぎょうさん飲みなはって」

と主人は笑った。

「多すぎるから、息子さんに手伝ってもらったんです。ライターの底を栓抜き代わりにする隠し芸も教えてもらったんですよ」

私の言葉に、主人は怪訝《けげん》な面持ちで畳の上に正座し、

「息子？　わしの息子やろか」

と訊き返した。

「そうですよ。あのあかずの間にいる息子さんです。いい息子さんじゃないですか」

私は事のあらましを主人に説明した。

「はあ……。どんな風の吹き廻しか……。事情を知っちょるお客さんが廊下からどんなに話しかけても、返事ひとつせんちゅうのに」

「機が熟してたんじゃないですか？」

と私は言った。

「そうやとええんやが……」

「きっとそうですよ。でも、ここぞとばかりに引っ張りだしたりしないほうがいいと思うなァ」

「なにしろ困ったお殿さまやからのお」

「お父さんやお母さんが、がみがみ言わないで、機が熟すまで待っててあげたのがよかったんでしょうね」

主人は襖を閉め、

「いや、あいつが部屋に閉じこもりだしたころ、わしは、殴ったり蹴《け》ったりしましたんや」

と声を忍ばせて言った。

「あのとき、そんなことをせなんだら、息子はもっと早ようにあの部屋から出て、学校へ行っとったかもしれんと思うて」

きょうのことは、ほんの気まぐれかもしれないと思って、ぬかよろこびしないでおこう。主人はそう言って階下へ降りて行った。

そうか、殴ったり蹴ったりしたのか。でも、そのときはそのようにする以外、いい方法がみつからなかったのであろう。父親だから、息子を殴ったり蹴ったりもするさ……。

私はそう思った。そして、東京に帰ったら、新しい生活を始めようと決めたのだった。私にとって新しい生活とは、愛子だけではなく、ロバも曜子もいないところで暮らすことであった。

私は夕食をすまし、酔いが醒《さ》めたのをたしかめてから、マンションに電話をかけた。そして、あすの夜の十時までに、マンションから姿を消してほしいと頼んだ。

「急なことで申し訳ないんだけど、俺はそうしてもらいたいんだ。なんだか、子供が駄々をこねてるみたいだけど」

ロバは受話器を手で押さえ、私の言葉を愛子と曜子に伝えている様子だった。

「わかった、そうするよ。とりあえず、俺たちはどこかに転がり込むとしても、引っ越しの作業が一日で終わるかどうかわからないから、あした運べなかった荷物は別の日に運ぶしかないと思うんだ」

「うん、それでいいよ。無茶なこと言って悪いな」

「まあ、たしかに無茶だけど、とにかく俺たち三人は、ここから消えるよ」

「俺、愛子のことでいやがらせをしてるんじゃないんだぜ」

「わかってるよ。誰もいやがらせだなんて思ってないよ。俺たち、与志くんを好きなんだから」

「俺も、お前らを好きだよ」

ロバは、愛子が電話で話をしたがっていると言った。私はためらったが、返事をする前に愛子の声が聞こえた。

「私のこと、ほんとに好きだったの？　どうして、もっと怒って力ずくで私のしようとしてることを止めようとしなかったの？」

「人間の心を力ずくで動かすことなんかできないよ。俺はそんなことは嫌いなんだ。俺だけじゃなくて、愛子もロバも曜子もそうだろう？」

自分は、新しい生活を始めたいのだ。そうしようと決めたのだ……。私は愛子にさとすように言って、電話を切った。

翌朝、旅館の勘定を済まし、玄関で靴を履いていると、調理場で働いていて、ほとんど姿を見せることのない主人の女房が、小柄な体をしきりに折って、私に礼を述べた。

「息子がお世話になって……」

「お世話なんて何ひとつしてませんよ。ぼくのほうこそ、ビールを飲むのを手伝ってもらって。まだ未成年者なんだってこと、うっかり忘れてたんです」

「息子がバスの停留所までお送りすると言うとりまして。主人は朝の五時から釣り船で沖に出ましたけんど、よろしくお伝えしてほしいちゅうて……」

裏口から玄関に廻っていた青年が、私の鞄《かばん》を持ってくれた。

私と青年は坂道を下りながら、しばらく黙り合っていた。

坂の途中で、

「きのう、俺が帰るまでに部屋から出て行ってほしいって、女に電話で伝えたんだ」

と私は言った。

青年は、そうですかとだけ応じて、遠くの海を見やってから、

「定時制の高校に行こうと思って」

とつぶやいた。

この近辺に定時制高校はないので、高知市内で下宿しなければならないという。

「もう気は済んだのかい？」

と私は訊いた。質問の意味がわからなかったのか、青年は私を見つめた。

「きみのレジスタンス運動のこと」

青年は微笑《ほほえ》み、何か言おうとしてやめた。そして、海を眺め、きょうは風が強くて

波も高いので、父親の釣り船はいまごろ帰路についているだろうと言った。

バスを待っているとき、青年は、こんどはいつ来るかと私に訊《き》いた。

「こんどは友だちと来るよ。ロバっていうカメラマンなんだ。昆虫ばっかり撮ってるカメラマン。ロバってのは、あだ名だけどね。こいつのうなだれてる顔を見てると、疑うべくもなくロバみたいだよ。ことしの秋に来るよ」

青年は、こんどは釣りをしましょうと言った。たぶん、自分は父親よりもうまいはずだ、と。

「ほんとかい？　だってこの三年間、釣りなんてやってないだろう？」

私の問いに、青年は、あの薄暗い部屋で息をひそめていると、深い海中で魚がかかった気配がわかるようになると言った。

「気配か……」

私はそうつぶやき、青年と顔を見合わせて微笑んだ。


東京に帰った私は、夜の十時を過ぎるのを待ってマンションのドアをあけた。約束どおり、三人の姿はなく、私のもの以外の家具はほとんど運びだされていた。

リビングのソファは置いてあり、ロバの本もそのままだったが、愛子の本や衣類はなかった。三人は、とりあえず愛子の荷物を運びだすことに労力を注いだのだった。私は、窓という窓を全部あけて、いやに殺風景になってしまった洗面所で顔を洗ってから、バスに乗る際、青年が父親からあずかったと言って手渡してくれた土佐の酒を飲んだ。

愛子がどこかからふいにあらわれそうな気がして、何度も周りに目をやったが、そのようなことは起こらなかった。

十六

ロバと曜子の荷物は、それから数日のあいだに、ひそやかに片づけられていった。

私が勤めに出ているあいだに、洋服ダンスは消え、フライパンや中華鍋《なべ》も消え、部屋の装飾としての価値しかなかった世界文学全集も消え、自分のものだと錯覚していた数枚のタオルも持ち出された。そうやって、私を囲んでいる灰色の洞窟《どうくつ》はひろがったが、その洞窟のそこかしこには、私とでくわさないために声も足音もひそめて荷物を持ち出しているロバと曜子の気配が満ちていた。

私はマンションに帰るたびに、その気配に向かって笑いかけた。そんなに気を遣わなくてもいいのにという微苦笑は自然に湧《わ》いて出て、何か私への伝言はないものかと捜すのだが、荷物が完全に運び出される日まで、そのようなものが残されていたことはなかった。

それでいて、まるで重篤《じゅうとく》な病人の部屋を訪れ、まだ息があることを確かめて黙り合ったまま帰る見舞い客のような気配を見事に残していくロバと曜子のやり方は滑稽《こっけい》でさえあった。

だが、その滑稽さの背後には、私と愛子との関係が、もはやいかなる手段によっても回復できないということへの容赦のない認識が感じられるのだった。

私は、受験勉強中の愛子の苦しい努力を、多少の誇張を加えて思い起こすことで、愛子の夢の成就が他のいかなるものよりも大切だと己に言い聞かせつづけた。

愛子は、思いも寄らなかった夢を私たちから与えられ、その夢を実現する手段のひとつとして私以外の男を選択したのだ。選択したとなれば、意思的に男への好意をつのらせようとするのは自然のなりゆきであろう。

なぜなら、女には、相手をもっと好きになるためにあえて肉体の交わりを持つ場合が多いような気がするからだ。それは、男には決してない性癖なのだが……。

ロバと曜子の荷物がすべてマンションの部屋から消えた日、私はロバが残していったメモ用紙を見ながら、愛子の持ち物という持ち物が、たった一日で跡形もなく運び出された早技にあらためて感心した。

――殿下のご命令なので、二十四時間のうちに自分のすべてをこの部屋から消してしまわなければならないと、愛子は気がふれたように言いつづけました。引っ越し、大変だったよ。ぼくと曜子は事務所で寝泊まりしています。その気になったら電話を下さい――。

なにが殿下だ。よってたかって俺を小馬鹿《こばか》にしてやがる……。私はメモ用紙を丸めて捨て、冷蔵庫の前で立ったまま缶ビールを飲んでから、当分のあいだ、ロバにも曜子にも逢《あ》わないでおこうと決めた。

それなのに、缶ビールを飲み干すと、背広を着たまま、私は力のない足どりでマンションを出て、ロバの事務所へと歩いて行った。

ひょっとして愛子がいたらまずいと思い、近くの公衆電話でロバの事務所に電話をかけると、ロバは、いまどこにいるのかと声をひそめて訊《き》いた。

「酒屋の斜め前だ。お前の事務所の窓から見えるだろう」

私は、ロバの顔が窓に見えるかもしれないと思い、事務所のある古いビルに向かって手をあげた。一階の歯科医院の明かりが、自転車のサドルをまたいで立っている男と、うしろの小さな荷台に横坐《ずわ》りしようとしている女を青く映し出した。女は愛子だった。

男の顔の左側と愛子の背は、信号待ちしている小型トラックにさえぎられて見えなくなり、小型トラックが走りだすと、その二つもどこかに消えていた。

「ロバ、お前ってやつは、無節操に誰とでも仲良くするのかよ」

と私は電話でロバに言った。

「結婚する者同士が、もう家族ぐるみのおつきあいってわけか？　俺からの電話で、お前は慌《あわ》ててお二人に自転車に二人乗りして逃げろって指示を出したってわけだ」

「そんなんじゃないよ。二人が俺の事務所から出て階段を降りかけたとき、与志くんから電話がかかってきたんだよ。それも、事務所の斜め前から。まったく、世の中って、うまくいかないもんだよね」

「自転車に乗って来るってのは、どういうことなんだよ。まさか、あいつらは、愛の巣を俺のマンションの近くにみつけたってわけじゃないだろうな」

「違うよ。そんなとこで電話で怒ってないで、早くおいでよ」

「いやだね。あいつらが吸ったり吐いたりした空気のなかに足を踏み入れたくないさ」

私は電話を切り、ネクタイを外してそれをワイシャツの胸ポケットに突っ込み、地下鉄の駅へとつづく古い商店街に向けて歩いた。

ロバの運転する車が、私の横に停まり、ロバが乗るよう促した。

「お前はやっぱりロバだ。忠犬てのはあるけど、忠ロバってのは聞いたことがない。

この裏切りロバ」

「とにかく、車に乗ってから怒れよ。ここ、一方通行なんだよ」

ロバの言葉で、私は道路の左右に目をやり、近くに交番があるのに気づいて、ロバに早くどこかの路地に曲がれと身振りで示した。

「このあたりは、一方通行ばっかりの、迷路みたいな場所なんだ」

私が助手席に乗ると、ロバは、車が一台やっと通れる程度の狭い路地から路地へと曲がりながら注意深く車を走らせ、高架に沿った広い道に出ると、車を停めた。

「彼の先輩が、この近くで精神科のクリニックをひらいてるんだ。弟さんをつれてきたついでに、俺の事務所に置いてあった愛子のノートとか、化粧道具を入れる小さなバッグとかを取りにきたんだ。自転車は、そのクリニックの看護婦さんのを借りたらしいよ」

ロバはそう説明してから、

「なんだか朴訥《ぼくとつ》なお医者さんだよ。背は低いし、頭も薄くなりかけてるし、まるでえらぶらないし。漫画のキャラクターに似てるから、小児科向きじゃないかって、周りに言われてるんだってさ」

と言った。

「女を金で自分のものにして、なにが朴訥なもんか」

「そんな言い方、与志くんらしくないよ。それはとっても失礼な言葉だよ」

私は煙草《たばこ》に火をつけ、自転車の荷台に乗っていた愛子の背中を思い浮かべながら、

「うん、そうだな。俺はいまじつに失礼なことを嫉妬《しっと》に駆られて口にしたな」

とつぶやいた。

まったく、人間てやつはおとなになるのに時間がかかる。それなのに、少年は老い易《やす》い……。

私は、そう胸のなかで言った。

「俺のなかの少年は皺《しわ》だらけになったのに、おとなの俺ってのはまだおむつをしてやがる」

私の言葉に、ロバはしばらく沈黙していたが、やがて深く溜息《ためいき》をついて、

「タコが行方をくらましちまった」

と言った。

「行方をくらました？」

「十七歳の妻と生まれてまだ半年しかたってない娘から逃げて行きやがった」

「どうして逃げたってわかるんだ？」

「いなくなって十日目に、ペパーに手紙が届いたんだ。俺は逃げる。一生、卑怯《ひきよう》者と呼ばれても逃げつづけるって……」

「理由は何なんだ？」

「ペパーとケンカしたわけでもないし、勤め先でトラブルを起こしたわけでもないんだ。ペパーは、他に好きな女ができたのかもしれないって思ってるけど、そんなふしは皆無なんだ」

「俺は逃げる、か。まさしく、その言葉どおりなんだな。まだ十九歳のタコは、ある日、いやになったんだ。まだ十九歳なのに、妻と子を養うために生きてることがいやになって、ふいに投げ出して、そこから逃げたんだ。なんてったって、まだ十九なんだからな」

「十七歳のペパーは、乳呑み児《ちのご》をかかえてどうすりゃいいんだろう。ペパーも、自分の子を放り出して、どこかへ逃げちゃいそうな気がして心配なんだよ」

「やりかねないな」

私はそう言ってから、ロバの思い詰めたような横顔を見つめた。

「おい、ロバ。お前、まさか俺のマンションを託児所に使おうと思ってんじゃないだろうな」

私は本気でそんな気がして、ロバのポロシャツの肩のところをつかんだ。

「きのうの夜から、俺の事務所は、もう託児所になっちまってるんだ。ペパーが子供を抱いて来て、タコの居所に心当たりがあるから、子供を二、三時間預かってくれって。それっきり、何の連絡もないよ」

そんな事情もあって、曜子が勤めに出たあと、愛子が子供の面倒をみるために訪れていたのだとロバは言った。

「ペパーがいなくなってから、ずうっと泣きっぱなしさ。ミルクもまったく飲まないんだ。父親と母親が自分を捨てちまったってことがわかるのかもしれないな」

「不吉なこと言うなよ。父親はともかく、母親までが行方をくらましたのかどうか、まだわからないさ」

「だって、子供を俺たちに預けて出て行ってから、もう二十四時間近く、何の連絡もないんだぜ。俺はもうへとへとだよ。まったく、すさまじい泣き声なんだ。両親が若いと、子供も元気がいいのかなァ」

私はロバの車から降りると、人差し指をロバに突きつけ、

「俺は関係ないぞ」

と言った。

「俺は断じてかかわりがないからな。ロバ、お前は疫病神《やくびよう》だよ。お前が俺のマンションに同居を申し出たことが、すべての不幸と不運の始まりさ。曜子と愛子に声をかけてみようって俺の意見に賛成したのはお前だ。あの二人の女との共同生活に積極的だったのもお前だし、二人の女のうちのひとりと寝たのも、お前のほうが先だ。お陰で、俺は払い切れない借金をかかえ込み、あげくコキュの身の上になり、そのうえこのまうっかり気を許すと、タコとペパーの子を預かって、育児ノイローゼで首を吊《つ》るはめになりかねないんだ。今後いっさい、俺に電話をかけてくるな。お前はいいやつだから、絶交はしないけど、俺に接触するのは厄落としをしてからだ。だけど、頭蓋骨《ずがいこつ》が陥没するくらい滝に打たれるか、恐ろしい超能力者に死ぬ一歩手前まで木刀で殴られるかしないと、お前にとりついてる疫病神は去りそうにないよ」

それから私はロバに背を向けたが、ロバの、こらえきれずに洩《も》らした笑い声を耳にした瞬間、私も笑いを抑えられなくなった。振り返った私に、

「七十六倍なんてとんでもない倍率で公団住宅の抽選に当たっちまったのは与志くんだからね」

とロバは言った。

「嵐《あらし》もあれば花もあるってやつさ」

私はロバの車の助手席に乗り、みやげに買った生節《なまぶし》を渡すからマンションまで送ってくれと頼んだ。

　車をUターンさせ、

「愛子は自分を責めてばっかりで、元気がないよ。でも、もう列車は動きだして、ドアはひらかないんだよな」

　とロバは言った。

「少しは自分を責めてもらわないと、俺が可哀相《かわいそう》だよ。列車を動かしたのは愛子なんだから」

「おととい、先方の両親が愛子に逢いに来たんだ。愛子の家庭環境にこだわってるみたいなんだけど」

「あのお袋さんが、またいつあらわれるか、わかったもんじゃないからな」

　私は、愛子はどこで寝泊まりしているのかとロバに訊いた。ロバは、大学の近くに借りている彼のマンションだと言いにくそうに答えた。

「なるほどな。列車は動きだして、ドアはひらかないよな」

「列車を停めようって気は、与志くんにはないだろう？」

「愛子は、その人のことを好きになったんだよ。それを口にすることができなくて、ただひたすら、経済的理由を持ちだして、自分を悪者にしてみせてるのさ」

「この空中には、お金が音をたてて動いてるってのに、俺たちのところには降ってこないな。だけど、それでも俺たちは豊かだよ。日本は豊かで住みやすい。水もうまいし、食べ物もおいしい。ネパールとか、あの周辺の国に行くと、日本の豊かさを憎悪《ぞうお》しながらも、その豊かさをありがたく思うよ。ひとたび、豊かさの恩恵にひたったら、そこから抜け出すことができなくなるんだ」

「タコもペパーも帰って来るさ」

私は、若過ぎる夫婦の失踪《しっそう》を耳にしたときによぎった勘のようなものをロバに伝えた。

「俺もそう思うんだけど、五年も六年もたってからだと、帰って来たことにはならないからね」

とロバは言った。

「大丈夫だよ。あしたかあさってには姿をあらわすさ。人間の内なる復元力ってのは年齢とは関係ないんだ。一生、甲羅から首を出さなかった亀《かめ》はいないよ」

「それって、与志くんしかわからないメタファだな」

「つまり、嵐もあれば花もあるってことさ」

「十九歳のタコは、働き者の夫であり父であることに疲れて、ちょいとどこかにインターバルをとりに行ったんだろうな」

ロバは笑みを浮かべてそう言った。

「たぶんね。でも、ペパーは、タコがどこでインターバルをとってるのか、見当がついてるんだろう。それで、頭にきて、甲羅のなかの首をつかみだしに行ったんだ」

「だといいんだけど」

「なんてったって、十九歳と十七歳の夫婦だからな。どこかで一緒にインターバルをとってるのかもしれないし」

いずれにしても、タコとペパーのどちらかが連絡してきたら電話をくれと言って、私はマンションの部屋に戻ると、ドアのところで待っているロバに、おみやげに買った生節を渡した。

ロバは、三人が持っているマンションの鍵《かぎ》は近日中に返すと言って帰って行った。

私はシャワーを浴びたあと、東京に帰った日から毎日五本ずつ買いためたコーラの壜《びん》を並べ、使い捨てライターで栓を抜く練習を始めた。

小気味のいい音をたてて、栓が抜けるようになったのは十二時を過ぎたころだったが、捨てるのは勿体《もったい》なくて、少しずつ飲みつづけたコーラは八本に達し、ふいに胃に不快感が生じた。

耐えがたい膨張感と吐き気があるのに、喉《のど》に指を突っ込んでも胃のなかの液体は出て行かず、私はベッドに横になって何度も寝返りをうったり、起きあがって体を揺らしたり、腹筋運動を繰り返したりした。

それなのに、胃のなかの液体が発しているのであろうガスは膨れあがるばかりで、やがて息苦しくなり、体のあちこちに冷や汗が滲《にじ》み出てきたのだった。

私はベランダに出て風に当たり、トイレで吐こうと何度も試み、そのうち、コーラを飲み過ぎたら死ぬという話を誰かから聞いたことを思い出して、恐怖を感じた。

私が本気で救急車を呼ぼうと考え始めたころ、電話が鳴った。

「なにしてるの？　ベランダと寝室を行ったり来たりして。なにかあったの？」

愛子の声が聞こえた。

「とんでもないことになっちまって」

と私は言った。

「救急車に来てもらおうと思ってたんだ。死にそうだよ。もう苦しくて苦しくて」

愛子は、すぐに行くから部屋の鍵をあけておくようにと言って電話を切った。

二分ほどで愛子はやってきて、私の説明を聞くなり、私をトイレにつれて行くと、台所からスプーンを持ってきて、それを私の喉に入れた。

私が自分で何度も試みたのに一滴も出なかった胃のなかの液体は、愛子のスプーンの操作で噴き出したのだった。それは、愛子の腕や薄い紺色のコットン・パンツを汚した。

大量の茶色の液体を吐いたあと、私は口をゆすぎ、手を洗って、ベッドに横たわった。

「どうしてコーラを八本も飲んだの？　コーラって、カフェインが強いのよ」

「他のことに熱中しながらだったから、八本も飲んだなんて思わなかったんだ。捨てるのは勿体ないし、置いといたら気が抜けるし。まだ心臓がどきどきしてるよ」

愛子は私の脈を診て、もう大丈夫だと言い、コーラで汚れたコットン・パンツを脱いで、私のパジャマをはいた。

「どこから電話をかけてきたんだ？」

私の問いに、愛子はベランダの向こうを指さした。

「線路脇《わき》の電話ボックスから。この部屋がよく見えるの」

「もう一時だぜ。何のために俺の部屋を見てたんだよ」

「どうしてるかなァと思って……」

愛子は、曜子と子守りを交代するために、ロバの事務所を再び訪れたのだった。赤ん坊はさすがに泣き疲れて、ミルクを飲むと十二時ごろに寝入ってしまい、疲れているロバも曜子も寝息をたてていたので、ふと思いたって、この部屋のベランダが見える場所を捜して歩いているうちに、なんだか異様な私の姿を目にしたのだという。

「さすがは医者の卵だなァ。自分でやっても駄目だったのに、愛子のスプーンのひと突きで見事に完治だ。さすがだなァ」

「あんなこと、医者でなくてもできるわ」

愛子は不機嫌そうに言った。八本もコーラを飲んだ私に腹を立てているようだった。

「このベッドは愛子のだぜ。でも、俺と一緒に寝てたベッドなんか、彼のところに持って行くわけにはいかないよなァ。だから置いていったんだろう？」

私の問いには答えず、愛子は、もし迷惑でなければ、ベッドを貰《もら》ってくれればありがたいのだがという意味のことを遠慮ぎみに言った。

私に異存はなかった。そのベッドで寝ることに体が慣れていたし、愛子の残り香が私をときおり感傷的にさせるにしても、それは私を苦しめるとは思えなかったのだった。

「じゃあ、貰っとくよ」

と私は言った。

喉が痛くて、胃の不快感は消えなかった。

「蒸し暑いな。梅雨でもないのに」

「伊豆は雨なんだって。もうじき東京にも雨が降りだすわ。タコとペパーは、いま伊東あたりかな。ロバちゃんと曜子が寝たあと、ペパーから電話があったの。友だちの車を借りて、これから東京に帰るって」

「へえ、俺の勘は当たったな。伊豆で何をしてたんだろう。十九歳と十七歳の子供に戻って遊んでたのかな」

「そうかもしれない……」

愛子は微笑《ほほえ》み、あおむけになっている私の胸を撫《な》でながら、

「世界にひとつしかないAという突起物が、世界にひとつしかないAという凹《くぼ》みに、見事におさまったって感じがするって殿下は言ったけど、その感じは変わらなかった？」

と訊《き》いた。

「うん、ずっと変わらなかったよ。愛子みたいな女と巡り合うなんてことは、そうざらにあるもんじゃないよ。いろんな意味において、俺の人生のなかの、ひとつの僥倖《ぎようこう》

さ。でも、この期《ご》に及んで、そんなことは口にしないほうがいいな」

私は起きあがり、台所で少し水を飲み、コーラの壜と使い捨てライターを持ってリビングの床にあぐらをかいて坐《すわ》った。そして、コーラの栓をあけてみせた。

「どう？　なかなか出来ない芸だろう？」

「うん、セクシーな隠し芸だわ」

「よかった。人間栓抜きってとこねなんて言われたら、コーラを八本も飲んで死にそうになった甲斐《かい》がないからな」

「今夜、眠れないわよ。かなりの量のカフェインが吸収されたはずだから」

一緒に暮らし始めたころのあどけなさは消えて、愛子の目には意思的な光が宿っていたが、それはかえって愛子の脆《もろ》さを浮き出させていた。

「送って行くよ。男物のパジャマをはいて、こんな夜中に女がひとりで歩いてたらおかしいよ」

愛子は私を見つめ、それから大きく頷《うなず》くと立ちあがった。

エレベーターのなかで、

「私、自分がこんなに打算的で身勝手な女だったなんて信じられない」

と言って涙を浮かべた。

「自分の人生にとって何が損で何が得かって考えるのは打算じゃなくて理性なんだと思うな」

「どうしてそんなに私をかばうの？　与志くんはどうして私を怒らないの？」

愛子は真意をはかりかねるといった顔つきで、首をかしげて私を見つめた。

「俺の好きな女が、これから別の世界で伸びていこうとしてるんだ。駄目になっていこうとして俺から離れようとしてるんじゃないんだ。そうだろう？　愛子の無茶苦茶勉強のできる頭を世のため人のために生かさなきゃあ損じゃないか」

「誰が損をするの？」

「二十七歳の愛子に、これから勉強して医学部を受験しろってそそのかした俺たちが損をするんだよ」

マンションの玄関を出ると細かい雨が降っていた。私は、傘をとってくるからと言ってエレベーターに乗った。ドアが閉まる寸前、

「与志くん、いろんなこと、ありがとう」

という愛子の声が響いた。私はドアをあけようとしたが、エレベーターは動きだしていた。傘を持って戻ってみたが、愛子はいなかった。

その夜、愛子の言葉どおり、私の神経の何本かは異常に冴《さ》えつづけ、朝方まで二度

の浅くて短いまどろみをもたらしただけだった。雨は、竹林がそよぐのと同じ音を私の枕辺《まくらべ》にもたらしつづけた。

窓の外がしらみ始め、一番電車の音が聞こえたとき、私はもう何時間も振り払おうと努めてきた愛子の気配に屈した。それは、一晩中、線路脇の電話ボックスからこちらを見上げている愛子のうるんだ眼であった。

私は、カーテンをあけ、ベランダに出て、物干し竿《ざお》に頭をぶつけながら、眼下の電話ボックスを見た。遠かったし、夜明けの雨にかすんでいたが、まぎれもない女の上半身の輪郭が私と対峙《たいじ》するかのように左右に揺れた。

私はパジャマ姿のまま、傘も持たず部屋から出て、マンションの玄関前の道を電話ボックスへと走った。

私は電話ボックスのなかの女以外見ていなかったので、水溜《た》まりで転びそうになった。

電話ボックスのなかにいたのは愛子ではなく、誰かと烈《はげ》しく口論している痩《や》せた厚化粧の女であった。

びしょ濡《ぬ》れになったパジャマの裾《すそ》を絞ったり、ときおり立ち停まって、頭上の自分の部屋のベランダを見あげたりしながら、私は充実した仕事を終えて家路を辿《たど》る人のような涼やかな目で部屋に帰ると、二時間ほどぐっすり眠った。

ロバは、初出版の写真集をきっかけに仕事が増え、いまや〈先生〉と呼ばれる身分になったが、収入は、その後独立して自分の店を持った曜子のほうがはるかに多く、〈髪結いの亭主〉を楽しみながら、相変わらず昆虫を撮りつづけている。

もうそろそろ子供を作らないとタイム・リミットがやってくると曜子は焦《あせ》っているが、そのつもりになって二年たっても妊娠の兆《きざ》しはない。そのせいではあるまいが、最近は私の結婚相手をみつけることに、いやに熱心になっている。

タコとペパーの夫婦には、その後、男の子が生まれた。タコは、ボクサーになるといってボクシング・ジムに通ったり、年に一度の割合で覚悟の家出をしてみたり、なんだかんだと揺れ動きながらも、去年、築地の魚屋に就職して収入も増えた。

海釣《づ》りに凝って、私やロバを誘ってくれるのだが、私もロバも病的なほどに船酔いをする体質なので、自称〈名人〉のタコの腕前をまだ実際には目にしていない。

愛子は五年前、国家試験に合格し、夫の故郷である青森の病院に勤めたが、それから半年もたたないうちに、夫とともにアフリカの難民キャンプの医療団に参加してソマリアへ行った。ソマリアとエチオピアを行ったり来たりする生活をいまもつづけている。不安神経症の発作は、年に一、二回、大波のように襲ってくるらしい。

私は、愛子が国家試験に合格した年に、小さいながらも事務所を持って独立した。サラリーマンのほうがよっぽどらくだったと後悔する日々が三年ほどつづいたが、一個一個手作りの、真鍮《しんちゅう》と紙を使った照明器具を考案して、それが評判となり、別荘やレストランや旅館からの依頼が増え、去年、事務所を渋谷の新築のビルに移転して、アシスタントを五人に増やした。

けれども、相変わらず、七十六倍の倍率で当たったあの公団マンションで暮らしている。愛子が置いていったベッドから、愛子の残り香はとうに消えた。思い起こせば、なにもきわだった派手な思い出があるというわけではないが、心根《こころね》のきれいだった自分というものの〈気配《けはい》〉とは、そう簡単に訣別《けつべつ》できないではないか。

作中引用の、ルネ・ユイグ著『かたちと力』については西野嘉章・寺田光徳訳／潮出版社刊を、『サンスクリット抒情詩』については田中於菟弥訳／筑摩書房刊を参照しました。

解説

野沢尚

『私たちが好きだったこと』映画化のための脚本オファーがあったのは、九六年の二月七日だった。

前々から宮本文学のファンではあったけど、何故《なぜ》か買いそびれていた本だった。もちろん書店に行くと、いつも視界に「私たちって、自分では気がついていないけれど、人のために苦労するのが好きなのね」という青い帯の文句はちらついていた。手に取ってレジに持っていくのは時間の問題とも言える本だった。

その映画会社のプロデューサーは、「一度読んでもらってから、返事を聞かせてくれませんか」と言った。その日、寒風吹きすさぶ八雲商店街を自転車で駆け抜け、都立大の駅前の本屋でこの本を手に取ったことを、今でもまざまざと思い出す。

仕事場のマンションにとって返し、炬燵《こたつ》に入って読み始めた。

その日の夕方には読み終え、すぐに映画会社に「読みました」と電話をした。「え、もう読んだんですか？」とプロデューサーが電話の向こうで驚いていた。

「本当に宮本さんは、この小説の映画化を了承しているのですか？」と僕はまず疑った。噂《うわさ》によると、宮本さんは自作の小説の映像化について相当に慎重になっているという。よほど映像化された作品に絶望されているのか、映画やテレビに原作権は渡さない、という話を業界でよく聞いていた。

「正式な契約はまだしていませんが、大丈夫です」とプロデューサーは言う。

「ならやらせて下さい。お願いします」

オファーの返事というより、僕の方から頼み込んだような恰好《かっこう》になった。

何故、それほどまでこの小説に惹《ひ》かれたのか――

その理由は後でたっぷり述べることにして、しばらくはプロダクション・ノート風に、脚本家として『私たちが好きだったこと』と格闘した記録を書いてみたい。

原作の脚色業というのは、自分の作品歴の中では三分の一ぐらいはあるだろうか。はっきり言って、オリジナルの脚本より疲れる。原作者との無言の軋轢《あつれき》を経験することになるからだ。

もう十年以上前になるだろうか、ある女流作家の原作を二時間ドラマ用に脚色した。

その原作者は、自身の作品を二十代の若僧脚本家にいじられるということが、よほど我慢ならなかったようだ。僕の脚本を送ると、まるで中学校の作文のように、こまごまと添削されて返ってきた。「こんな表現はしないで下さい」だの「私の小説ではこのような描写はありません」だの、欄外に注釈が付いている。

どんなに素晴らしい脚色ができたと自分でも思い、世間に評価されても、原作者にお褒めのお言葉をいただいたことは皆無である。

脚色作業の本質とは、いかに原作を削《そ》ぎ落としてシンプルにするかということだ。四百ページほどの小説は五時間ほどかけて読む。分からない部分があれば読み返すこともできる。ところが映画となると、否応《いやおう》なしに目の前のスクリーンにストーリーが流れて行き、その進行を止めることはできない。二時間弱という短時間の中で描けるものはごく限られているのだ。

原作の持っている味わいを損うことなく、ストーリーの枝葉を削り、核心を剝《む》きだしにしなければならない。

『私たちが好きだったこと』の脚色でいえば、タコとペパーという若者の登場シーンは全《すべ》て割愛させていただいた。

二月七日に小説を一気に読んだ時すでに、映画では与志、ロバ、愛子、曜子の四人の物語に集約するべきという方針に固まっていたのだ。

二月十六日に、プロデューサーと初めての打ち合せをする。

僕の方針に賛同してもらい、まず構成表を作ることになった。言わば脚本のための設計図だ。

そのために小説をまた読む。今度は蛍光色のラインマーカーを持って、登場人物の履歴に当たる描写や、キーとなる台詞《せりふ》に線を引きつつ、文章の中に密《ひそ》かなテーマが隠されているのではないかと、目を皿にして読む。

その時、蛍光色でマーキングされた台詞は、ほとんど映画でそっくりそのまま使われた。

「私なんか、もう駄目ね。廃人みたいなもんね。ひとりで乗り物にも乗れない（中略）私は、もう何にもできない。生きていくことなんか無理よ」

「きっと、私たちは、不思議なくらい運のいい人間が、不思議なことに四人集まったのよ」

「ただの愚かな女よ。こんな私のやったことを、ロバちゃんは、静かに、しのげる？」

「でも俺たちは、恋から始まった男と女じゃないんだ。出会いがしらのゲームみたいなとこから始まって、いつのまにか情が湧《わ》いて……。その情とか、好きだって感情のうしろがわには、それを支えるもっと大切なものがないんだ」

「俺が怒ったら、俺のところに戻ってくるってのか？　そんな尻軽女《しりがるおんな》みたいなことしないでくれよ（中略）愛子が医者になるためには、金が要るんだ。いまここで医者になる夢を捨てたら、一生、後悔するよ」

……挙げたらきりがない。どれも好きな台詞だった。だからスクリーンの中でそのまま役者たちに喋《しゃべ》ってほしかった。

二月二十三日に構成表にＯＫが出ると、すぐに執筆に入り、三月四日には脚本の第一稿を提出していた。ほぼ十日の作業。毎日、机に向かって脚本を書くのが楽しくてしょうがなかった。

しかし映画化の道のりは、ここからが長かった。

八月にようやく主演俳優と製作形態が決まり、監督に、僕の大学の後輩でもある松岡錠司が決定した。映画化の実現を支えたのは、この小説を月刊誌に連載している時から読んでいたという主演俳優・岸谷五朗だった。彼は僕の書いた脚本を持って、相手役の交渉を先陣きってやり、自身が所属する事務所に製作費の交渉までしたという。

監督との脚本直しは四稿まで及び、十一月三十日にクランクインする。

十二月八日に、与志たちが住んでいるマンションの撮影現場である新浦安の団地に、差し入れを持って訪れる。

松岡組の若きスタッフたちが、限られた時間の中で創意工夫をしている現場だった。撮影日数は四週間弱、十二月二十六日にクランクアップするという強行スケジュールであった。製作費は一億弱。ロー・バジェットで作らなければならない映画だった。九七年の九月六日、東映邦画系劇場で初日を迎えるが、この映画は不入りの烙印《らくいん》を押されてしまう。

宣伝が行き届かなかったように思えた。もっと多くの人に見てもらいたい映画だった。

僕は自分が脚本を書いた映画を、必ず何度か映画館で見ることにしている。特に最終日の最終回は、儀式のつもりで映画館に向かう。

「ああ、今夜で祭が終わってしまうんだ……」という感慨を一人で嚙《か》み締めるためだ。

十月三日、新宿東映パラス2の最終上映を見届ける。何より嬉《うれ》しかったのは、客席がいっぱいだったこと。前売券を買っていた人々が、「今日で終わるんだ、見ておかなきゃ」と思って駆けつけてくれたんだと思う。

彼らはよく笑ってくれた。よく泣いてくれた。

こうして『私たちが好きだったこと』をめぐる僕の「祭」は終わった。

どうしてこの小説にそれほど惹かれたのだろうか、とよく考える。

ここに『癒《いや》しの時代』というキーワードがある。誰が言い出したのか知らないが、『癒し』や『ヒーリング』こそが、苛酷《かこく》な現代社会を生き抜く方法論のように言われている。

この言葉の嘘臭《うそ》さ。「癒し」とは言い方を変えれば「傷の舐《な》め合い」ではないのか。傷ついた人間同士が寄り添い、慰め合うことで、はたして人間は強くなるのか。弱い自分を確かめ合うことにすぎないのではないか。人間は孤独を恐れてはならない。愛する人間との別れに立ち向かっていかなくてはならない。

これが『私たちが好きだったこと』を読みこんで映画化の構想に入った時、僕の中に芽生えた仮説だった。

三DKのマンションで共同生活を始めた彼ら四人は、やがて自ら「優しい心根でつながった絆《きずな》」を振りほどき、自立していく。

残酷だがどうしようもない愛の終わりに耐えて、主人公の与志は生きていく。

その決意、その潔《いさぎよ》さに何より感動したのだと思う。

孤独との戦い。それでも生き続けろ。人生は童話ではない。

この宮本文学から嗅《か》ぎ取ったテーマは、昨年、『青い鳥』というオリジナル脚本のテレビドラマの中でも僕は考え続けた。そして現在執筆中のドラマ『眠れる森』にも引き継がれている。

あの二年前の寒風吹きすさぶ日、この小説にめぐり逢《あ》えた僥倖《ぎょうこう》を、今、改めて思うのだ。

（平成十年十月、作家）

この作品は平成七年十一月新潮社より刊行された。

宮本輝著　**幻の光**

愛する人を失った悲しい記憶を胸奥に秘めて、奥能登の板前の後妻として生きる、成熟した女の情念を描く表題作ほか3編を収める。

宮本輝著　**錦繡**

愛し合いながらも離婚した二人が、紅葉に染まる蔵王で十年を隔て再会した――。往復書簡が過去を埋め織りなす愛のタピストリー。

宮本輝著　**ドナウの旅人**（上・下）

母と若い愛人、娘とドイツ人の恋人――ドナウの流れに沿って東へ下る二組の旅人たちを通し、愛と人生の意味を問う感動のロマン。

宮本輝著　**夢見通りの人々**

ひと癖もふた癖もある夢見通りの住人たちが、ふと垣間見せる愛と孤独の表情を描いて忘れがたい印象を残すオムニバス長編小説。

宮本輝著　**優駿**　吉川英治文学賞受賞（上・下）

人びとの愛と祈り、ついには運命そのものを担って走りぬける名馬オラシオン。圧倒的な感動を呼ぶサラブレッド・ロマン！

宮本輝著　**五千回の生死**

「一日に五千回ぐらい、死にとうなったり、生きとうなったりする」男との奇妙な友情等、名手宮本輝の犀利な〝ナイン・ストーリーズ〟。

宮本輝著

螢川・泥の河

芥川賞・太宰治賞受賞

幼年期と思春期のふたつの視線で、人の世の哀歓を大阪と富山の二筋の川面に映し、生死を超えた命の輝きを刻む初期の代表作2編。

宮本輝著

道頓堀川

大阪ミナミの歓楽の街に生きる男と女たちの、人情の機微、秘めた情熱と屈折した思いを、青年の真率な視線でとらえた、長編第一作。

宮本輝著

生きものたちの部屋

迫る締切、進まぬ原稿――頭を抱える小説家・宮本輝を見守り、鼓舞し、手を差し伸べる、夜の書斎のいとしい〈生きもの〉たち。

宮本輝著

月光の東

「月光の東まで追いかけて」。謎の言葉を残して消えた女を求め、男の追跡が始まった。凜冽な一人の女性の半生を描く、傑作長編小説。

宮本輝著

血の騒ぎを聴け

紀行、作家論、そして自らの作品の創作秘話まで、デビュー当時から二十年間書き継がれた、宮本文学を俯瞰する傑作エッセー集。

宮本輝著

流転の海

理不尽で我儘で好色な男の周辺に生起する幾多の波瀾。父と子の関係を軸に戦後生活の有為転変を力強く描く、著者畢生の大作。

新潮文庫最新刊

城山三郎著
対談集
「気骨」について
強く言えば気概、やさしく言えば男のロマン。そこに人生の美しさがある。著者が見込んだ八人の人々。繰り広げられる豊饒の対話。

山口　瞳ほか著
諸君、これが礼儀作法だ！
サラリーマンは大変だ。山口瞳と斯界のプロが教える、オトナの礼儀と作法の極意。これを読めば、あなたも礼儀作法の免許皆伝！

柳井　正著
一勝九敗
個人経営の紳士服店が、大企業ユニクロへと急成長した原動力は、「失敗を恐れないこと」だった。意欲ある、働く若い人たちへ！

北杜夫著
マンボウ阪神狂時代
今年もタイガースはやる！　ファン歴五十年のマンボウ氏による怒濤の応援記。新たな勝利への期待を込めて、シーズン直前の文庫化。

河口俊彦著
大山康晴の晩節
棋界に君臨すること半世紀。六十九歳で最期を迎えるまで、この不世出の勝負師は、盤上で、あるいは盤外でいかにして戦ったのか。

岩合光昭著
きょうも、いいネコに出会えた
自由で気ままな日本の猫を追いかけ続けるイワゴーさん。いや恐れ入りました――猫には頭が上がりません。ファン待望の猫写真集。

私《わたし》たちが好《す》きだったこと

新潮文庫　み－12－12

平成十年十二月一日発行
平成十七年九月二十日十九刷改版
平成十八年三月三十日二十刷

著者　宮《みや》本《もと》輝《てる》

発行者　佐藤隆信
発行所　株式会社新潮社
郵便番号　一六二―八七一一
東京都新宿区矢来町七一
電話　編集部(〇三)三二六六―五四四〇
　　　読者係(〇三)三二六六―五一一一
http://www.shinchosha.co.jp

価格はカバーに表示してあります。

乱丁・落丁本は、ご面倒ですが小社読者係宛ご送付ください。送料小社負担にてお取替えいたします。

印刷・大日本印刷株式会社　製本・株式会社大進堂

ISBN4-10-130712-1 C0193